RHYS FORD

AU RISQUE D'UN SCANDALE

RHYS FORD

AU RISQUE D'UN SCANDALE

DREAMSPINNER
PRESS

Publié par
DREAMSPINNER PRESS

8219 Woodville Hwy #1245
Woodville, FL 32362 USA
www.dreamspinnerpress.com

Au risque d'un scandale
Copyright de l'édition française © 2025 Dreamspinner Press.
Titre original : Dirty Secret
© 2012 Rhys Ford.
Première édition : septembre 2012
Traduit de l'anglais par Charlotte Blake.

Illustration de la couverture :
© 2022 Reece Notley.
reece@vitaenoir.com
Conception graphique :
© 2025 L.C. Chase.
http://www.lcchase.com
Les éléments de la couverture ne sont utilisés qu'à des fins d'illustration et toute personne qui y est représentée est un modèle

Édition e-book en français : 978-1-64108-834-3
Édition imprimée en français : 978-1-64108-835-0
Première édition française : mars 2025
v 1.0
Édité aux États-Unis d'Amérique.

À mes grands-pères,
John Kaleimomi Notley et Louis « Primo » Pavao.

Vous nous avez quittés, mais je vous porte toujours dans mon cœur.
Avec amour. En espérant vous rendre fiers.

REMERCIEMENTS

Du haato [1] et tout mon amour aux Quatre autres membres de notre Cinq – Jenn, Penn, Tamm, Lea – sans oublier Ren et Ree. Un énorme «merci» et une montagne de cookies, que j'adresse à Lisa H, Bianca J et Tiff T pour avoir déblayé le terrain sur mes premiers jets, et je tiens également à remercier mes amis sur Twitter qui m'ont trouvé des noms de sex shops à foison. Vous savez vous respecter, mes petits dégénérés.

Je ne me permettrais pas d'aller plus loin sans exprimer ma gratitude envers la merveilleuse équipe de Dreamspinner ; Elizabeth pour m'avoir donné ma chance, Lynn pour m'avoir tenu la main à travers la tempête, Ginnifer pour sa sympathie, et à tous les autres contributeurs du projet. Mention spéciale à Julili, qui fait encore vibrer le monde à cette heure.

Enfin, une belle ovation pour JYJ, Big Bang (surtout G-Dragon), Tool, VAST, Vamps, AC/DC, et une série de blues rock qui m'ont tenu compagnie et m'ont permis de m'accrocher durant la rédaction de ce livre. Vous faites une formidable bande-son.

---

1 NdT : ハート [haato] est une translittération provenant de l'anglais «heart» signifiant «cœur».

I

LES HOMMES sont, par nature, sots à souhait.

Étant moi-même un homme, gay qui plus est, je pense pouvoir l'affirmer en connaissance de cause. Car c'est une chose de faire partie de la masse abrutie. Mais c'en est une autre d'être attiré par ses représentants. Maudit par les deux bouts : esprit et membre viril.

Mon grand frère, Mike, un bel exemple de ce qu'il faut éviter de faire, était assis dans le nouveau Range Rover que je venais de m'offrir. Il bougonnait dans un café trop amer que nous avions dégoté à l'épicerie en bas de la rue. Un paquet de Funyuns entre nous cohabitait avec mon stock de Twinkies. Mes pensées se tournèrent tendrement vers l'homme dont j'aurais préféré la compagnie à celle de mon frère. Jae-Min avait probablement mieux à faire dans mon salon, là où je l'avais quitté.

Nous campions devant un sex shop du nom de L'Amant Furtif. Dans le genre, c'était loin d'être la crème de la crème, à des années-lumière des boutiques subtiles et parfumées sur Sunset Boulevard, comme la Boîte de Pandore ou Chocolate Starfish. L'affaire tenait dans un cube de ciment entouré de bazars de bas standing. Un stand de tacos ouvert en continu était arrêté sur le minuscule parking de la boutique et, de l'autre côté, on pouvait apercevoir un atelier de réparation d'ordinateurs. Il n'y avait pas un seul café à cinq dollars le gobelet sur des kilomètres à la ronde. Ce quartier roulait aux donuts bien gras, aux vidanges rapides et à une sélection d'immeubles à l'emporte-pièce.

Nous étions garés juste en face, afin d'avoir une belle vue sur la boutique et l'allée qui la séparait de l'atelier informatique. Les affaires du stand de tacos étaient plutôt bonnes. Dommage qu'elles concernent surtout un dealer et ses clients s'étant rangés sur le parking.

L'Amant Furtif tourna comme un moulin jusqu'à sa fermeture à trois heures et demi du petit matin. Mike et moi observâmes le dernier client s'éloigner en serrant un sac en papier blanc bourré de magazines contre son torse. L'étudiant joufflu qui s'occupait du service de nuit fit descendre un épais volet métallique par-dessus la devanture, nous coupant la vue de

1

l'intérieur de la boutique. Quelques instants après, l'enseigne lumineuse clignota avant de s'éteindre pour de bon.

Même dans les sièges douillets du Rover, trouver une position confortable n'était pas évident. Le tissu cicatriciel résultant de la balle qu'avait tiré Ben ne cessait de se contracter, tirant douloureusement sur les nerfs de mon épaule, de mon torse et de ma cage thoracique. Ma plus récente blessure par balle était une promenade de santé, à côté. *Celle-là* ne faisait que pulser et se payait ma tête dès lors que je m'essayais à soulever une lourde charge.

— Je n'arrive pas à croire que je me retrouve assis là à quatre heures du matin, à épier la porte d'entrée d'un atelier du porno.

Mike grinça des dents juste assez bruyamment pour m'en faire profiter de mon côté du siège.

— Par tous les Dieux. Pourquoi est-ce que je te laisse m'entraîner dans ce genre de magouilles ?

Les picots rebroussés qui trônaient sur son visage anguleux défiaient encore davantage la gravité après des heures à se passer les mains dans les cheveux. Ayant hérité de mèches noires robustes et de traits asiatiques marqués, il tenait sans aucun doute plus de notre défunte mère que moi. Je ressemblais surtout à notre irlandais de père et je ne pouvais m'empêcher de lui envier sa crinière. Sa sauvagerie, qui aimait à narguer le reste d'entre nous, était une pièce de choix.

— Bobby avait un rendez-vous, voilà pourquoi, lui rappelai-je. Et, techniquement, c'est un sex shop. C'est écrit sur le côté du bâtiment. Tu ne peux pas te tromper. Les lettres fluorescentes rose bonbon ? Et nous sommes ici pour un client, tu te rappelles ?

— Ton *client* a un problème de pertes en inventaire.

Une autre gorgée de café, et Mike plissa ses yeux en amande.

— J'avais mieux à faire un samedi soir que de jouer les nourrices pour mon frère lorsqu'il cherche à prendre un voleur de godes sur le fait.

— Si tu es là, c'est surtout parce que tu viens de remplacer le parquet de la cuisine par du carrelage espagnol.

Je portai les jumelles à hauteur de mon visage, avisant un couple passant devant le sex shop, mais ils semblaient trop intéressés à se bécoter pour entrer par effraction dans la boutique à présent close.

— Pas facile de ne pas glisser sur ce genre de carreaux quand ils sont mouillés, et ça, c'est quand tu as encore deux pieds. Imagine un peu quand il te manque une partie des jambes.

2

— Comment aurais-je pu le savoir ?

Mike s'affala dans son siège.

— Ça avait tellement de potentiel. Je voulais lui faire la surprise quand elle rentrerait de New York.

— Certes, peut-être qu'elle comprendra le jour où elle t'aura pardonné… et qu'elle aura décollé ce fichu carrelage.

Je pris mon café en main et avalai une longue gorgée du breuvage sucré, amer et brûlant.

— Pour le moment, tu es bloqué ici, avec moi, en planque devant un sex shop. Et pour ton information, un *client* est une personne qui te rémunère. Je fais ça gratuitement, pour rendre service à Bobby.

— Qui est en plein date, grommela-t-il. Sympa, le meilleur ami.

— Je ne me mettrai pas sur le chemin d'un homme qui veut s'envoyer en l'air, répliquai-je.

— Voiture Un, répondez. Terminé.

Le talkie-walkie que j'avais posé sur le tableau de bord grésilla dans un sifflement criard. Je m'emparai de l'appareil avant que Mike n'ait la même idée.

— Voiture Un, vous êtes là ? Nous avons un problème à la Voiture Deux. Terminé. CCCrrrchhh.

— Il vient juste de chantonner ça dans le micro ou je rêve ?

Son dédain était aussi amer que le café.

— Tu te fiches de moi ? C'est quoi ça ? On est au primaire ou quoi ?

— Dans la vraie vie, on ne peut pas tous jouer les petits soldats aussi bien que toi, tu sais.

Je pressai la touche d'appel avant que Trey ne puisse cracher de nouveau dans le haut-parleur.

— Trey, que se passe-t-il de votre côté ? Vous avez repéré un suspect ?

Trey, bénéficiaire de la faveur en question et propriétaire de L'Amant Furtif, était chargé de surveiller la porte arrière. C'était la stratégie sur laquelle nous nous étions mis d'accord. Trey vivait dans la débauche et, même enfermé dans sa vieille Toyota Camry à l'autre bout de la rue, il trouverait certainement un moyen d'accoster les clients sortant de son propre établissement. Je l'avais mis avec Mike, tandis que je m'étais associé avec son partenaire du moment ; un minet blond platine qu'on surnommait Rocket pour une raison qui m'échappait encore. J'avais pensé la séparation des deux amants une idée brillante. Après vingt minutes de commentaires

3

lascifs sur l'arrière-train et l'entrejambe d'hommes en tout genre, Mike avait menacé de m'arracher les testicules si je n'intervenais pas.

Nous avions échangé nos places. Trey était allé se placer à l'arrière dans sa propre voiture et Mike avait sauté dans la mienne, de peur que Trey ne trouve autre chose à faire de sa bouche que de s'étendre en paroles dans l'allée sombre qui bordait la boutique.

Malheureusement pour nous, ayant changé de point de vue, Trey avait déjà fait face à trois *situations*, comprenant le signalement horrifié d'un opossum fouillant les poubelles qu'il partageait avec le vendeur de tacos d'à côté.

— Dis-moi si je me trompe, m'interrompit Mike en pinçant mon flanc, mais il semblerait que quelqu'un vienne juste de sortir de la boutique de l'obscène et se fasse la malle avec les affaires de ton client.

Je ne m'étais jamais laissé aller à jouer avec une quelconque poupée et je posai un regard ahuri sur l'étrange ballon qui passa la tête par l'ouverture étroite dans le mur extérieur de L'Amant Furtif. Il fut pris de convulsions, puis plongea brusquement et remonta en captant l'air. Les membres libérés de la brunette gonflable se déroulèrent et elle tourbillonna un moment avant de flotter vers le sol.

Une version blonde fit son apparition. Son corps en vinyle rose brillant resta momentanément en vol avant qu'une faible brise ne vienne la déposer à côté de sa sœur. Même dans les ténèbres, ses cheveux jaune maïs texturé luisaient et sa grande bouche étonnée était parfaitement perceptible.

Ce qui suivit fut d'autant plus surprenant. Les poupées laissèrent place à ce que je devinais être la pointe d'une Converse rouge en taille 41.

— Le beau salaud devait s'être caché à l'intérieur.

C'était impressionnant. L'homme, maigre comme un clou qu'il était, parvint à se contorsionner suffisamment pour se faufiler par la bouche d'aération. Elle ne devait pas faire plus de soixante centimètres, et pourtant, il rampa vers la liberté comme s'il était fait de gélatine. Malgré un atterrissage incertain sur une pile de boîtes entassées dans la ruelle qui séparait L'Amant Furtif et l'atelier, il reprit pied et retrouva son équilibre. Mike et moi étions sortis du véhicule avant même que la pointe des chaussures du pillard ait touché le bitume.

C'est à ce moment-là que les coups de feu commencèrent à retentir.

Un coup vif par l'arrière et je me retrouvai à avaler du gravier huileux à même le sol. Le poids lourd qu'était Mike m'écrasa et ce qui me restait d'air dans les poumons fut évacué, me laissant haletant. J'étais plus qu'un peu insulté qu'il m'ait poussé à terre et qu'il m'ait couvert de son corps. Je n'avais pas besoin que mon grand frère me protège de cette manière. Et de toute façon, il était bien plus petit et fin que moi, donc, pour un bouclier humain, il avait quelques lacunes.

— Bouge tes fesses de là.

Je le repoussai. Le talkie-walkie dans ma poche braillait les hurlements de Trey. Hurlant à son attention, je fus sur mes pieds dès que Mike me libéra de son poids et pris la direction de l'arrière de la boutique.

— Suis-le. Je m'occupe de Trey, criai-je en direction de Mike.

S'être plaqué au sol devait l'avoir rendu sourd, car il courut après moi aussi rapidement que ses petites jambes trapues pouvaient le porter. Je recrachai du gravier et les égratignures sur mes mains commencèrent à brûler. Je n'étais pas d'humeur compatissante.

Je le fus d'autant moins lorsqu'en tournant au coin du bâtiment, je retrouvai Trey assis près d'une poubelle verte qui avait vu de meilleurs jours, pantalon et caleçon aux chevilles. Trey se tourna légèrement pour nous apercevoir et ce que je pouvais deviner d'un fessier maigre et osseux n'était pas très attrayant. Je ne comprenais vraiment pas ce que Bobby pouvait trouver à ce maigrichon au nez crochu. Le minet, qui s'avérait également être le cousin de Trey, semblait davantage son style.

Rocket, l'homme en question, se tenait pile entre Trey et la voiture, remuant nerveusement à proximité des restes d'un phare brisé. Depuis qu'ils avaient disparu à l'arrière de la boutique, on pouvait noter la disparition de son T-shirt et ses lèvres curieusement gonflées. Il était encore plus mince que Trey, presque squelettique et blanc comme un linge. J'en arrivais à pouvoir estimer chaque os saillant de sa colonne vertébrale et j'étais presque inquiet de le voir basculer au poids des anneaux qu'il avait aux mamelons. Dans sa main, il serrait religieusement une brique.

Freddy, le vendeur du magasin, lui faisait face, l'air surpris de nous voir arriver. Sa bouche était grande ouverte, mimant les orifices des poupées gonflables. Au contraste de Rocket, il n'était pas armé d'une brique. Il pointait un magnifique 357 sur Trey.

Je marquai un arrêt et Mike me fonça dedans. Freddy sursauta, émit un hurlement et la bête qu'il tenait en main partit au quart de tour.

On pouvait observer chez les gens plusieurs sortes de réactions lorsqu'un coup de feu retentissait. Certains se mettaient à crier. D'autres plongeaient pour se mettre à l'abri. Pour ma part, je répétai les mouvements de mon frère. J'attrapai Rocket et le couvris de mon corps pour le protéger.

Cette fois, mon frère choisit de lever le bras, lequel se terminait par un magnifique Glock, et de cibler l'employé au visage arrondi et boutonneux.

Rocket couina et tenta de se dégager de mon étreinte. L'odeur nauséabonde de marijuana bon marché et de transpiration lui collait à la peau aussi fortement qu'il serrait sa brique de compagnie. Ses gesticulations prirent l'allure de convulsions et il se mit à agiter les bras, m'écorchant la joue au passage. Il avait fallu que ce soit la main portant la brique. Des étoiles dansèrent devant mes yeux, et je me retournai. Si Rocket était visé, peut-être qu'il pourrait dévier la balle avec cette brique, telle Wonder Woman.

— Lâche ça.

On aurait pu croire que c'était Mike qui avait un passé de flic, au lieu de moi. Sa voix était modérée. Il devait s'être entraîné devant un miroir.

Freddie en perdit sa prise sur l'arme. Elle s'écrasa sur le béton dans un cliquetis et je tiquai, m'attendant à ce qu'un coup parte. J'époussetai mon jean des gravats et des cailloux.

— À quoi te sert un flingue pareil ?

Je m'en allai ramasser l'arme. Elle était lourde et la poudre qui s'en échappait avait une fragrance poussiéreuse. Trey se déplia de sa position fœtale à même le sol. Son derrière blanc comme neige disparut de mon champ de vision lorsqu'il se redressa et il m'adressa un sourire embarrassé, conscient de la désapprobation que m'inspirait sa nudité.

— Remonte-moi ce pantalon, Trey.

C'est à ce moment-ci que je remarquai la bouteille en verre qui lui pendait à l'entrejambe.

— Il est bloqué, marmonna Rocket, grattant son bras famélique au niveau d'une piqûre de moustique. Il se l'est coincé.

— Merci pour ça. J'avais remarqué, Rocket.

Je fis signe à Freddy de garder ses distances et il recula aussitôt, les yeux cloués sur mon grand frère. Le contenant s'avéra être une bouteille de thé glacé dotée d'un goulot plus large que ne l'aurait été celui d'un soda. Le membre impressionnant de Trey était fermement logé dans le long col.

— Voilà qui explique ce que Bobby a bien pu lui trouver.

— Sérieusement.

Mike cracha à terre.

6

— Je vais voir si j'arrive à retrouver le maigrelet et ses poulettes emplastifiées. Je te laisse t'occuper de cette merde.

— Cet enfoiré avait un pistolet, baragouina Freddy, une fois Mike parti. Il était prêt à tirer ! Il avait un putain de flingue.

— Pour être tout à fait franc, il n'était pas le seul, lui rappelai-je en désignant l'arme que j'avais récupérée.

Je poussai Rocket pour passer et approchai Trey, baissant les yeux vers son entrejambe embouteillé.

— Trey, qu'est-ce que tu as fichu ?

— J'avais besoin de pisser.

Trey haussa les épaules, refluant un mélange d'herbe, de transpiration et, en bonus spécial, de sexe.

— Freddy a fermé boutique et nous a rejoints pour en fumer une. Et j'ai eu envie de me vider, c'est tout.

— Il y a des toilettes à l'intérieur, fis-je remarquer. Dans ton propre établissement. Celui dont tu es le propriétaire ?

— Je n'y avais pas pensé, admit-il. J'avais une bouteille vide qui traînait, Rocket m'a déconcentré et je me suis retrouvé coincé. Freddy a essayé de la faire sauter, mais il a raté.

— Il aurait pu te la perforer, imbécile.

Je détournai les yeux du tableau que dépeignait Trey, assis cul nu à même le bitume crasseux, n'ayant pas l'air d'être pressé de remonter son pantalon. Considérant que nous nous trouvions à l'arrière d'une boutique qui vendait du lubrifiant et des godemichets, j'aurais évité de laisser mes fesses nues toucher le sol ; Trey n'avait pas l'air trop inquiet.

— Il comptait la briser contre une poubelle, mais Freddy pensait que ce serait une mauvaise idée, marmonna Rocket. On a voulu essayer de la tirer, en premier.

La langue de Rocket ne cessait de s'accrocher dans le piercing qu'il avait au niveau de la lèvre inférieure et sa peau commençait à montrer des marques d'irritation. Je me demandai si j'avais un jour été aussi jeune et idiot. À voir Trey, jambes écartées, le membre enclavé dans un sarcophage de verre, je doutais que cela puisse avoir été possible.

— Et la brique dans l'histoire ?

J'avais presque peur de demander.

— Quelle autre bonne idée vous est venue à l'esprit ?

— Oh, ça.

Rocket baissa les yeux vers la brique, surpris de la trouver toujours enserrée entre ses doigts.

— Trey voulait que je m'en serve avant que Freddy propose de tirer.

Pour un drogué aussi nerveux et maigrichon que lui, Rocket savait sacrément bien visé. La brique s'envola dans un geste précis, atteignant proprement sa cible : pile dans l'entrejambe encapsulé de Trey.

II

— Tu as de la compagnie, déclara Mike lorsque nous nous arrêtâmes devant le vieil immeuble que j'avais restauré de mes mains après la fusillade.

Un mot si simple – fusillade – pour décrire l'implosion de ma vie tout entière.

Le temps de faire le chemin jusqu'au bâtiment imposant de style Craftsman qui renfermait tant mon logement que ma société, McGinnis Investigations, le ciel avait pris une nuance de bleu crépusculaire. J'avais fait d'une partie du rez-de-chaussée mon bureau et du reste, mon foyer. La flore était quelque peu absente de la façade en raison d'un engin explosif avec lequel la fille d'un ancien client avait expérimenté. Une allée moulée dans le ciment longeant la bâtisse menait à la porte d'entrée et au double abri plein air sous lequel je garai le Rover. Je devinai juste à côté la Ford Explorer chromée de Jae, à cause de laquelle Mike avait dû ranger sa Porsche trapue le long du trottoir.

Une longue voiture noire mangeait une bonne partie du reste de la bordure. On pouvait également noter les accessoires premium d'usage en la présence de deux hommes carrés aux traits coréens et d'apparence robuste engoncés dans un costume noir. Le véhicule était garé de manière à avoir une ligne de vision directe sur l'allée et ma porte d'entrée. D'après mon expérience, ces types-là n'avaient que deux vocations : jouer les chauffeurs et la protection rapprochée. Ceux-là répondaient à un homme de Séoul inébranlable lié de manière assez ambiguë à l'ambassade coréenne. L'homme d'affaires avait fort peu à faire de me rendre visite, donc ils ne pouvaient être là que pour une seule raison : la protection de son amante.

Scarlet.

J'avais rencontré Scarlet des années auparavant en travaillant sur une affaire connectée au Dorthi Ki Seu, un club réservé à la gent masculine s'adressant à la communauté asiatique et au public coréen plus particulièrement. Elle interprétait de la variété, ondulant sur la scène au son de titres classiques suaves. Elle était grande pour une Philippine, son corps longiligne apparaissant destiné aux robes pourpres et aux lichées de whisky.

9

Sa beauté était intemporelle ; des traits sublimes, des lèvres pulpeuses et une peau de la couleur du lait, avec une pointe de café pour rendre les choses plus intéressantes. Scarlet était sans aucun doute la plus belle femme qu'il m'avait été donné de rencontrer.

Et elle n'était pas née femme.

J'avais probablement déjà croisé l'un ou l'autre des gardes qui faisaient du surplace. Malheureusement, ils semblaient tous avoir été engagés non pas seulement pour leur précision de tir et la portée de leurs coups, mais également pour leur manque d'expression. Il m'était difficile de les différencier. C'était d'autant plus complexe de jour lorsqu'ils portaient des lunettes de soleil. L'idée m'avait tourmenté jusqu'à ce que Mike admette qu'il n'y parvenait pas davantage, et il avait bien plus affaire à eux que moi.

— Eh.

Mike marqua une pause avant de descendre du Rover.

— Tu comptes t'amener avec Jae au dîner avec les parents ?

— Je ne lui en ai pas encore parlé.

J'étais exténué et mon ventre se tordait de tout le café bon marché que j'avais ingéré ces dernières heures.

— Ce n'est pas comme si papa voulait me voir, Mike. Ça fait des années que nous ne nous sommes plus adressé un mot.

Mon père et Barbara, la femme à laquelle il s'était remarié après le décès de ma mère, avaient reporté leur intention de visite après que je m'étais fait tirer dessus par Grace, la barge qui servait de cousine à Jae. De leur part, ce n'était pas vraiment pour que je prenne le temps de guérir avant qu'ils viennent m'importuner. Mais plutôt parce que Barbara s'était déchiré les ligaments de la cheville et ne pouvait plus voyager pendant un long mois. Je l'appelais « maman », autrefois. C'était avant qu'elle reste parfaitement silencieuse pendant que mon père me traitait de tapette et qu'elle ne bouge pas d'un pouce lorsqu'il m'avait fichu dehors.

— Cole.

Mike serait un bon père, quand le temps serait venu. Il avait dompté le parler *policier* et maintenant, il me sortait sa voix de *papa qui a atteint sa limite*.

— Tasha aimerait que tu sois là. Mad aussi.

Une chose était sûre avec mon frère : il était toujours prêt à sortir l'artillerie lourde en mentionnant notre demi-sœur et sa femme, deux personnes que je m'écœurerai à décevoir. Je n'avais jamais rencontré mes deux autres sœurs. C'était la toute première invitation à les rencontrer que je recevais.

Soupirant, je reposai ma tête contre le volant.

— C'est bon, je viens et j'en parlerai à Jae. Mais dis à Mad-la-Démone de ne pas trop compter sur sa présence. Il a déjà tellement d'ennuis avec sa propre famille à gérer. Je doute qu'il veuille se retrouver face aux miens.

— C'est pour bientôt, n'oublie pas.

Mike sortit sur un claquement de porte et je l'imitai, saluant les deux hommes au passage. Sans surprise, ils n'y répondirent pas même d'un hochement de tête ou d'un sourire.

— On s'appelle.

Je restai planté sous le soleil levant, tandis que mon frère rentrait dans son bolide de course pour rejoindre son petit coin de banlieue. Le voisinage commençait tout juste à se réveiller. Les lumières du café au coin de la rue étaient déjà allumées et une silhouette se mouvait derrière le comptoir, remplissant les présentoirs pour le rush matinal. D'autres bâtisses vieillottes survivaient tant bien que mal à proximité, la plupart transformées en boutiques ou reconverties en grappes d'appartements minuscules. Une fausse blonde me dépassa au pas de course, sa poitrine rebondissant à chaque secousse. Concentrés comme ils l'étaient sur la façade de mon immeuble, les deux Coréens ne lui prêtèrent pas la moindre attention.

— Bonne nuit, tout le monde.

Ils m'ignorèrent, me suivant des yeux jusqu'à la porte.

— Essayez de ne pas prendre feu sous les rayons du soleil.

La porte était fermée à double tour. S'isoler du monde extérieur était une des petites habitudes de Jae. Enfonçant ma clé dans la serrure, je fis basculer le battant et entrai chez moi pour aussitôt me faire agresser par les hurlements d'un petit diablotin noir me jaugeant du haut des escaliers. Dans le genre demi-portion d'à peine deux kilos en fourrure et en crocs, même Pearl Harbor lui envierait l'ampleur de ses vocalisations. Jae n'aurait même pas besoin de fermer la porte pour éloigner les intrus. Les miaulements du chat faisaient largement le travail.

— Salut, le monstre.

Neko s'enfuit, me dédaignant sans réserve, et traça une fusée de l'obscur encline aux ravages et à la destruction des chambres de l'étage.

Une grosse partie du rez-de-chaussée était lambrissée de boiseries en merisier sur des murs crème en plâtre. J'avais décapé les panneaux, poncé et teinté l'ensemble. Elle n'avait pas beaucoup d'opportunités de saccage par là, si ce n'est pour les occasionnelles tentations que représentaient les immenses et moelleux sofas éparpillés dans tout le salon qui prenait presque tout le rez-de-chaussée.

À l'étage, c'était une autre histoire.

J'avais tapissé la plus petite chambre d'un damassé de soie que le chat s'amusait à arracher des murs. Je lui avais acheté un énorme grattoir doté d'une telle infinité d'accès et d'étages qu'il pouvait accueillir une bonne partie des chats errants du quartier. Le papier peint avait souffert jusqu'à ce que Jae décide de lui poser ce qu'il appelait des protège-griffes. Ça marchait comme un charme. Plus de griffoir à l'improviste et un joli contraste contre son épaisse fourrure ébène. Mais il fallait dire qu'elle était d'une humeur de cochon depuis.

À présent que ma furie au pelage noir et aux griffes dorées me collait aux baskets quatre jours sur sept, dès lors que Jae passait la nuit ici, j'étais terrifié qu'elle remplace la tapisserie par mes testicules lors de mon sommeil.

— Bonjour à toi, *hyung*.

Le responsable des portes closes et des chats démoniaques débarqua dans le hall depuis le salon et mon cœur manqua un battement. Je ne pouvais le lui reprocher. Mon cerveau venait tout juste de prendre congé et les mots m'échappaient.

Mon entrejambe, lui, savait exactement ce qu'il voulait et était aussi furieux que la chatte de Jae que nous ayons de la compagnie.

Je n'avais jamais fantasmé sur quelqu'un comme Kim Jae-Min et ne m'étais certainement pas attendu à vouloir quelqu'un comme lui. Il était superbe et énigmatique ; un homme Coréen dont la sexualité était bridée par une famille traditionaliste. Il n'aurait pas dû retenir mon attention. Je ne m'étais jamais retourné sur aucun type asiatique. Je n'aurais jamais pensé me retrouver à partager mon lit avec l'un d'entre eux, ni même à m'engager dans une autre relation après la mort de Rick. Mais une fois tombé sur lui, il n'y avait plus rien… ni personne que je désirais davantage.

Jae était une créature sensuelle aux hanches basses, de taille plus modeste que moi, mais dotée de longues jambes élancées dont je ne me lassais pas. Il avait une bouche charnue faite pour être embrassée et ses yeux bruns foncés étaient difficiles à jauger derrière la barrière de sa frange, mais je savais d'expérience qu'ils se pailletaient de touches ambre dès que le soleil les illuminait. Il se fichait de sa manière de s'habiller, préférant les jeans élimés taille basse ou les pantalons de survêtement en coton qui glissaient sur ses hanches fines. Il était pieds nus dès lors qu'il posait un orteil dans la maison et ceux-ci portaient les marques des jeux infernaux de son chat. Jae avait une préférence pour les T-shirts, les miens lorsqu'il restait dormir, et les débardeurs qui dévoilaient les muscles de ses bras. Il avait de sacrés bras. Très bien ajustés à de larges épaules qu'il avait renforcées à forcer de transporter tout son équipement de photographie sur lui.

Je désespérais que nous ayons tant de soucis. J'avais du mal à me remettre de la mort de mon amant et il se débattait avec une culture prônant l'exclusion de toute personne homosexuelle en faisant lui-même partie de cette communauté. Je doutais qu'il ait conscience de sa beauté ou de l'attention qu'il happait dès qu'il entrait dans une pièce. Je désespérais qu'il ne puisse m'appartenir.

J'avais encore des progrès à faire, de ce côté.

— *Nuna* est là.

Son baiser fut superficiel, tout juste un effleurement de nos lèvres, mais cela suffit à achever de court-circuiter mon cerveau.

Je n'entendis rien de ce qu'il raconta. Pas lorsqu'il glissa ses bras autour de ma taille et que son corps se moula au mien. Mes mains se faufilèrent plus bas et accrochèrent la rondeur de ses fesses, mes paumes se gorgeant de ses formes. La présence de visiteurs dans le salon rendait les assises inaccessibles et se rendre à l'étage n'était pas une meilleure idée. Elle nous entendrait monter et s'interrogerait sur nos raisons de l'avoir laissée seule en bas. La buanderie me faisait de l'œil. Je pouvais déjà imaginer Jae en équilibre sur la machine à laver, le caleçon suffisamment descendu pour que je puisse écarter ses cuisses et me loger dans sa chaleur.

— Cole-ah, tu m'écoutes ? dit Jae en assenant une pichenette sur le bout de mon nez.

Il n'y avait rien de plus affectif que ses petits « -*ah* » en fin de nom ; en contraste, la pichenette piquait tout de même. Il retira ses bras de ma taille et me repoussa doucement. Je le laissai reculer à regret, me convainquant intérieurement que j'étais bien trop exténué pour une tournée sur la machine à laver de toute manière.

— Je disais que *nuna* était là.

— Je sais. J'ai vu la mafia du kimchi dehors, répondis-je, tendant le cou pour mordre le sien tendrement avant qu'il ne puisse m'échapper complètement.

Il se laissa aller à mes avances, et je mordillai brièvement la peau avant de le laisser tranquille.

13

— Comment va-t-elle ?

— Elle voudrait avoir une discussion avec toi. Il y a quelqu'un qu'elle veut que tu rencontres. Ce serait pour un job, chuchota Jae.

Ses pommettes s'empourprèrent, un baume rosé colorant sa peau, et il frotta l'endroit où je devinais encore les marques de mes dents.

— Qu'est-ce qui t'a pris si longtemps ?

— J'ai dû rester le temps qu'un docteur s'occupe de retirer les morceaux de verre de l'entrejambe de quelqu'un. (Je haussai les épaules.) Il y a du café que je puisse réchauffer au micro-ondes ? Je vais en avoir besoin si je dois encore tenir le coup un moment.

— Je ne te suffis plus pour ça ?

Son sourire fut bref, un rictus séducteur qui appuya mon envie de l'entraîner dans la buanderie.

— Jae, me convaincre d'avoir une discussion dans le salon est facile, murmurai-je, pressant une main sur sa nuque pour l'entraîner dans un autre baiser. Ta personne entière m'inspire à gravir les escaliers pour voir si nous pouvons causer assez de raffut pour avoir les flics sur le dos.

— *Aish.*

Le raclement guttural fit vibrer sa gorge.

— Il en reste. Je t'en ramène une tasse et de quoi grignoter. Va voir *nuna*. Elle pourra enfin rentrer et nous pourrons… dormir un peu.

EXCEPTÉ L'ESPACE de travail à l'avant, mes plus gros efforts avaient été déployés lors des travaux du salon. L'énorme cheminée m'avait mis des bâtons dans les roues à chaque nouvelle avancée et il m'avait bien fallu deux semaines pour me débarrasser de la peinture et des cendres.

S'étaient dévoilés un manteau de cheminée élégamment sculpté et un espace pour accrocher mon écran plat. Des bibliothèques en pagailles étaient rangées le long du mur et sous les fenêtres. J'avais fait de mon mieux pour dénicher des meubles assortis aux lignes épurées de la cheminée, mais ayant été privé du gène du goût propre aux personnes de mon orientation sexuelle, je m'étais résigné en achetant de longs et larges canapés rembourrés et un coffre massif dont je me servais comme table basse. Il était suffisamment imposant pour héberger une famille peu nombreuse, s'ils parvenaient à rester accroupis.

Jae l'avait déclaré hors d'atteinte pour tout acte charnel. Nous mangions dessus aussi souvent que possible, je ne pouvais le lui reprocher.

14

Même si ça ne me plaisait pas, parfois la raison l'emportait vraiment.

— Bonjour, mon chou, ronronna Scarlet en se levant pour venir déposer un baiser sur ma joue.

Malgré la nuit qu'elle avait passé à m'attendre, elle était toujours dans une forme épique, la peau lumineuse derrière une chemise blanche débraillée de coupe masculine. Ses jambes sublimes étaient enfermées dans un legging noir étroit et, ayant laissé ses sandales à l'entrée, on pouvait voir ses petits pieds nus. Exception faite d'un simple anneau doré porté à sa main gauche et d'une bague en or et en jade sur l'index de la main opposée, ses doigts étaient dépourvus du moindre ornement. Son amant lui avait fait cadeau du premier. Le jade était de ma part. Elle avait été présente pour Jae lors des moments les plus durs de sa vie. Je serais tout aussi bien monté lui décrocher la lune si j'avais pu.

— Quel plaisir, *nuna*.

À ce stade, je me permettais d'utiliser les mêmes titres honorifiques que Jae avec elle : un mot familier utilisé par un jeune homme à l'égard d'une femme plus âgée duquel il est proche. Ça représentait beaucoup pour Scarlet qu'il l'appelle ainsi. La première fois que je m'y étais osé, ses larmes avaient menacé de ruiner son maquillage et elle m'avait flanqué une gifle sur le bras pour l'avoir titillée sur le sujet.

— Tu aurais dû me passer un coup de fil. Je serais revenu plus vite à la maison.

Un jeune Coréen de la même tranche d'âge que Jae-Min était assis à côté d'elle. Il se leva en me voyant entrer et s'inclina légèrement. Ses cheveux noirs étaient rasés court sur les côtés et tout juste moins sur le dessus. Je le dépassais d'une tête, mais les muscles de ses bras roulèrent visiblement lorsqu'il me tendit la main. Un léger bronzage lui assombrissait le teint et ses paumes étaient sèches et abîmées par le travail manuel. Nous nous serrâmes la main, tandis que Scarlet s'occupait de nous présenter.

— Cole, voici Park Shin-Cho. Le fils d'un ami et le neveu de mon *hyung*. Shin-Cho-ah, je te présente Cole McGinnis, l'homme dont je te parlais qui pourra sans doute t'aider.

Nous renouvelèrent l'action du serrage de main, puis elle se glissa dans le confort des larges canapés en repliant ses jambes. Tendant le bras, elle attrapa un mug de thé fumant sur la table et l'encercla pour en siroter une gorgée.

— À moins que tu ne veuilles te servir de ton nom américain ?

— Jason ?

Shin-Cho avait un peu la même intonation que Jae lorsqu'il était épuisé, son anglais s'arrondissant sur les bords et s'adoucissant dans un accent moins compréhensible.

— Je ne m'en suis plus servi depuis des lustres, pas comme Shin-Ji… David, je veux dire. Je doute d'être capable d'y répondre.

— Shin-Cho me convient, à moins que vous ne préfériez Jason.

Un parfum délicieux s'échappait de la cuisine et mon estomac rempli de Twinkie gargouilla son mécontentement. Mes manières se rappelant à moi, je demandais expressément :

— Avez-vous mangé ?

— *Musang* nous a régalés un peu plus tôt.

Elle se pencha vers l'avant et tapota le canapé, m'enjoignant à m'asseoir.

— Mange, toi. Tu n'es pas une exception aux petits soins qu'il prodigue.

— Je suis presque sûr qu'il commence à s'en lasser, ris-je, quand intérieurement, je me demandais quelle serait sa limite ; mais je supportais bien son chat après tout, ça devait bien valoir quelque chose.

— On ne peut pas dire que prendre soin de toi est très difficile, rétorqua Jae, sa voix enrouée par un manque de sommeil.

Un plateau lourd de mets et d'une théière en main, il ignora mes efforts pour le lui soustraire en se plaçant hors de ma portée.

— Tu te contentes de t'attirer des ennuis, de manger et de dormir.

— C'est loin d'être tout ce que j'entreprends, dis-je en repensant à la machine à laver.

Mon clin d'œil lui fit échapper un son railleur et Scarlet éclata de rire. J'en oubliais presque Shin-Cho, dont le visage avait tourné au pourpre d'embarras. Je marmonnai mes excuses, mais il les écarta d'un timide sourire tordu.

— Je pense que cela rentrait justement dans la catégorie « s'attirer des ennuis », Cole-ah.

Scarlet murmura ses remerciements lorsque Jae remplit leurs tasses de thé.

Il s'installa à proximité, au bout du sofa, près de Scarlet. Ses genoux flirtaient avec les miens et nous échangeâmes un sourire. Il se pencha pour venir attraper un petit assortiment de banchan et le placer devant moi. Les divers carrés blancs proposaient une sélection de marinades et de légumes, dont mon préféré : du radis blanc finement tranché et des carottes assaisonnées au vinaigre de riz. Je devinai également un kimchi à l'air extra piquant avec ses poivrons rouges. Les larmes me montaient aux yeux rien qu'à le regarder.

Je le mangerais, mais c'était bien parce que Jae l'avait mis sous mon nez. Je le regretterais d'ici quelques heures, mais je l'avalerais.

Un grand verre de café glacé et un petit récipient débordant d'un mélange de riz blanc et violet accompagnaient le banchan et Jae vint déposer un bol de soupe couvert devant moi.

— Qu'est-ce que c'est ? Ça sent divinement bon.

Et je mâchai mes mots. Une fragrance épicée et carnée s'en dégageait, avec cette touche d'onctuosité que j'avais appris à associer au *dubu*, le tofu soyeux coréen.

— *Sundubu chigae.*

Jae attrapa une portion de kimchi du bout de ses baguettes et l'engloutit avant de me rendre les couverts.

— Ça me dit quelque chose, marmonnai-je en tentant de traduire.

Je m'apprêtai à soulever le couvercle lorsque je marquai une pause pour poser une question cruciale.

— Une petite minute, j'espère que je ne vais pas encore me retrouver à manger des globes oculaires, si ?

Ma vie avait porté sa part de changements depuis que je m'étais mis avec Jae. L'un d'entre eux était l'apparition occasionnelle d'yeux dans mes plats, généralement provenant des têtes de poissons ou de crevettes entières encore non décortiquées. Je n'étais pas du genre délicat et les tentacules ne me faisaient pas peur, mais se faire juger par ma propre soupe n'était pas dans ma liste de choses acceptables.

— Pas cette fois, promit Jae dans un petit sourire. Pas de cuisses non plus.

— Dieu soit loué.

Je l'embrassai sur la joue et découvris le plat, me repaissant du riche arôme qui s'éleva de la soupe.

Manger devant tout ce monde me mettait mal à l'aise, mais ils m'assurèrent qu'il n'y avait pas de quoi. Je trempai une cuillère de riz dans la soupe, collectai un peu du jaune de l'œuf que Jae avait cassé dans le *chigae* encore chaud avant de rapporter les plats, et gorger le reste de sa contenance épaisse. Une grosse crevette passa la tête hors de la soupe, son corps rosâtre démuni de carapaces, d'yeux et de pattes. Ils se divertirent entre eux pendant que je me rassasiais, parlant du temps comme il en

17

convenait avant de s'attaquer à la raison de la présence de Scarlet. Le banchan disparut rapidement avec l'aide de Jae et alors que je m'attaquais au dernier morceau de chou, je portai mes baguettes jusqu'à sa bouche pour le lui laisser.

Il inclina la tête pour le déloger des baguettes, ses yeux brillant d'un petit quelque chose qui m'échappait. Elle brûlait en leur sein dès lors que j'osais lui offrir de la nourriture, et bien que nous ayons tous deux conscience de sa présence électrisante, nous n'y avions pas encore touché.

Je devais me rappeler de répéter mon geste plus souvent.

Le temps que Scarlet en arrive finalement à la raison de sa visite, le *chigae* s'était complètement évaporée. Jae nous prépara un café vietnamien bien noir filtré avec un nuage de lait condensé et passa de chapardeur de banchan à testeur de biscuits damiers.

— Shin-Cho et moi souhaiterions t'engager, Cole-ah.

Scarlet trempa un sablé dans son thé et en grignota la partie humidifiée.

— Cela concerne son père. Il a été porté disparu en 94, lorsque Shin-Cho n'était encore qu'un enfant… Nous voudrions que tu l'aides à le retrouver.

— Ou du moins, à savoir ce qu'il lui est arrivé, ajouta Shin-Cho. Il est essentiel que je découvre la vérité sur sa disparition, surtout aujourd'hui.

— C'est une vieille histoire. Pourquoi la faire remonter maintenant ?

J'exécutai un grand écart mental pour deviner l'âge de Shin-Cho et rajoutai quelques années pour faire bonne mesure.

— Vous deviez avoir quoi ? Huit, neuf ans ?

— Dix, me corrigea-t-il.

Shin-Cho lança un regard interrogateur à Scarlet et une conversation silencieuse se déroula entre eux, les yeux dans les yeux. Elle hocha la tête, le poussant à poursuivre.

— Ne retiens pas tes mots devant lui, Shin-ah. Tu peux tout lui dire.

— Mon frère, David, va se marier très bientôt.

Il se mordit la lèvre, luttant visiblement contre quelque chose.

— Les dernières semaines ont été particulièrement pénibles. Je me réjouis pour lui, bien sûr. Nous la connaissons depuis des années… c'est une femme charmante. Gentille.

Je sirotai mon café.

— Quel rapport avec votre père ?

— Avec elle, aucun, répondit Shin-Cho en agitant la main. Helena est loin d'être le problème. *Son* père, par contre… J'ai appris qu'aux alentours de la disparition, mon père et lui avaient une aventure.

Je déposai le mug sur la table.

— OK, si je comprends bien, votre frère compte épouser la fille de l'amant de votre père ?

Shin-Cho et Scarlet acquiescèrent d'un même mouvement.

— Et vous ne pensez pas qu'il serait plus que temps de sortir de votre cercle parental pour jeter un œil au monde extérieur ?

— Ils n'en savaient rien. Les fils de Dae-Hoon n'ont jamais su la vérité sur leur père, expliqua Scarlet d'une voix plus douce. *Hyung*, l'oncle de Shin-Cho lui-même, ne leur en a jamais parlé. Ce n'est pas le genre de conversations qui s'invite autour d'une table.

— Cela n'explique toujours pas pourquoi maintenant.

Répondre à une telle question me paraissait plutôt simple, mais d'après l'aspect agité de Shin-Cho, je devinai me méprendre sur la difficulté de la tâche.

— Je ne sais pas bien où s'arrête votre connaissance de notre système.

Shin-Cho jeta un regard en direction de Jae, qui lui répondit d'un haussement d'épaules. Ç'aurait aussi bien pu vouloir dire *Je dois encore lui rappeler d'enlever ses chaussures à l'entrée* que *C'est une cause perdue, sois concis*.

— Tout homme originaire de Corée du Sud doit faire son service militaire avant d'atteindre la trentaine. J'ai eu… J'ai été radié pour…

— Tout va bien, Shin-Cho.

Elle attrapa sa main dans la sienne.

— Mon supérieur m'a découvert en compagnie d'un autre homme dans les douches.

Son visage se ferma et il ravala ses émotions pour rassembler le courage de prononcer les bons mots.

— En coréen, on appelle ça *dongseongae*… être attiré par son propre sexe. Quand c'était le *junwi*, notre officier, qui nous le hurlait, le mot en devenait écœurant. Ce n'était pas ce qu'il pensait. C'était la seule fois… nous étions…

Sa bouche s'ourla dans une courbe marquée par la honte et l'ego meurtri. Il détourna le regard pour dissimuler les larmes perlant dans ses yeux, et nous prétendîmes ne rien remarquer, lui laissant le temps de reprendre pied. Scarlet en profita pour combler le silence.

— *Hyung* a fait rapatrier Shin-Cho lorsque nous avons appris qu'il avait quitté l'armée. Leur famille l'a très mal pris. Leur grand-père l'a même accusé d'être un moins que rien, comme son père avant lui. C'est à ce moment-là qu'il a appris pour Dae-Hoon.

Changeant de position, elle reprit :

— Dae-Hoon était mon meilleur ami. Nous nous sommes rencontrés en Corée. Il était déjà marié, à l'époque, mais il était plus malheureux que jamais. Je suis tombée sous le charme de *hyung* et nous cherchions par tous les moyens une manière d'être ensemble. Nous avons décidé de venir ici. Dae-Hoon nous a emboîté le pas quelques semaines plus tard.

— Nous n'étions pas arrivés depuis longtemps, intervint Shin-Cho. Huit mois ? Peut-être un peu plus ?

— Environ un an, précisa Scarlet. Puis Dae-Hoon a disparu sans laisser de traces et Ryeowon a ramené les garçons au pays. Je ne les voyais pas souvent. *Hyung* leur rendait visite, mais vous savez comment c'est…

Certes. Son amant était marié avec des enfants, une vie complètement séparée, dont Scarlet ne faisait pas partie. Cela semblait fonctionner pour eux. Et s'ils avaient des problèmes, Scarlet ne le montrait pas.

— Ma mère s'est remariée. Elle était horrifiée à l'idée que nous soyons… exposés aux perversions de notre oncle. C'est comme ça qu'en parle ma partie de la famille, lorsque sa femme est ailleurs.

Shin-Cho eut la bonne grâce de lutter contre l'embarras.

— Je n'étais pas au courant pour… *nuna*. Je pensais qu'elle… qu'il… Je n'étais au courant de rien. J'ai toujours pensé que mon oncle avait une aventure avec une autre femme.

— Ouais, fis-je, lui laissant le bénéfice du doute. Et dans le genre, *nuna* est carrément sexy.

— Je prends ça pour un compliment, *dongsaeng*, nous rassura-t-elle.

Jae ricana derrière sa tasse de café et renonça à faire l'innocent lorsqu'elle le morigéna.

— Donc, votre famille a appris pour votre préférence et les choses se sont empêtrées à partir de là, récapitulai-je en hochant la tête. Je connais le sentiment. Désolé que ça vous soit arrivé.

— C'est la raison pour laquelle je me suis retrouvé à Los Angeles. La famille Seong… ma famille maternelle… est conservatrice au possible. Il n'y a pas de place pour quelqu'un comme moi chez eux.

Il pinça ses lèvres.

— Mon oncle a promis de m'aider. *Nuna* et lui ont été…

— Ces dernières semaines ont été particulièrement rudes, Cole-ah, expliqua Scarlet. Cette histoire a rouvert de vieilles plaies... ravivées d'anciennes querelles.

— Ils me pensent comme ça à cause de ce que mon père a fait. Un de mes oncles m'a même demandé s'il s'était permis de me toucher, cracha Shin-Cho. Dire ce genre de choses et oser penser que je suis la disgrâce de la famille ? Je pensais que mon père était mort dans un accident de la route. Ils nous jettent des mensonges à la pelle dès qu'ils veulent dissimuler ce qui ne leur plaît pas. J'ai besoin de savoir ce qui lui est arrivé. J'ai besoin qu'au moins une chose dans ma vie fasse sens, surtout avec ma famille qui...

— David est là pour toi, lui rappela Scarlet. Ton frère ne te lâchera pas.

— Celui qui va épouser la gamine de l'amant de son père.

J'avais encore du mal à m'y retrouver dans cette affaire.

La tête me tournait. J'avais dû mal à lire l'expression sur le visage de Jae. Il s'était refermé quelques minutes plus tôt, ses traits prenant une allure placide que j'avais du mal à pénétrer. Ce que Shin-Cho décrivait était son pire cauchemar. La douleur que l'homme exprimait dans sa voix était déjà difficile à supporter pour moi. J'avais du mal à imaginer dans quel état je serais si je devais être témoin des mêmes événements, de la même détresse avec Jae. Ça pourrait bien m'achever, et pour de bon cette fois. Nous achever tous les deux.

— David me dit qu'il s'en fiche. Il me soutient pour qui je suis, mais le reste de ma famille refuse même de m'adresser un mot, soupira Shin-Cho. Le mariage de mon frère se tient samedi prochain. Ma mère est déjà arrivée à Los Angeles, mais refusera d'y assister si je suis présent. J'ai proposé à David de me retirer pour qu'elle puisse participer, mais il ne veut rien entendre. C'est son choix à elle, d'après lui.

— Comment souhaitez-vous que je m'y prenne ?

Il fallait que quelqu'un nous fasse reprendre le fil de la conversation.

— Je veux que vous découvriez ce qui est arrivé à mon père. J'ai besoin de savoir, déclara Shin-Cho. *Nuna* était avec lui lorsque cela s'est produit. Après ça, personne ne sait ce qu'il est advenu de lui.

— Je doute que nous parvenions à le retrouver en vie, Cole-ah, m'avertit Scarlet. Et c'est sans doute Kwon Sang-Min qui l'a tué.

III

— *NUNA*, LA réprimanda affectueusement Jae.

Elle renifla. On ne pouvait pas exprimer son dédain mieux qu'une Philippine trans au bout du rouleau.

— On ne peut pas savoir ça. On ne peut pas en être sûr.

— Si elle l'accuse, c'est parce qu'elle a une dent contre lui, ajouta Shin-Cho. Et pour être honnête, je ne l'apprécie pas non plus. Il a toujours un air bizarre en présence de mon frère. Et maintenant que j'en sais plus sur sa relation avec mon père, je l'aime encore moins.

— Je vois. Dites-moi…

Je m'armai de mon arsenal de diplomatie. C'était loin d'être la première fois que je me retrouvais assis devant une personne cherchant des réponses à ses questions. Le truc, c'est qu'on veut rarement apprendre la vérité. On prie pour que rien n'en ressorte. Trop souvent, les réponses trouvées ne sont pas celles que l'on peut accepter. Je ne savais pas très bien où Shin-Cho se plaçait sur cette échelle.

— Que pensez-vous qu'il va se passer si je découvre quelque chose ? Que cherchez-vous à faire ?

— J'aimerais surtout essayer de comprendre mon père, juste un peu plus ? Je ne sais pas trop, admit-il. Savoir que personne, à part *nuna* et mon oncle, n'a jamais essayé de le retrouver me ronge de l'intérieur. Il représentait un problème qui s'est de lui-même effacé, et ça leur est complètement égal. Je ne peux pas vivre avec ça sur le cœur. Pas en sachant qu'il est passé par la même phase que moi. Ça me tuerait, Cole-sshi. J'ai besoin de savoir.

— *Nuna* n'a qu'à expliquer ce dont elle se souvient des événements.

Je me tournai vers Scarlet.

— Je ne peux rien promettre. Ça fait un sacré bout de temps.

— Le tout, c'est d'essayer.

Scarlet hocha brièvement la tête, les yeux cloués sur ses mains jointes.

— Tu vas te mêler aux affaires de certains hommes particulièrement puissants, *hyung* compris. Tu dois me promettre de rester prudent, trésor.

— La prudence est mon deuxième nom, la rassurai-je.

22

— Je pensais que c'était Kenjiro, moqua Jae. Ça signifie «un deuxième fils trop curieux pour son propre bien».

J'ignorai Jae et déterrai un bloc-notes et un stylo de la pile d'affaires que j'avais laissé traîner sur la table basse.

— Commençons par ce qui s'est passé.

— C'était en… (Scarlet marqua une pause, comptant les années passées.) novembre 94. Dae-Hoon et moi nous étions rendus dans un spa à Los Angeles… à K-Town. Bi Mil était plutôt une sorte de club, à vrai dire. Il y avait un étage pour danser et un bain à peine assez grand pour accueillir vingt personnes. Je m'y rendais souvent pour voir *hyung*. Nous étions plus… jeunes. La route était encore pleine d'obstacles. Chaque rencontre était une bataille en soi.

— L'endroit dont tu parles, Bi Mil, facilitait vos rendez-vous?

Je pris note d'en trouver l'adresse au cas où je croiserais la route d'autres hommes qui habitaient dans les parages à l'époque. Trop d'entre nous avaient déménagé vers de plus vertes pâtures ou étaient morts de l'affection qui avait décimé la communauté homosexuelle.

— Une foule dans laquelle se perdre? Quel genre de clientèle pouvait-on y retrouver? Prompt au tapage ou quelque chose dans le genre?

— On y voyait plutôt un public asiatique, comme au Dorthi Ki Seu, mais c'était plus discret. Plus impopulaire. (Scarlet rit doucement et le rouge lui colora les joues.) Pas aussi chic. Plus comme ces endroits où les hommes se rendent pour un coup d'un soir qu'un lieu de romance ou de convivialité. Je prenais une chambre pour que nous puissions passer du temps ensemble… pour plus d'intimité. Il était moins bien… établi qu'il l'est aujourd'hui. Être vu en ma compagnie lui aurait apporté de gros ennuis. C'est différent aujourd'hui, bien sûr. Complètement différent.

— Dae-Hoon et toi vous êtes donc rendus sur les lieux? Et ensuite?

— Il y a eu un raid. Des hommes en noir nous sont tombés dessus. Ils disaient être des agents de police… (Sa voix s'aggrava, rendue rauque par l'émotion.) C'était bien après les émeutes, mais la police était encore impitoyable. Ils nous mettaient le malheur du monde sur les épaules. Nous haïssaient. On ne pouvait pas sortir sans être accompagné, surtout pas pour aller danser. Être gay à cette époque était… dangereux. Et même si les choses commençaient déjà à changer, c'était toujours dur à vivre.

Elle continua, d'une voix adoucie.

— Cette nuit-là, lorsque la police est arrivée, nous avons traversé le hall. Il y avait des portes menant sur le côté du bâtiment et je pensais

23

que si nous parvenions à passer par l'une d'entre elles, nous serions saufs à l'extérieur. Ces hommes… ces agents… nous suivaient à la trace. Ça ne m'a pas marqué sur le moment et c'est plus tard que j'ai remarqué qu'il ne poursuivait personne d'autre. Qu'ils n'avaient arrêté personne d'autre sur le chemin.

— Ils vous ont eu ? tentai-je, ne voulant pas la brusquer.

— Pas moi. Juste Dae-Hoon. Ils se sont contentés de me donner des coups, répondit Scarlet en secouant la tête.

Elle écarta ses longues mèches brunes de son visage. Le soleil entrant par les fenêtres du salon frappa la cicatrice en demi-lune qu'elle portait à la tempe, marquant son renflement d'une ombre. Un objet contondant lui avait arraché un morceau de chair, laissant derrière lui un rappel de cette nuit.

— Mais tu avais…

Je réalisai qu'on ne m'avait jamais révélé le véritable nom de l'amant de Scarlet.

— Mais tu avais *hyung* avec toi ?

— Pas à ce moment-là. Pas encore.

Elle s'adossa de nouveau au dossier du sofa, l'air usé.

— Tout le monde se bousculait. À ce stade, la police tapait sur tout ce qui bougeait. Nous étions beaucoup à saigner et à fondre en sanglots. *Hyung* est arrivé juste avant la police et nous attendait à l'extérieur. J'avais la tête complètement vide. Il était avec moi, et je me sentais enfin en sécurité. Je lui ai dit que Dae-Hoon se trouvait encore à l'intérieur, mais il m'a poussé dans la voiture et a ordonné au chauffeur de déguerpir. Plus tard, *hyung* m'a informé que personne n'avait pu retrouver Dae-Hoon… personne ne l'avait vu. C'est la dernière fois que je lui ai parlé. J'ai cherché partout. Appelé tous mes contacts… même son ex-femme… Il s'était complètement évaporé.

— Ex ? notai-je. Ils avaient divorcé ?

— Pas encore, répondit Shin-Cho. Ma mère m'a dit qu'elle avait entamé les démarches, mais qu'ils étaient encore officiellement mariés lorsque sa mort a été déclarée.

— Il en avait assez de se cacher, expliqua Scarlet en inclinant la tête. De sa famille… du reste du monde… il a tout quitté. Il était fatigué de mentir pour en protéger d'autres comme lui. Dae-Hoon était furieux de la manière dont sa famille le traitait. *Hyung* lui a conseillé de ne pas faire de vagues, mais je pense qu'il n'en avait plus rien à faire, à ce moment-là.

— Cherchait-il à voir quelqu'un cette nuit-là ? Quelqu'un en particulier ?

Je me penchai vers Jae et posai ma main sur la sienne. Le dilemme de Shin-Cho miroitait si bien sa propre vie qu'il lui était impossible de rester de marbre, et je fus extrêmement reconnaissant lorsque ses doigts se refermèrent sur les miens.

— Qui comptait-il voir exactement ? Qui savait qu'il serait là-bas, à part *hyung* et toi ?

— Kwon Sang-Min, chuchota Scarlet. Il avait déjà coupé les ponts avec Dae-Hoon, lorsqu'il lui a expressément demandé de m'accompagner ce soir-là. Je ne pense pas qu'il était encore tout à fait prêt à le laisser complètement tomber. Je ne peux rien affirmer. Nous n'étions pas si proches.

— Sa famille est-elle au courant ? demandai-je. Celle de Kwon, est-ce qu'ils savent pour ses préférences ?

— Non. Il est différent de… *hyung*. Il vient pour… il ne cherche pas l'amour. Pour Kwon, ses jeunes soupirants sont de simples… objets à sa disposition, raconta-t-elle. *Hyung* le connaît bien. J'entends des rumeurs à son propos de temps à autre, mais je n'y prête pas vraiment attention. Il s'est servi de Dae-Hoon et je doute qu'il traite ses autres amants bien mieux aujourd'hui.

— Sont-ils proches, lui et… bon sang, quelqu'un peut me dire le nom de ce *hyung* une bonne fois pour toutes ? m'insurgeai-je finalement.

— Seong Min-Ho, rit Scarlet.

— Kwon et Seong, sont-ils proches ?

Je notai leurs noms au mieux de mes capacités. Jae se chargerait de corriger mes erreurs plus tard, lorsqu'il pourrait se moquer de moi en privé.

Scarlet ourla les lèvres.

— Ils se connaissent. Ils viennent tous deux de *chaebols*. Deuxième génération. Je ne peux pas dire quand ils se sont rencontrés.

— Ils sont allés dans la même université, intervint Sin-cho. C'est Sang-Min qui me l'a dit lorsque nous nous sommes rencontrés pour la première fois.

— Tous les deux gays et exilés en Amérique.

Je traçai un rectangle autour de leurs noms respectifs et les reliai par des pointillés.

— Il y a autre chose, continua Scarlet. Lorsque Dae-Hoon a disparu, *hyung* a offert de conserver ses affaires à l'abri. Je peux t'avoir une clé. J'en ai une dans une boîte à bijoux.

25

— Seong sait-il que vous êtes venus me voir?

Seong avait grimpé tout en haut de ma liste de personnes à aller voir. Il existait toujours la possibilité qu'afin de la protéger, il ait caché à Scarlet la vérité sur Dae-Hoon. De ce que je comprenais de l'homme en question, il me semblait être le type impitoyable en affaires et à édulcorer ses efforts auprès d'autrui.

— Il sait, répondit-elle. Il a promis de prendre le temps de te rencontrer si besoin.

— Ce serait idéal, confirmai-je. Donc vous avez stocké les affaires de Dae-Hoon dans un garde-meuble pendant près de vingt ans? Tu n'y as jamais jeté un œil? Ou emmené Shin-Cho?

— Jamais.

Ils secouèrent la tête de concert.

— C'était trop douloureux, mais à présent que les garçons savent, je voudrais qu'ils puissent les récupérer. Lorsque j'en ai parlé à Shin-Cho, il a voulu s'assurer que tu ne veuilles pas mettre le nez dedans en premier, au cas où cela te serait utile.

— Mon père me manque, Cole-sshi, c'est vrai, ajouta Shin-Cho. Mais *nuna* m'a déjà transmis toutes les lettres et photos qu'elle avait en sa possession. Le reste peut attendre.

— Qui s'est chargé de tout rassembler?

Le problème était de savoir si quelqu'un avait déjà fait le tri dans les affaires de Dae-Hoon. S'il avait laissé derrière lui des preuves compromettantes, elles pouvaient tout aussi bien avoir disparu avant même qu'aucun carton n'atteigne le garde-meuble.

— J'en ai fait une partie. Son colocataire s'est chargé du reste. Il n'y avait pas grand-chose, répondit Scarlet. Ils travaillaient tous les deux pour *hyung*, à l'époque.

Je devais me faire à l'idée que si Seong avait eu quelque chose à cacher, le colocataire de Dae-Hoon aurait éventuellement pu s'être occupé de la faire disparaître. Toutefois, avec Scarlet dans les parages, ça n'aurait pas été une tâche si simple. Seong était sur une corde plus raide que Jae-Min ne le comprenait.

— Demain… ou plutôt aujourd'hui, nous sommes déjà jeudi. Penses-tu pouvoir m'obtenir cette clé rapidement? Je vais voir ce que je peux faire.

— Une bonne nuit de sommeil avant tout, me rappela Jae. Et si tu décides d'aller y jeter un œil, occupe-t'en vendredi. Nous avons un mariage samedi.

— Ah?

Je me retournai le cerveau pour tenter de retrouver une éventuelle invitation à notre intention, puis me souvint brusquement que Jae avait effectivement été engagé pour un mariage. Il avait droit à un assistant au matin pour le tirage des photos formelles et de cérémonie, mais m'avait demandé de l'aider pour la réception du soir. Il m'adressa un regard critique, comme s'il s'attendait à ce que j'aie complètement oublié.

— Oh, ne me regarde pas comme ça. Je l'ai noté sur mon téléphone. Même Claudia est au courant. Méga mariage. Aide Jae ou tire-toi une balle.

— Crois-moi, tu préférerais l'avoir oublié.

Il me jeta un regard mauvais qui faisait de l'ombre à son propre chat.

— Je m'assurerai que tu meurs lentement.

— Je vous verrai au mariage de mon frère, alors.

Shin-Cho se leva.

— À moins que vous ne veniez ce soir aussi?

— Que se passe-t-il ce soir?

Je me relevai lorsque Scarlet en fit de même pour lui laisser la place de passer.

— Le dîner de répétition, chuchota Jae. Tout va bien. Andrew s'en occupe à ma place.

— Pas besoin de chuchoter. Mon ego se porte comme un charme, dit Scarlet et elle lui tapa gentiment le bras en passant.

— Qu'est-ce que c'est censé vouloir dire? Pourquoi ton ego serait-il en cause?

Le manque de sommeil commençait franchement à me ronger le cerveau.

— Parce que les femmes… même celles qui n'en ont pas toujours été une… ne sont pas invitées aux mariages *chaebols*.

Scarlet marqua un arrêt à la porte d'entrée pour rechausser ses petits pieds.

— Tout ira à merveille, *musang*, à condition que ton cher Cole découvre ce qui est arrivé à Dae-Hoon, bien sûr.

LES RIDEAUX avaient beau faire de leur mieux pour faire barrière au soleil levant, l'échec était absolu. J'étais encore trop épuisé pour m'en préoccuper et par ailleurs, cela rendait la pièce suffisamment lumineuse pour que je puisse profiter du spectacle qu'offrait Jae en se préparant à aller dormir. Nous en avions tous deux bien besoin. Je tâchai de retirer mon jean et de me brosser les dents avant de m'étaler sur le matelas en sous-vêtements. Pour toute ma libido et sa volonté à prendre son courage à deux mains, je savais que je ne pourrais pas aller plus loin que les préliminaires avant de tomber de fatigue. Le gonflement visible sous les yeux de Jae me rassurait qu'il était dans la même situation.

Pour autant, le voir se délester de son pantalon et de son débardeur pour venir se glisser sous la couette avec moi était toujours aussi agréable. J'avais développé un petit faible pour les boxers qu'il avait l'habitude de porter. Ils moulaient à la perfection son arrière-train et laissaient dépasser son nombril. Nous avions parlé d'un piercing éventuel au-dessus de celui-ci et j'avais étrangement hâte que cela se fasse.

Je me délectai de le sentir se coller contre moi et initier le tracé de mes cicatrices en alarmante expansion sur mon flanc gauche. Elles me tiraillaient sous la surface, les nerfs froissés par la peau plissée à chaque mouvement que je faisais. Les picotements s'apaisaient à chacune de ses caresses, et je poussai un grognement lorsqu'il me pinça sur le côté.

— Arrête un peu de te faire tirer dessus, murmura-t-il, embrassant une récente plaie à peine visible.

Le trou que m'avait laissé l'arme de sa cousine Grace était minuscule, rien à voir avec l'arme de poing qu'on nous assignait dans la police et dont Ben s'était servi. La marque de cette première était ridicule, à côté. Pour une fusillade, les séquelles étaient minimes et je m'étais remis rapidement. Jae et Claudia s'étaient constamment relayés à mon chevet pour m'aider à reprendre en mobilité à l'épaule, et l'habitude était bien loin d'avoir disparu.

On pourrait même dire qu'aucun d'entre eux n'avait fait le moindre progrès en ce sens.

— Je redoute d'avoir à m'entretenir avec Seong.

Je laissai mes doigts dessiner sa colonne vertébrale.

— Surtout si je ne trouve pas d'autres pistes. J'ai peur que ça complique les choses entre eux.

Il avait chaud. Juste ce qu'il fallait. Sa peau s'embrasait sur mon passage, et je humai une pointe du savon au thé vert qu'il privilégiait. Mon corps se réchauffa peu à peu. Je dus lui rappeler que j'étais rompu au point de ne pas pouvoir aller plus loin qu'une conversation et un câlin.

— Je comprends, répondit-il tout bas.

Son souffle titilla mon mamelon et je ravalai à nouveau mon excitation.

— *Nuna* en est consciente, je t'assure.

— Continue comme ça et on ne va pas dormir très longtemps, l'avertis-je. Et je suis bien trop assommé pour te faire passer du bon temps. Je ne veux pas d'un malus sur mon tableau de chasse.

— Je te laisserai une note d'appréciation, railla Jae.

Il mordit gentiment le mamelon qu'il avait réveillé avant de se retirer, reposant sa tête contre mon bras.

— Ton coréen est terrible. On dirait que ta langue ne fonctionne pas correctement. Tu n'arrêtes pas de dire «ou-ngh».

— Tu devrais savoir, toi plus que n'importe qui, que ma langue marche parfaitement bien.

Lorsqu'il garda le silence, je lui tapotai dessus.

— Seong Min-Ho. Ça te va? Ne me dis pas que tu es embarrassé que j'aille lui parler?

— Non, ça ira. Scarlet t'a laissé sa carte. Il y a une traduction en anglais au dos, si tu en as besoin.

Il bâilla, sa mâchoire émettant un léger bruit de craquement. Je grimaçai et frottai l'endroit près du menton.

— Tu préférerais que je l'appelle à ta place? Il adore *nuna*. S'il peut t'aider, il le fera, tu sais.

J'envisageai à quel point il serait malpoli de contacter l'amant de Scarlet pour le cuisiner sur une éventuelle affaire de meurtre lorsqu'une entraînante chanson pop fit vibrer le portable de Jae. Il se redressa rapidement pour s'en emparer. La couverture glissa jusqu'à ses hanches, le vert émeraude contrastant avec le plat de son dos. L'expression qui lui déforma le visage était tout bonnement fulminante et sa silhouette se tendit aussitôt. Sa posture contractée m'envoya tourbillonner dans un océan d'appréhension. Je posai ma main sur son dos, espérant lui apporter du réconfort.

— *Aniyo.*

Il secoua la tête dans ma direction et se dégagea, fuyant quasiment mon toucher.

— *Umma.*

Je reconnus le premier «non», et le second terme m'était vaguement familier. Il plana dans mes pensées pendant un moment avant que cela prenne son sens. *Sa mère.*

Il m'était particulièrement désagréable de le voir se recroqueviller sur lui-même. Les omoplates lui saillaient le dos, encadrant la courbe de

29

sa colonne vertébrale. Ses genoux rangés sous les draps étaient ramenés contre son torse, et il agrippait l'étoffe de sa main libre, la froissant entre ses doigts tandis que la conversation se prolongeait. Je n'avais aucun moyen de comprendre de quoi il s'agissait, pourtant la légère raideur que m'inspirait sa voix m'affectait tout de même. Son corps semblait me la hurler, sa douleur exsudant dans chaque ligne tendue de ses membres et de sa poitrine.

Je n'avais qu'une envie : le toucher, le rassurer.

Le connaître aussi bien me permettait de savoir qu'il en avait tout autant besoin.

Rien de ce qu'il prononçait ne faisait sens. Deux mois d'écoute épisodique de la langue n'allaient pas me donner une profonde compréhension de ce que sa mère était en train de lui dire. Chaque fois qu'il s'arrêtait pour l'écouter, Jae voûtait un peu plus les épaules. Ses mots semblaient le transpercer, des barbelés tranchants lui poignardant le cœur et lui arrachant des fragments de son âme. À mesure que les secondes passaient, Jae se faisait de plus en plus petit, les draps emmêlés dans des doigts raides et blancs comme de la craie.

Presque autant que l'était son visage.

Il me regarda fixement, la joue posée contre ses genoux drapés et une main presque invisible qu'il berçait contre son visage. Cette bouche charnue que j'aimais tant embrasser n'était plus qu'une fine ligne, refermée sur des mots qu'il ne voulait pas laisser sortir… qu'il ne pouvait pas prononcer. Ses yeux, quant à eux, n'étaient plus que deux pierres, froids et brillants, l'ambre les nuançant ayant fui son regard.

Ce fut terminé avant même que je ne puisse déterminer ma réaction. Un moment, il n'était qu'une statue de porcelaine, le suivant, une petite chose fragmentée suintant la colère et la haine.

L'étreindre fut comme lutter pour retenir un ouragan. Il sauta du lit, se débattant avec les couvertures prises entre ses jambes et fit volte-face. Il avait le poing refermé sur son téléphone et tremblait de tous ses membres, avalant d'importantes goulées d'air pour se calmer. Je restai patient. Il le fallait. En deux mois de relation, j'avais appris qu'il avait besoin de temps pour traiter ses émotions, pour trouver un roc auquel se raccrocher et le sortir de la vague de colère et de panique qui cherchait à le balayer de l'intérieur.

— C'est pas croyable. Quelqu'un a dû lui dire quelque chose… à propos de moi… à propos de nous, hoqueta Jae.

Le téléphone atterrit sur le lit et il fourra ses mains dans ses cheveux en poursuivant ses allers-retours.

— Ce doit être ma tante. Elles doivent en avoir parlé... peut-être que...

— Jae, respire.

J'arrivai par-derrière et l'attrapai avant qu'il ne fasse un nouveau tour de la pièce. Il se débattit, mais je m'y attendais. Il ne faisait jamais rien sans se battre. J'étais plus fort, plus calme, et je le tirai contre mon torse en passant mes bras autour de ses épaules.

— Qu'a-t-elle dit ? Que veut-elle ?

— Encore de l'argent, marmonna Jae.

Ses doigts étaient gelés et immobiles contre ma peau.

— Je lui ai dit que j'essaierai de lui en trouver et elle... elle m'a dit de demander à mon riche soupirant. À mon *hyung*.

Excepté l'amant de Scarlet, je devais être la seule connaissance de Jae à pouvoir être considéré comme riche. Mon patrimoine avait été durement gagné : un versement municipal pour le meurtre-suicide de mon amant, Rick, et de mon partenaire, Ben. Il y a de ça six mois, j'aurais tout envoyé en l'air pour les retrouver vivants. À présent, j'en échangerai chaque centime pour que Jae soit enfin tranquille.

— Elle connaît Scarlet. Elle aurait tout aussi pu parler d'elle ou.. de Seong... Nom d'un chien.

Je me dégageai quelque peu pour porter mes mains à son visage. J'essuyai les perles qui humidifiaient ses cils et il renifla avant de relever le menton.

— Et ton frère ? Est-ce qu'il pourrait nous aider ? tentai-je de détourner la conversation sans grand succès.

— Mon frère ! Mon frère, Jae-Su ? cracha Jae.

Son léger accent prit en rondeur dans toute sa colère et sa terreur.

— S'il savait ce que... ce que je suis, il s'en servirait pour me faire *chanter*. Il est exactement comme elle. Mon *hyung*... a encore de l'argent de poche, comme un vrai gosse. Et elle continue de pourvoir à ses besoins. Elle ferait mourir de faim le reste de nos sœurs pour qu'il ait un nouveau jouet.

— Combien demande-t-elle ? Je peux toujours...

— Pas question.

Il restait inflexible dans son refus de mon aide, l'ego inébranlable. Je ne pouvais pas le lui reprocher. Ç'avait beau ne pas me plaire, je le comprenais. Ses doigts se replièrent contre mon torse. La rage qui le tourmentait était presque en ébullition. En le voyant serrer les dents et secouer la tête, je me préparai à recevoir un coup, mais il se retira en me repoussant d'un mouvement brusque.

— Non. Je ne veux pas de ton argent. Le problème n'est pas là. C'est ma famille, mes affaires.

J'inspirai et l'air entrant me refroidit les poumons. Jae rejoignit la salle de bains et ouvrit l'eau du robinet, ses épaules encore tremblantes. Il porta ses mains en coupe sous l'écoulement et se pencha vers l'avant. Il se contenta de regarder fixement l'intérieur du lavabo. Ses mèches dissimulaient une bonne partie de son visage, mais je pouvais encore deviner sa bouche, ses lèvres frémissantes de colère et d'angoisse. Je ne pouvais pas me mettre à sa place. J'avais fait mes propres choix en coupant les ponts avec mon père lorsqu'il avait décidé que je n'étais plus un bon fils pour lui. Jae n'avait certainement pas besoin que j'en rajoute.

Bien sûr, je le fis quand même.

Je ne pipai pas un mot, restant muet jusqu'à la porte entrouverte de la salle de bains et m'appuyai au chambranle. Le pincement dans ma poitrine se métamorphosa en affolement à l'idée qu'il puisse me quitter. Je n'étais pas encore prêt à le perdre. Nous n'avions pas eu encore suffisamment de temps, pas assez pour qu'il comprenne que je serais là pour lui s'il tombait en disgrâce vis-à-vis de sa famille. Pas suffisamment pour que j'accepte qu'il ne m'appartienne jamais entièrement… jamais ouvertement… peut-être même jamais complètement derrière des portes closes.

Jae coupa l'eau et posa ses mains sur le comptoir en marbre. Relevant la tête, ses yeux rencontrèrent le miroir, croisant l'espace d'une seconde les miens avant de reprendre son observation des mouchetures foncées dans la pierre. La tension le quitta doucement et il rajusta la position de ses hanches vers l'avant pour les aligner au reste de son corps.

Nous n'avions pas encore atteint ce fameux «jamais», semblait-il. Le «jamais» du claquement définitif d'une porte ou celui d'un baiser d'adieu. Mon cœur trembla et s'emballa soudain.

— Désolé, chuchota-t-il, le visage assombri, fermé, impénétrable.

— Je suis… fatigué. Je voudrais juste que… *merde*, quoi.

Nous nous rencontrâmes à mi-chemin. Il me laissa l'étreindre cette fois-ci, fondant entre mes bras dans un mouvement, comme à son habitude, plein d'élégance. La température du sol de la salle de bains fit remonter un courant électrique directement dans mes pieds nus, ce pour quoi son corps bouillant compensa largement. Il ne versa pas une larme, mais garder une façade neutre était de toute évidence une lutte constante. Je glissai une main sur son crâne et l'autre le long de ses épaules jusque dans son dos pour apaiser la raideur de sa silhouette.

— Tout va bien, sucre d'orge.

Il releva les yeux sur moi et la souffrance qui y transparaissait me brisa le cœur. J'embrassai le sommet de sa tête.

— Tout ira bien. Je suis là, murmurai-je sur une caresse.

— Avoir besoin de toi, c'est tout ce que je déteste, dit-il. Avoir besoin de... *ça*.

Ça pouvait signifier un bon nombre de choses. Toutefois, je connaissais suffisamment bien Jae pour savoir qu'il parlait du bonheur qu'il en retirait... d'être attiré par les hommes... d'être avec moi, quelqu'un qui peinait quotidiennement à le comprendre. Je bataillai pour communiquer. Mes nuits étaient encore parsemées de souvenirs sanglants, de poudre à canon et d'un regard émeraude fixe perdant toute couleur. Nous avions chacun notre croix à porter. Le fantôme de Rick creusait ma culpabilité comme on creusait une tombe fraîche, et Jae traînait sa famille derrière lui, leurs serres enfoncées profondément dans sa chair. Il était tout aussi incapable de desserrer leur étreinte que je ne pouvais me dégager de celles de Ben et Rick.

Il était injuste de ma part de nous comparer.

En avoir conscience ne me réconciliait pas vraiment avec le fardeau que nous portions.

Je voulais mon foutu «toujours». Le *mien*. Pas ce «jamais» qu'on semblait m'avoir anticipé. Certainement pas celui qui se déroulait pour Jae. Il me fallait simplement m'armer de patience et avoir la force de me battre pour lui, même s'il était celui auquel je devais me heurter.

— Allons dormir un peu et nous en reparlerons plus tard, OK ?

Je le berçai doucement, davantage un mouvement de balancier qu'autre chose.

— De l'argent... de tout *ça*.

— Pour ce qui est de l'argent... je ne changerai pas d'avis, m'avertit Jae en me laissant le reconduire jusqu'au lit.

Il traîna les pieds, la fatigue marquant une ombre violacée sous ses yeux. Le lit s'enfonça une première fois lorsque nous nous écrasâmes dessus et une seconde lorsque je me tirai jusqu'à lui.

— *Ça* non plus ne changera pas.

Je me chargeai de nous couvrir, tandis qu'il roulait sur le ventre. L'une de ses jambes rencontra la mienne et son bras dévala sur mon torse pour venir s'arrêter sur ma cage thoracique. La respiration s'approfondissant, il laissa échapper un frémissement et la tension qui l'oppressait tant s'amenuisa.

— Les choses vont finir par s'arranger, Jae. Nous nous en sortirons. Je te le promets. Nous trouverons un moyen.

— Si elles s'arrangent, alors c'est que nous aurons déjà changé, grommela-t-il contre ma peau.

Je contemplai un moment une ou deux réponses, puis décida d'y aller à l'instinct.

— Tais-toi et dors.

IV

FRAPPER LE sac me faisait du bien. Les gants étaient souples et neufs ; un cadeau de Bobby. Ou peut-être juste un message subliminal m'incitant à me traîner jusqu'à la salle. Les muscles qui avaient été déchirés lors de la fusillade avaient bien besoin d'exercice pour reprendre en puissance. Et cela m'aidait à oublier un réveil dans un lit froid et une maison encore plus vide.

La salle était un trou à rat décrépi géré par Floyd « JoJo » Monroe, un ancien boxeur qui avait eu la malchance de s'assumer noir et gay dans les années 80. Une étoile montante... qui avait dégringolé quand il s'était fait surprendre dans les vestiaires après un match recevant une pipe d'un des arbitres blancs. L'homme avait été retrouvé quelques jours plus tard, flottant le long de la jetée de Santa Monica Pier. JoJo s'était écroulé. Rien ne restait de celui qui avait autrefois mis ses adversaires au tapis. Il avait le pas tremblant et son œil restant était blanchi par la vieillesse, mais sa voix restait impressionnante chaque fois qu'il admonestait les hommes sur le ring.

Je n'avais aucune envie de me faire houspiller par Jojo. Bobby s'en chargeait très bien tout seul. Je n'avais besoin de personne. C'était un jour nouveau. J'étais... différent.

Le sac se balançait à chacun de mes coups. Les grognements de Bobby ne me parvinrent pas immédiatement, puis plusieurs minutes passèrent et ils s'intensifièrent suffisamment pour m'interpeller.

— Mais c'est que la princesse est dans tous ses états.

Lorsque je pris enfin mes distances avec le sac de frappe, Bobby respirait avec difficulté. Mon T-shirt était mouillé de sueur et j'embaumai, mais cinq petites minutes supplémentaires ne me feraient pas de mal, et pourquoi pas même cinq heures. Je prenais grand plaisir à réduire mon corps à une boule de nerfs endolorie. Ça faisait la paire avec mon périple interne.

— Crache le morceau.

Même s'il était de presque vingt ans mon aîné, Bobby restait sacrément costaud. Le balayage grisâtre aux tempes ne faisait que lui attirer davantage

35

les faveurs des petits minets. Avec son aspect robuste et bien découpé, il pouvait compter sur sa bonne étoile chaque fois qu'il posait un pied dans un bar. Il était aussi plus qu'apte à me mettre hors jeu sur le ring et s'amusait à me pulvériser lorsque nous sortions faire un footing ensemble. Hormis son amour du pénis et de la lune, Bobby était l'archétype de l'homme américain. Certainement pas quelqu'un qui faisait dans les potins.

— J'ai du mal à croire que ce soit vraiment toi qui viens de dire *ça.*

J'étreignis le sac et passai ma tête sur le côté pour examiner son visage buriné.

— Tu veux parler maintenant ?

— J'essaie juste de sauver le sac de Jojo. Tu le martyrises.

Il relâcha sa prise et fit le tour pour venir m'aider avec le Velcro de mes gants.

— C'est encore Jae ? Il fait encore la gueule pour l'histoire avec Trey ?

— Ça suffit, ne me lance pas sur Trey. Il t'a rappelé ?

— Ouais, grommela Bobby avec un soupçon de dégoût. Le beau salaud veut récupérer son argent.

— Quel argent ? Je faisais ça gratis.

— C'est aussi ce que je lui ai dit. Trey a moins d'usage pour son cerveau que pour son membre viril. Et il ne s'en sert que pour pisser et qu'on lui fasse une pipe. Il préfère qu'on s'occupe de son cas, plutôt que le contraire.

Il enfila ses propres gants et m'indiqua d'un signe du menton de tenir le sac. Patientant juste le temps que je prenne mes appuis pour contrer le poids, Bobby astiqua le cuir de plusieurs coups.

— Jae s'est embrouillé avec sa mère ce matin, dis-je. Je ne comprends pas comment il peut le tolérer. C'est comme s'ils déversaient toutes leurs conneries sur lui et s'attendaient à ce qu'ils les reçoivent sans broncher.

— Faut vraiment que je demande, l'ami. Jae, tu es sûr qu'il vaille vraiment ce genre de sales quarts d'heure ? Pas que je veuille jouer les emos hipsters, mais je ne veux pas non plus qu'il te brise le cœur.

Je dus y réfléchir. Après avoir perdu Rick à cause des démons hantant Ben, je m'étais laissé dériver. Je n'étais pas du genre à sortir en discothèque, et la fatigue que j'accumulais à sauter dans les bras d'un gars après l'autre ne valait pas le plaisir que j'en retirais. Jae me faisait quelque chose. Il touchait ce petit point sensible à l'intérieur de moi, que je pensais mort et enterré.

— Jae m'a fait réaliser que j'avais encore un cœur, là-dedans. C'est légitime qu'il puisse le briser s'il l'entend.

Bobby posa son tambourinage un instant pour m'observer de plus près. Il haussa les épaules.

— C'est toi qui vois.

Je nous fis dévier sur un autre sujet avant que nous ne nous mettions à nous faire la bise et à partager nos recettes de sablés.

— Au fait, tu es libre en ce moment? J'aurais bien besoin d'aide pour un job que m'a confié Scarlet.

— Pourquoi pas.

Bobby changea d'appui, puis projeta un uppercut en plein dans le sac. Il bondit entre mes bras et je dus arranger ma posture pour le garder en main.

— C'est pour quoi?

Je lui contai l'affaire, tandis que les coups se poursuivaient, reprenant dans mon récit la dernière rencontre de Scarlet avec son ami au Bil-Mil et passant par l'homme que Dae-Hoon aurait supposément dû accoster cette nuit-là. Il se mit à siffler lorsque j'en vins à la connexion de parenté de l'amant de Dae-Hoon avec la femme qui était fiancée au jeune fils de celui-ci.

— C'est barré.

Bobby cessa ses coups et je lui en fus reconnaissant. Mes épaules étaient engourdies de l'avoir maintenu tout ce temps.

— Les familles ont gardé le contact?

— D'après ce que je comprends, c'est un beau merdier incestueux. Ils se connaissent tous et s'épousent les uns après les autres. On dirait une secte.

J'agitai les bras pour faire circuler le sang jusqu'au bout des doigts.

— J'espérais que tu puisses m'aider à retrouver les flics présents cette nuit-là. Peut-être que quelqu'un a vu quelque chose.

— Je ne sais pas trop, fiston.

Il avait l'air plutôt sceptique.

— Tu dois bien te rappeler que c'était après les émeutes. Les hommes en bleu s'en prenaient plein la figure, à l'époque. Beaucoup ont fait des choses dont ils ne sont pas fiers. Les gars ne seront pas forcément enclins à parler d'un raid sur un club gay parmi d'autres. Il y a de bonnes chances pour que ça ait mal tourné. Le département de police n'était pas vraiment réputé pour sa tolérance.

— Et il l'est maintenant?

Je lui jetai un rictus.

À notre manière respective, nous avions tous deux flirté avec les limites à la tolérance des autorités. J'avais passé des années dans la police à revendiquer mes préférences. Bobby l'avait annoncé une fois à la retraite, après la mort de Rick. Il avait été un roc auquel je m'étais raccroché en tentant de donner un sens à ma vie. La rumeur de son homosexualité s'était répandue dans les rangs, et il avait perdu quelques amis, mais la plupart avaient compris qu'il ait dû garder le secret jusqu'à sa démission. Pour ma part, je n'avais pas fait que des heureux lorsque je portais encore le badge, surtout lorsque le syndicat avait forcé la ville a déballé des millions en dommages après que mon kamikaze de partenaire nous avait fusillés, mon amant et moi.

— Je vais essayer de voir qui était présent, promit Bobby en tordant son corps pour se débarrasser d'un nœud aux épaules. Il va falloir que je retrouve les profils des personnes qui ont été arrêtées. Est-ce que Scarlet t'a donné une date précise ? Ça aiderait à trouver les informations en question.

— Je peux te trouver ça.

J'entamai les étirements avant que mes bras ne puissent se raidir davantage.

— Ce gars-là… ce Dae-Hoon, il travaillait pour… le mari de Scarlet ? Bordel, je ne sais même pas quel genre de relation ils entretiennent, à la fin.

Il haussa les épaules et quitta la zone de frappe, retirant ses gants et les enfonçant sous son bras.

— Continue avec des « Monsieur » par-ci, par-là. Ça ne m'a jamais fait défaut.

— Je suppose, cédai-je.

Nous nous dirigeâmes vers les douches et saluâmes Jojo, qui était en train d'apprendre à un jeune homme aussi fin qu'une aiguille comment garder les coudes bien levés lorsqu'il frappait.

À cause des épais murs en parpaings, les vestiaires étaient absolument glacials, et après tout cet exercice, je laissai échapper un frissonnement en entrant. Un homme finement musclé nous dépassa, en route vers sa propre séance. Bobby laissa visiblement traîner ses yeux sur ses jambes et son torse, s'attardant une seconde sur ses épaules avant de rencontrer ses yeux. L'homme se tourna légèrement pour sourire à Bobby, qui avait penché la tête pour mater ses fesses. Un échange de numéro était sûr de survenir avant que nous ne quittions les lieux. S'il avait été seul, je pouvais presque imaginer un échange de fluides pour compenser.

Je patientai le temps que Bobby en termine avec son flirt.

— Dae-Hoon m'a semblé quelque peu... radical.

— Radical?

— Il a divorcé ou du moins, il essayait de divorcer, expliquai-je. Il voulait pouvoir se sentir libre d'être... gay. Je t'avoue que je ne sais pas trop s'il s'attendait à ce que son amant, Kwon, en fasse de même ou s'il avait juste besoin d'air frais.

— Un Coréen qui sort du placard en chantant à tue-tête du Broadway? Bobby siffla entre ses dents.

S'il était difficile pour Jae d'être ouvertement homosexuel aujourd'hui, le show que leur avait fait Dae-Hoon en 94 semblait inimaginable.

— Il semble que tu ne rencontres que des Coréens avec tes préférences.

— Il semble bien, ris-je. Et ce Kwon, aussi. Mais je vais sûrement croiser sa route à un moment ou un autre.

— Tu penses qu'il est impliqué dans la disparition?

— Je ne sais pas. C'est une idée. Nous en saurons plus lorsque nous aurons fait parler quelques personnes. Ce Kwon n'est pas très clair, en tout cas. Scarlet et le gamin de Dae-Hoon le trouvent irritable au possible.

— Il va falloir aller fouiner de son côté. En commençant par déterminer où il se trouvait.

Bobby retira son T-shirt humide et s'en servit pour m'assener une frappe lorsque je passai à côté de lui pour atteindre mon casier.

— Qu'est-ce qu'on fait en premier? La police ou Seong?

— La police, je crois, mais allons d'abord jeter un œil à ce garde-meuble, dis-je en frottant les muscles endoloris de mon bras. On va devoir passer au bureau pour vérifier si Scarlet a déposé la clé. Qui sait, peut-être que Claudia voudra nous aider à fouiller les affaires de Dae-Hoon.

— Ouais, j'attends de te voir lui proposer, se moqua Bobby. Et quand elle aura terminé de t'assassiner, je m'assurerai de flirter avec Jae à tes funérailles. Ça me changera de la boisson.

— Aux dernières nouvelles, tu trouvais qu'il ne valait pas le coup.

— Hé, il est mignon. J'aime le genre mignon, rétorqua Bobby. (Il fit la grimace lorsque je lui portai un coup dans le bras.) Mais c'est vrai que c'est ton type d'ennuis, princesse. Tu peux te les garder.

— Un café?

Ma manager, Claudia, souleva la cafetière qu'elle avait détachée de la machine à filtre automatique. Après des années dans l'enseignement à s'hydrater au jus de chaussettes, elle avait dompté le café noir bien viril pour notre bureau. L'odeur seule était capable de faire fuir rats, cafards et autres vermines dans un rayon de huit kilomètres.

Je hochai la tête et me débarrassai de mon manteau, que je suspendis au crochet près de la porte. Une pile de rapports roses d'entretiens téléphoniques encombrait mon espace de travail. Je me laissai tomber dans le fauteuil en cuir un peu vieillot que j'avais dégoté lors d'une vente immobilière et me délectai du plaisant crissement lorsque je m'y adossai. Claudia déposa une tasse devant moi. Des filets de crème tourbillonnaient encore dans le breuvage opaque. Elle tapota sa cuillère contre son mug et sirota sa boisson en attendant que je me déleste du soupir que je tentais de ravaler.

— Vous avez eu les yeux plus gros que le ventre, mon grand ?

Il n'y avait pas une once de sympathie dans sa voix. Je ne m'attendais pas à en recevoir non plus.

Cette femme avait élevé tout un troupeau d'enfants et de petits-enfants dans une banlieue pauvre, les ramenant progressivement vers des quartiers plus cotés dès qu'elle avait pu se le permettre. Elle n'avait jamais démordu sur aucune justification rapportant à la couleur de peau ou à la pauvreté de ses garçons. Claudia avait certaines attentes et malheurs au fils qui ne se donnait pas tout entier pour les atteindre. Être un membre du clan Claudia était comme faire partie d'un camp de survie. Ses garçons – et il y en avait un paquet – savaient cuisiner, nettoyer et réparer sur le tas. Et pour ce qui était des filles ou, dans le cas de Maurice, de l'homme, qu'ils ramenaient à la maison, ils avaient intérêt à savoir en faire autant.

Elle menait à la baguette sa petite bande comme on instruirait une troupe de spartiates : tombez sur le champ de bataille et faites-vous dévorer par les prédateurs. Je ne faisais même pas partie du groupe et elle me faisait terriblement peur.

— Il faut bien que j'étire mes muscles. Ça a suffisamment guéri pour un entraînement au sac, protestai-je lorsqu'elle siffla de dédain dans ma direction. Quoi ? Tu pensais vraiment que j'allais me laisser faire et permettre à Bobby de me tabasser en règle ? J'avais besoin de me lâcher, pas de refaire un aller simple à l'hôpital.

Je n'avais pas menti en disant vouloir me lâcher un peu. Après avoir constaté son absence au réveil, j'avais envisagé de rappeler Jae pour voir si tout allait bien ou savoir si la vie lui rentrait encore dedans. Rick avait eu besoin d'être réconforté et d'avoir une ligne directe et constante avec moi.

La prudence et la forte indépendance de Jae me déséquilibraient encore quelque peu. Me dégourdir les muscles avaient semblé être une meilleure alternative au creusement d'un trou dans le sol par voie d'allers-retours.

— Si vous finissez encore une fois à l'hosto, je vais vous scotcher au lit jusqu'à nouvel ordre. (Elle tapota la pile de messages et poursuivit.) Votre chéri a passé un coup de fil. Il demande à ce que vous le rappeliez immédiatement. Il devrait déjà être revenu de Long Beach. Je crois qu'il était sur les docks pour affaires.

— Qu'est-ce qu'il peut bien ficher à Long Beach?

Je ne m'attendais pas à ce qu'on me réponde. Jae avait pour habitude de partir en promenade dans des trous paumés pour ses impressions d'artiste. Les mariages et les portraits payaient les factures, mais ils ne soulageaient pas cette petite joie créative qui le démangeait de l'intérieur. Feuilletant les notes, je fronçai les sourcils en voyant apparaître le nom de Trey. Je levai le message à sa hauteur.

— T'a-t-il mal parlé?

— Il voulait vous faire savoir qu'il allait engager des procédures pour les dommages causés à son entrejambe. J'ai écouté ce qu'il avait à dire, puis je lui ai rappelé que s'il avait eu la stupidité de la mettre dans une bouteille, alors il pouvait très bien faire sans. Les relations charnelles sont déjà assez dangereuses comme ça. S'il voulait se la faire arracher, il n'avait qu'à aller flirter avec un requin.

Je repensai aux horreurs que j'avais entraperçues dans la salle des urgences, tandis que les médecins s'épuisaient à retirer les morceaux de verre.

— Pas faux. C'est à peu près ce à quoi ça ressemblait.

Pour quelqu'un d'aussi imposant, elle se déplaçait avec une aisance certainement acquise lors des chasses aux enfants récalcitrants. Il ne lui fallut qu'une poignée de secondes pour déloger le colis qui traînait sur son bureau et me l'amener.

— La petite Scarlet a laissé ça pour vous. Elle a même appelé pour s'assurer que vous alliez bien le recevoir. Nous avons parlé de son ami. Je n'arrive pas à croire que vous la taxiez.

— Ce n'est pas mon idée, répliquai-je d'un air absent.

L'emballage du pli me donna du fil à retordre et je dus m'abaisser à user de mes dents pour l'arracher.

— Elle et Jae se sont montés contre moi. Crois-moi, tu ne veux pas avoir de débat sur les finances avec deux asiates. C'est comme vendre la peau de l'ours avant de l'avoir tué : une cause perdue.

— Donnez-moi ça, soupira Claudia en tendant la main pour récupérer le colis. Je m'en occupe. Allez dehors pour le rappeler. Je ne veux pas entendre cette voix dégoulinante que vous prenez lorsque vous lui parlez.

J'abandonnai mon bout de plastique, attrapai mon café et me dirigeai vers la véranda à l'entrée du bâtiment. Je n'avais pas regardé mon téléphone depuis que j'étais sorti plus tôt dans la journée. Il y avait quatre messages en attente, l'un de Jae m'indiquant de le rappeler dès que possible. Je composai le numéro et il répondit à la deuxième sonnerie.

— *Agi.*

Son ronron s'entremêla à mes entrailles et m'attrapa par les testicules.

— Déjà revenu au bureau, à ce que je vois ?

— Déjà, oui. Tu comptes venir ?

Je me repassai en tête le fantasme de la machine à laver. Malheureusement pour moi, il était déjà tard et j'avais du travail à rattraper, surtout après des heures gaspillées en grasse matinée.

— Non, pas pour ça.

Il marqua une pause dont la longueur me fit sourire. Jae aimait coucher. Il n'appréciait pas être touché en public, mais c'était derrière une porte close que les choses devenaient intéressantes avec lui.

— J'ai une faveur à te demander.

— Dis toujours.

Je sirotai ma première gorgée de café et m'étouffai sur sa teneur en sucre. L'amertume disparaissait complètement derrière sa douceur et il me fallut un moment pour m'y habituer.

— De quoi as-tu besoin ?

J'avais l'impression que la conversion téléphonique de ce matin, sans oublier son effondrement, sa colère et mon incapacité à soigner tous ses maux n'étaient pas près de cesser de nous hanter. Je pouvais vivre avec. Je ne savais pas bien encore comment j'allais m'y prendre, de toute manière. Et même si par miracle, ç'avait été le cas, je n'étais pas certain qu'il me laisserait faire.

— Andrew est tombé malade. J'ai besoin d'aide pour le dîner de répétition de ce soir. Je peux compter sur toi ? C'est à 20 heures.

Andrew, l'assistant intermittent de Jae, était aussi douteux que la pâte à tarte de Claudia. Il n'était pas du genre à tomber malade. Son truc, c'était plutôt d'être raide toute la journée, mais il n'était pas très cher et il savait au moins différencier les caméras que Jae lui sommait de lui apporter. Même si j'étais plus que prêt à l'assister durant la réception, je savais que Jae prenait un risque. J'avais, après tout, à peine l'usage de mon appareil pour capturer le profil de conjoints infidèles. Je devais être son dernier recours, s'il me le demandait dans de si brefs délais.

— Pas de soucis.

Je vérifiai l'heure.

— Je dois juste m'occuper d'un truc que Scarlet m'a confié et passer plusieurs coups de fil, mais après ça, je suis tout à toi.

— Tu étais déjà tout à moi avant que je n'appelle.

Pas de doute, il avait une prise toujours aussi ferme sur mes noix. Nous roucoulâmes aussi virilement que possible, puis je raccrochai pour retourner à l'intérieur. Claudia avait fait la misère au pli dans une dissection qui me rappelait celle de la grenouille conservée au formol lors du cours de SVT. Je me servis une nouvelle tasse de café en prenant soin d'éviter toute cuillère de sucre et pris place derrière mon bureau pour commencer à décomposer la vie de Dae-Hoon.

Une jeune Scarlet au visage cramoisie me regardait depuis une vieille photographie. À côté d'elle, un Coréen aussi jeune qu'elle avec les marques d'une acné passée sur les joues souriait de toutes ses dents, un bras l'étreignant. Des reflets couleur miel arrangés en bandes presque blondes soulignaient leurs mèches noires. Le rouge à lèvres rose brillant de Scarlet était presque aussi clinquant que les bracelets qui cernaient le poignet de l'homme. La date marquée au verso m'indiqua qu'elle avait été prise à peine une semaine avant la disparition de Dae-Hoon. À en croire leur expression, ils vivaient encore sans avoir à ne se soucier de rien.

La vie les avait vite rattrapés.

D'autres photos capturaient des instants de sa vie, quelques fragments qu'on avait pensé à arracher au flux temporel. Je m'arrêtai sur une image dépeignant Dae-Hoon accompagné de deux jeunes garçons, ses maigres bras encerclant David et le visage illuminé d'un sourire à l'attention de Shin-Cho.

Dur à croire que le petit garçon que tenait Dae-Hoon entre ses bras allait épouser la fille de son amant d'ici quelques jours à peine.

— Vraiment tordu, marmonnai-je.

Je dissociai une enveloppe et une chemise du reste des photos. Une fois ouverte, je délogeai le courrier qui se cachait à l'intérieur. Aussi féminine qu'elle puisse être, le côté masculin de Scarlet était évident dans sa manière d'écrire. D'un coup de crayon précis et puissant, elle me remerciait de nouveau. Je grimaçai au chèque joint à sa note.

— Ça fait un paquet de zéros.

Claudia jeta un œil par-dessus mon épaule.

— Peut-être un peu trop pour trouver un homme probablement déjà mort et enterré.

— Oui. C'est un peu plus que ce que nous avions négocié. Nous allons devoir avoir une sérieuse conversation, grommelai-je.

Le dossier cliqueta et un porte-clés muni d'une carte en plastique marquée des lettres et numéros d'un bâtiment s'en échappa.

— Nous allons retourner un garde-meuble demain, avec Bobby.

— Et c'est pour ça qu'elle vous paie autant ? L'un de mes fils vous aurez dépanné pour un billet de vingt.

— Personne n'y a touché depuis des années. On espère trouver quelque chose qui prouverait que Dae-Hoon avait des ennuis, expliquai-je en faisant balancer la clé devant son nez. Sors-moi la DeLorean, Claudia. Demain matin, on fait un saut dans les années 90.

— Ah, je vois… Évitez de revenir avec l'un de ces stupides baggys, m'informa Claudia avant de prendre une énième gorgée de café. Votre style vestimentaire est déjà assez effroyable comme ça.

VIVRE AUSSI proche de mon bureau avait ses avantages, surtout dans la réduction du temps de déplacement, aussi m'accordai-je un moment pour décompresser après la fermeture. Le plus gros inconvénient était qu'on me débusquait facilement, surtout lorsque je me réservais un temps pour décompresser avant de prendre la route. Toujours est-il que ma surprise fut grande lorsque je découvris Shin-Cho en train de se morfondre sous mon porche. La marque rouge pétard tartinant sa pommette gauche avait également de quoi interloquer.

À la lumière du jour, et après une bonne nuit de sommeil si je devais être tout à fait honnête, je notai qu'il était plutôt attirant dans son genre. Plus baraqué que ne l'était Jae-Min, il avait un visage en forme de cœur et une silhouette fine, probablement modelée par des années dans l'armée. Son T-shirt à manches courtes dévoilait les muscles de ses bras et son jean était correctement déchiré au niveau du genou, laissant sa peau tannée transparaître. Si je devais émettre une hypothèse, je dirais qu'il s'était habillé pour impressionner et d'après les marques qu'il avait au visage, que ça n'avait pas fonctionné.

— Salut.

Je lui fis un signe du menton.

— Il faudrait mettre de la glace là-dessus. Entrez.

— Non, non, je vais bien. (Shin-Cho secoua la tête.) J'avais besoin de... vous parler.

— Si c'est à propos des affaires de votre père, je viens juste de récupérer la clé.

Je la lui montrai.

— Je comptais aller au garde-meuble demain.

— Ce n'est pas ça.

Ses chaussures crissèrent lorsqu'il envoya un coup dans la base en béton du palier. Nerveux, il plongea ses mains dans ses poches et voûta les épaules.

— Laissez-moi juste le temps d'ouvrir la porte pour aérer le salon.

Me servant de ma carrure pour maintenir la moustiquaire, j'enfonçai la clé dans le verrou et tournai la poignée. Je poussai la lourde porte en bois et lâchai l'autre battant, le laissant se refermer de lui-même pour éviter que le chat ne se sauve.

— OK, que me vaut cette visite?

— Il y a une chose que j'ai omis de mentionner... quelque chose que je cache à *nuna*.

En dépit de la morsure du vent, Shin-Cho transpirait à grosses gouttes.

— C'est à propos de Kwon Sang-Min.

— Oui?

Je m'appuyai contre la colonne du porche et portai doucement mon pied en direction de la porte lorsque Neko vint prendre des nouvelles.

— Mon père n'était pas son seul amant, avoua-t-il avant de déglutir. Je l'ai été, moi aussi. À plus d'une reprise.

— Bordel, jurai-je.

J'ouvris la moustiquaire, me débarrassai du chat et d'un signe de la tête, je poussai un grognement et aboyai :

— À l'intérieur, maintenant. Vous et moi allons avoir une petite conversation.

V

J'AVAIS TERRIBLEMENT envie d'une bière. Néanmoins, Jae venait me chercher dans quelques heures à peine, et j'avais conscience que ma soif d'alcool était un signal que mon corps m'envoyait pour m'apaiser dans mon besoin immédiat de réponses à mes questions.

Shin-Cho était perché sur mon canapé, jouant avec les franges d'un coussin que Maddy s'était persuadée qu'il me fallait.

Je laissai la bière au frigo et retournai au salon avec plusieurs canettes de Coca. J'en laissai une entre ses mains, puis ouvris la suivante pour prendre une longue gorgée. Il m'observait à travers ses cils comme un gosse qu'on aurait surpris à raser le chien ou à manger le dernier biscuit de la boîte. Expirant profondément, je m'exaspérai de l'habitude aux faux-fuyants qu'avaient pris les hommes qui m'entouraient.

— Attendez. N'avez-vous pas une répétition de mariage à laquelle vous rendre ?

Je fronçai les sourcils.

— C'est ce soir, si je ne m'abuse.

— Ils ont fait la répétition générale il y a une heure de ça. Ils prévoient le dîner un peu plus tard dans la soirée.

Shin-Cho me jeta un regard étrange.

— Si je suis là, c'est pour que nous puissions discuter avant la cérémonie.

— Très bien... vous n'avez qu'à...

Je soupirai. Y avait-il une seule personne qui n'avait *pas* couché avec Kwon ?

— Pour être honnête, je ne sais pas vraiment par où vous devriez commencer. Faites comme vous le sentez et j'essaierai de suivre.

— N'en dites rien à *nuna*, je vous en prie, supplia Shin-Cho.

L'homme avait l'air désespéré, et d'après la rougeur enflée de ses yeux, qui s'associait parfaitement aux marques sur son visage, je devinai qu'il ne devait pas avoir beaucoup dormi la nuit dernière.

— Comment êtes-vous venu jusqu'ici ? demandai-je.

— En voiture.

Qu'il ait eu le courage de conduire par lui-même était bon signe. Et au moins, je pouvais être sûr de ne pas recevoir à ma porte un quelconque bloc de glace à lunettes et à l'allure de drone de sécurité. Toutefois, cacher des choses à Scarlet ne me plaisait pas le moins du monde. La vérité avait le don d'éclater au grand jour, généralement dans une pile fumante de foutaises dans l'axe direct des pales du ventilateur le plus proche.

— D'accord, parlons. Mais lorsque vous rentrerez, vous irez répéter à Scarlet tout ce que vous m'avez raconté.

Je levai la main en le voyant s'apprêter à protester.

— Ah ! Non. Je ne veux rien entendre d'autre qu'un « c'est compris » de votre part, car la prochaine fois que je la croise, je lui demanderai explicitement si vous le lui avez dit. Et si ce n'est pas le cas, alors tant pis pour vous. C'est vos emmerdes, pas les miennes. Noté ?

Son « oui » se fit attendre, mais il finit par acquiescer.

— D'accord. C'est d'accord.

— Bien, parce que je n'ai aucune intention de me la mettre à dos, affirmai-je. Elle est ce qui se rapproche le plus d'une famille pour Jae et je ne compte pas tout ficher en l'air. J'ai déjà assez merdé sans l'aide de personne. Reprenez par le jour où vous avez commencé à voir Kwon. Et finir par me dire s'il y a un lien avec l'ecchymose que vous avez juste là.

Il leva brusquement la main pour dissimuler le bleu sur sa joue et détourna les yeux.

— Je vois, sifflai-je entre mes dents. Déballez-moi tout ça, Shin-Cho.

Ce dernier fit rouler la canette encore scellée entre ses mains, absorbant l'humidité sur l'aluminium dans le même geste.

— Hum… J'avais… dix-neuf ans ? Vingt ? Je ne me souviens plus exactement. Les fêtes approchaient, mon anniversaire aussi.

— Une petite minute. Dix-neuf ans selon le recensement américain ou coréen ?

En Corée, plutôt que d'entamer le calcul après le passage d'une année, on commençait à compter dès la naissance. Ça me prenait par surprise chaque fois que j'en parlais avec Jae-Min et ses amis proches. Certains d'entre eux comptaient à la coréenne en ajoutant un an à l'écoulement des années. Si j'avais été barman dans le quartier coréen, je n'aurais pas tenu une semaine au contrôle des permis de conduire.

— Ah, *man-nai*… l'âge international. Dix-neuf ans, traduisit Shin-Cho. Il était venu nous rendre visite dans notre villa à Gangnam. Ma mère avait organisé une réception pour Noël. Un bon nombre d'amis de la famille était présent.

Jusque-là, l'histoire était typique : un homme plus âgé faisant des avances à une personne plus jeune avec un verre et une danse. Lors de ma jeunesse, j'avais moi-même mordu à l'hameçon, mais contrairement à Shin-Cho, je ne m'étais jamais laissé aller trop loin. Leur aventure torride avait duré presque deux ans et explosé en mille morceaux lors d'une spectaculaire confrontation le jour où Shin-Cho avait trouvé son amant embrassant un autre homme dans un club à Séoul.

— Il m'avait dit qu'il était ici, à Los Angeles.

Shin-Cho ravalait visiblement sa colère, mais elle déteignait sur chaque mot.

— Sang-Min m'a avoué que je passais trop de temps en cours et que c'était de ma faute s'il avait dû aller voir ailleurs. Puis j'ai découvert qu'il avait répété la même chose à l'homme en question. Il jouait avec nous. Peut-être même avait-il d'autres amants. Je ne l'ai plus jamais revu. Je ne répondais plus à ses appels. Un jour, David m'a informé qu'il comptait épouser la fille de Sang-Min. Rien n'aurait pu être pire, pour moi.

— Merde alors, jurai-je dans ma barbe.

— Exactement, dit Shin-Cho, et le mot mal articulé sur sa langue le fit rouler plus que nécessaire.

— Et après avoir appris pour mon père, je ne sais plus quoi penser. Que suis-je censé faire ?

À mesure que sa frustration s'intensifiait, il devenait de plus en plus ardu de comprendre ce qu'il disait. Du coréen s'immisçait dans son discours et, après quelques mots, il pressa la canette froide contre son front et ferma les yeux. Je lui laissai le temps de se calmer, puis tapotai sa jambe.

— Hé, si vous voulez que je vous aide, j'ai besoin que vous soyez avec moi, d'accord ?

Il rouvrit les yeux et me jeta un regard vide.

— J'apprécierais que vous continuiez à parler anglais pour que je puisse tout comprendre. Pensez-vous en être capable ?

— Oui, articula-t-il avec difficulté avant de déglutir. Oui, je peux faire ça.

— Super.

Je le rassurai d'un sourire.

— Que s'est-il passé aujourd'hui ? Kwon vous a frappé ?

— Après la répétition, avoua Shin-Cho. Je pensais que je pourrais supporter de le revoir, mais…

— Ouais, parfois, revoir son ex peut vous faire un gros coup dans le ventre, sympathisai-je. Ça s'est déroulé à St Brendan's, c'est ça ?

— Un bel endroit, murmura-t-il. C'est Myung-Hee… Helena… qui voulait que la cérémonie se tienne là-bas. David a trouvé l'idée géniale.

— Dites-m'en plus sur votre interaction avec Kwon.

— *Nuna* m'avait laissé sa voiture pour que je puisse m'y rendre par mes propres moyens. Je suis arrivé tard, le parking était complet, donc je m'étais garé assez loin. J'ai salué David en lui disant que nous nous verrions à la fête et suis reparti vers la voiture. Sang-Min m'a suivi.

Shin-Cho décapsula finalement sa canette de soda. Je m'attendais presque à ce que de la mousse s'en échappe au vu du traitement qu'elle avait reçu.

— Tout sourire, il m'a enlacé. Je lui ai demandé de me lâcher, mais il s'est mis à dire que ça ne comptait plus vraiment, parce que nous allions être une seule et même famille. Personne ne trouverait rien à redire à un câlin. Il savait pourquoi ma famille m'avait envoyé ici et m'a dit compatir que je n'aie pas su être plus… prudent, mais que maintenant que j'étais à L.A., nous pouvions reprendre là où nous étions arrêtés, cracha Shin-Cho. Il m'a complimenté sur mon apparence. M'a dit que j'avais plus d'allure qu'auparavant. Et il a commencé à me toucher… comme s'il était dans son droit. Je l'ai repoussé, beuglant que je n'étais pas mon père. Je n'allais certainement pas revenir à genoux chaque fois qu'il me rejetait.

— La saleté, vociférai-je. Donc il sait que vous êtes au courant pour lui et votre père. Je suppose que ce n'était qu'une question de temps. J'aurais dû m'entretenir avec lui à un moment ou un autre. Autant qu'il sache déjà que l'affaire commence à remonter à la surface.

— Il m'a frappé du dos de la main. Il porte un anneau. Un bijou imposant. Il m'a éraflé. La marque doit sûrement venir de là.

Il avala son soda, grimaçant au goût.

— Il a juré que mon père n'était qu'une putain, quelqu'un qui tombait dans les bras de n'importe quel homme et qu'il n'était pas le seul à avoir partagé sa couche. C'est là qu'il m'a dit que je ne serais jamais qu'un moins que rien, comme mon père. Parce que je ne suis pas marié… n'ai aucune famille… Que je passerai d'un homme à l'autre jusqu'à ce que la vieillesse lasse leurs attentions. Après ça, il est parti.

— Quel enfoiré !

À voir son expression, je voyais bien qu'il me prenait pour un fou.

— Être attiré par la gent masculine ne signifie pas que vous ne pouvez pas avoir une bonne vie. Scarlet et Seong en sont la preuve.

— Vous… vous ne comprenez pas, pas du tout? murmura-t-il, l'air triste. Si mon oncle meurt avant elle, elle n'aura plus rien de lui. Sa famille ne lui ouvrira pas ses bras. Ses fils ne prendront pas soin d'elle. Elle n'aura rien. Et si elle meurt la première, elle n'aura rien laissé derrière elle. Aucun enfant, aucune famille pour se la rappeler. Quoi qu'il arrive, elle n'existera plus après son décès. Elle n'a aucun avenir auquel aspirer. *Nuna* n'a absolument rien… ne sera plus rien. Je ne veux pas que ça m'arrive. Je ne veux pas mourir seul sans personne pour se souvenir de moi, croassa-t-il. Je veux un fils, quelqu'un qui s'assurera que je sois pris en charge une fois que je serai vieux. Je veux que ma mère puisse avoir la fierté de se vanter de moi. Je n'ai aucune envie d'être comme mon père. Je *refuse* de l'être, parce que tout le monde se fiche de la personne qu'il était. Il n'y a que moi que ça intéresse.

IL ÉTAIT presque dix-huit heures trente lorsque j'entendis la clé tourner dans la porte d'entrée. J'étais parvenu à rater Neko dans mon tour de la maison au matin et elle m'avait accueilli lors de mon retour avec des hurlements, en manque d'amour et de croquettes… une paire interchangeable à son humble avis. Contournant sa silhouette sinueuse, je l'alléchai avec une pâtée au thon et aux œufs à l'odeur discutable qui la satisfit suffisamment pour qu'elle me laisse prendre une douche en paix. Je venais d'en sortir lorsque Jae m'interpella.

— En haut!

Je jetai un coup d'œil dans mon dressing et examinai les choix vestimentaires suspendus devant moi. J'enfilai un boxer que je savais confortable, puis me retrouvai bloqué pour la suite.

— Que suis-je censé porter pour ce truc?

— Une tenue adéquate, murmura Jae en se faufilant derrière moi.

Son jean noir faisait des merveilles pour ses longues jambes et son arrière-train, surtout lorsqu'il se penchait pour fouiller dans mes boîtes à chaussures en quête de la paire de mocassins qu'il voulait que je porte. Il me les tendit, accompagnés de chaussettes, puis déclipsa des cintres un pantalon et un T-shirt noirs, qu'il déposa dans mes bras.

— Va t'habiller.

— Si la chatte te dit qu'elle n'a pas été nourrie, elle ment.

Je parlais dans le vent. Il était déjà redescendu.

Les mocassins crissèrent légèrement sur le chemin des escaliers, et Jae m'adressa un grand sourire en secouant la tête.

— Une bonne coupe ne serait pas de trop.

Il passa les doigts dans mes cheveux bruns, tirant légèrement sur les pointes qui effleuraient ma mâchoire.

— Mais j'aime pouvoir jouer avec.

— Il n'y a pas que mes cheveux avec lesquels tu peux jouer, le taquinai-je. Tu conduis ?

— Tout est déjà dans ma voiture. (Il haussa les épaules.) Mais tu peux conduire, si tu veux.

Je tentai de ne pas faire paraître mon soulagement. J'avais joué les passagers dans sa voiture à trois reprises seulement et j'avais dû m'empêcher d'embrasser le sol une fois sorti de l'Explorer après chaque voyage. Il avait appris à conduire à Séoul. Apparemment, en Corée du Sud, on n'accordait d'importance ni aux clignotants ni au placement dans la voie. Du moins le déduisais-je par sa manière de conduire comme un papillon ivre en quête de sa prochaine fleur fermentée.

Il nous restait trois pâtés de maisons quand je me mis à lui conter la rencontre entre Shin-Cho et Kwon. Son soupir exaspéré se fit lourd d'inquiétude.

— Ne parle pas à Sang-Min pendant la réception, me prévint-il. Ce n'est pas qu'un dîner pour le mariage. Il y aura beaucoup d'hommes d'affaires sur place. C'est une soirée importante. Ne gâche pas tout.

— Jamais, promis-je. Suis-je autorisé à lui lancer des regards menaçants ?

— Non, répliqua Jae. Pour une fois dans ta vie, il va falloir prétendre que tu es Japonais à cent pour cent. Contente-toi de sourire et de hocher la tête. C'est comme un entraînement. *Aish*, je ne sais même pas pourquoi je m'embête. C'est comme essayer d'apprendre à un poisson à boire du lait.

— J'ai promis, non ?

N'étant pas né stupide, je pris grand soin de dévier la conversation.

— Tu y as déjà mis les pieds ?

Nous nous dirigions vers les collines, le GPS chantonnant des instructions durant tout le trajet. Il y avait curieusement peu de trafic sur la 101. À moins qu'il y ait des bouchons sur le boulevard Santa Monica, nous arriverions bien avant vingt heures. L'Explorer s'ébranla légèrement lorsque je changeai de voie, et je notai intérieurement qu'il me faudrait faire contrôler le pare-choc avant.

— Plusieurs fois, répondit Jae. J'ai photographié la fête de remise des diplômes de leur fils et leur dernier dîner anniversaire. Ils sont réglos dans le versement.

De sa part, c'était très élogieux. Il détestait courir après l'argent. Je me rappelai aussitôt du sujet de notre discussion au matin. Je m'éclaircis la gorge, détournant son attention de la fenêtre.

— Tu sais bien que je t'aiderai si…

— C'est hors de question.

Je n'avais pas même eu le temps de terminer ma phrase qu'il me coupait la parole. Indiscutable. Incontestable. Un *non* sans détour.

— Peut-on au moins convenir d'un *peut-être* si quelque chose de gros nous tombe dessus ?

Je dépassai un semi-remorque en m'inquiétant de la manière dont l'Explorer réagissait à mes commandes. En comparaison de mon Rover, c'était comme devoir pousser soi-même un bateau sur une plage.

— Je ne rigole pas. Si tu as une urgence, je préférerais que tu viennes m'en parler. Que je puisse au moins te prêter ce qu'il te faut.

Ses yeux couleur cannelle mielleux m'examinèrent et je m'agitai dans mon siège, déconcerté par l'intensité que je pouvais deviner dans son regard. Il grommela, esquissa un sourire partiellement écœuré et retourna à son observation de l'extérieur. Il lui fallut un temps avant de reprendre la parole.

— Un prêt, alors. Et *seulement* si c'est important.

— C'est tout ce que je demande.

Implorer qu'on prenne mon argent ne m'était pas familier. Rick ne m'en avait jamais demandé. Ben, lui, s'était contenté de me laisser payer nos repas du midi. Et pour ce qui était de Claudia, qui avait toujours une main ferme sur ses dépenses, elle mettait la limite à l'acceptation gracieuse des bonus que je lui faisais parvenir.

Il répondit d'une onomatopée que je lui connaissais de ses conversations avec Scarlet. J'en restai là. Il était difficile de comprendre s'il consentait réellement ou s'il acceptait pour que nous arrêtions d'en parler.

Le reste du trajet se fit en silence. Même arrivé à hauteur des collines où la route se séparait en deux voies prises à parti par des 4x4 et autres voitures de sport, le trafic resta fluide. Je manquai presque l'allée menant à la bonne maison, quand Jae me la pointa, cachée derrière un imposant saule pleureur.

« Maison » peinait à décrire le bâtiment qui se dévoila sous nos yeux. C'était le genre d'endroit où même le chien avait sa propre suite, avec bain à remous et quartier du personnel. La grandeur de la demeure et ses pierres crème faisait honneur aux châteaux français, qui lui inspiraient une paire de tours et un toit en pente d'ardoise bleue. Un valet nous attendait en haut d'une entrée circulaire, prêt à embarquer l'Explorer Dieu savait où. Le domaine était habillé de conifères décoratifs sculptés comme des gouttes d'eau et l'étendue herbacée n'avait rien à envier à un terrain de golf.

C'était vraiment à se demander ce que Kwon faisait pour gagner sa vie. En tous les cas, ça semblait lui rapporter gros.

— On va devoir traverser la maison.

Jae avait déjà sauté dehors et s'affairait à décharger son matériel de la banquette arrière. Il jeta un sac en toile par-dessus son épaule et patienta le temps que je me défasse de la ceinture pour prendre la direction des larges escaliers menant à la porte d'entrée. Elle s'ouvrit avant même que nous ne puissions toquer. J'attrapai l'autre sac et le trépied, laissant au valet la voiture. Les cicatrices marbrant mon flanc me tiraillèrent au poids que j'imposais à mon épaule, et je changeai de position pour apaiser la douleur qui commençait à remonter le long de ma cage thoracique.

On ne m'accorda pas une minute pour apprécier l'intérieur. Jae trottina de pièce en pièce, me laissant pour seule impression des murs jaunes et blancs, peu d'ameublement et une rangée infinie de fenêtres. Un court escalier nous mena sur une terrasse pavée qui faisait presque la taille d'une piscine olympique. Une vraie piscine se trouvait d'ailleurs juste derrière, habillée d'une façade en pierre naturelle et de plusieurs cascades éclairées pour l'événement.

Une fois arrivé, Jae évita une poignée de traiteurs occupés à allumer les brûleurs du réchaud et s'appropria une petite table juste derrière le buffet. Des lanternes en papier blanc avaient été suspendues au-dessus de la terrasse et un arrangement de tables en demi-cercle avait été préparé à l'opposé de la nourriture. Le bruit d'un ensemble de cordes accordant leurs instruments était presque étouffé par un homme au minibar qui hurlait en direction de la maison qu'il lui fallait du citron vert et du sirop de sucre. Vu d'ici, le dîner de répétition pourrait accueillir une cinquantaine de personnes.

— Combien comptent-ils d'invités au mariage s'il y en a déjà autant aujourd'hui ? marmonnai-je, ahuri, dans l'oreille de Jae.

— Trois cents, je crois. Mais la réception qui suit sera encore plus imposante. Ils ont délivré bien plus d'invitations pour cette partie de la réception.

Jae me tendit un petit projecteur manuel et le portefeuille dans lequel il rangeait ses cartes mémoires. Un diffuseur blanc fut placé devant l'ampoule, et je me retins de bouger le temps qu'il m'attache la batterie du projecteur à la ceinture.

— Ne l'allume pas avant que je te donne le signal. Et ne retire pas l'écran.

— Compris.

Ça m'était arrivé une fois où je m'amusais avec dans le salon. Il m'avait fallu une grosse demi-heure d'ajustements pour que les gens perdent leurs halos dignes du Christ en personne.

— On évite les lasers. Tiens-moi au courant quand tu vois Scarlet. Il faut que je sache si Shin-Cho lui a parlé.

— Elle ne vient pas, *agi*, m'informa Jae en détournant momentanément la tête.

Il avait dérapé à m'appeler *agi* au milieu de tout ce beau monde. Je prétendis ne pas l'avoir remarqué.

— Elle ne… Ce n'est pas vraiment son domaine. Plutôt celui des… femmes que des amantes. *Hyung* viendra seul.

— Ça craint, marmonnai-je, mais l'attention de Jae avait déjà été happée par le quatuor.

Les invités commençaient à remplir le patio. Il y avait une majorité, certes coréenne, du type robes à paillettes et costumes sur mesure. Les femmes semblaient avoir développé un fétiche pour les strass et les sequins. Ça, ou un atelier de paillettes avait organisé une liquidation pour sa fermeture. J'en avais presque mal aux yeux pour Jae, qui devrait se servir du projecteur.

Une femme au visage fin vêtue d'une robe fourreau en soie dorée trotta jusqu'à Jae et s'accrocha délicatement à son bras durant leur discussion. Elle était d'une beauté factice qui ne me permettait pas de deviner son âge ; plus que la vingtaine et papillonnant vers la cinquantaine et plus. Ses talons hauts la rehaussaient à l'épaule de Jae et paraissaient particulièrement douloureux à porter, mais elle donnait l'impression de glisser, comme si marcher avec des échasses aux pieds faisait partie de son quotidien. Scarlet portait le même type de chaussures. Je ne pourrais jamais faire partie de la gent féminine. Mes pieds hurlaient de douleur rien qu'à les regarder.

Jae pencha la tête pour l'écouter et s'inclina légèrement avant qu'elle ne s'éclipse avec un sourire à notre attention pour aller saluer un nouveau groupe remontant le sentier.

— La mère de la mariée? tentai-je d'imaginer en le rejoignant.

Elle gardait un œil vif sur les alentours, souriant à quiconque croisait son regard.

— Son nom est Choi Eun-hee, expliqua Jae, prenant ses marques pour faire quelques clichés du jeune couple qui traînait près des tables.

La femme effleurait un arrangement floral, jouant avec un pétale de rose en poursuivant sa discussion avec l'homme à son bras.

— Bien deviné, *c'est* la mère de la mariée. Elle voulait nous rappeler de nous servir comme on l'entend. Je lui ai dit que nous le ferions une fois que les autres seront sur la piste de danse.

— S'est-elle remariée?

Jae leva la tête vers moi, un froncement aux sourcils.

— Son nom de famille, Choi? Pas Kwon?

— Les femmes en Corée n'adoptent pas nécessairement le nom de leur époux, souviens-toi.

Il se concentra à nouveau sur la chasse aux invités et je dus courir après lui pour garder le rythme.

— Tu peux l'appeler Mme Kwon, mais Dr Choi serait préférable.

J'étais sur le point de demander quelle était sa spécialité quand l'étincelle irritée qui brilla dans ses yeux me rappela qu'il était en plein travail. Je devais de toute manière rester vigilant envers les différents protagonistes. Ces personnes étaient toutes liées à Dae-Hoon, que ce soit par le sang, le sexe ou, dans un jour ou deux, le mariage.

Shin-Cho m'aperçut et s'approcha, adressa une petite inclinaison polie à Jae avant de me saluer. L'ecchymose sur sa joue était à peine visible, mais ses yeux étaient aussi troublés qu'ils l'avaient encore été lorsqu'il avait quitté ma maison. Il profita de l'attention que Jae portait à son équipement pour se glisser jusqu'à moi.

— Mon frère arrivera un peu plus tard. Je lui ai dit ce que vous faites pour notre père, raconta Shin-Cho à voix basse. Il voudrait vous rencontrer.

— Sans problème, acceptai-je.

De mon point de vue, David paraissait être l'un des seuls éléments sains de cette famille. Mais j'étais certes biaisé par sa capacité à soutenir son frère plutôt qu'à lui tourner le dos.

— Là, en haut des escaliers, siffla Shin-Cho. C'est *Sang-Min*.

Un homme grand, d'âge moyen, arborant un sourire bien rodé, dévala les marches et posa une main sur l'épaule du Dr Choi. Je me tournai suffisamment pour examiner son visage. Il n'y avait eu qu'une seule photo de Dae-Hoon et de son ancien amant, et en dépit des années passées, ses traits étaient aisément reconnaissables. Le beau jeune homme dans la vingtaine au visage calme s'était transformé en un charmant homme d'affaires propre sur lui. Il contempla la foule et fit signe aux gens qui s'aggloméraient au centre du patio.

Kwon repéra Shin-Cho et hocha doucement la tête. Un geste aussi arrogant que condescendant; une attitude qui lui semblait aussi naturelle que respirer. Un léger rictus se faisait deviner à la commissure de ses lèvres, portant toute sa moquerie aux dépens de Shin-Cho. Puis son regard s'arrêta sur Jae, et je surpris une poussée d'intérêt dans son expression avant qu'elle ne disparaisse derrière un masque de placidité.

Il n'y avait pas de doute, l'homme était définitivement gay. On ne laissait pas son regard s'attarder si longtemps sur les fesses d'un autre homme, si ce n'était pas par fantasme de se le faire.

Je n'avais qu'une envie : lui ficher mon poing dans les dents. Encore et encore. Jusqu'à ce que son sourire erroné s'efface enfin.

— Cole-ah, j'aurais bientôt besoin d'une nouvelle carte, m'interpella Jae.

— On se parle plus tard, Shin-Cho. Je dois retourner bosser avant que Jae ne me trucide.

Je revins au pas de course vers lui. On entendait déjà au cœur du rassemblement l'enthousiasme des premiers applaudissements. Je fis volte-face et me retrouvai comme paralysé. Jae s'empara de la carte entre mes doigts, ignorant mon regard ahuri.

La mariée, Helena Kwon, ressemblait davantage à son père qu'à sa mère. Elle lui avait ravi ses traits élégants, adoucis par des lèvres pulpeuses et un menton triangulaire. Une robe de cocktail rouge sanguin moulait chacune de ses formes et son bracelet en diamant attrapait la lumière, rejetant des arcs-en-ciel dans la foule. Le jeune homme qui l'accompagnait se tenait en arrière pour lui accorder son moment de spectacle. Elle se tourna vers son fiancé et tendit la main pour l'inviter à la rejoindre.

Il sortit de l'ombre, sa main se refermant sur celle de sa future épouse et son sourire se fit chaleureux, bien plus que ne l'était celui de Kwon. Il fit signe à la foule et proposa galamment son bras à Helena, s'inclinant gracieusement sous son rire enchanteur. La lumière éclaira son visage et mon cœur fit un bond. Je redirigeai mon regard vers Kwon. Il portait un sourire trop large, des traits tendus et ses yeux étaient froids. Un voile sombre et amer les assombrissait.

Et il y avait de quoi réagir. Même en ayant croisé David à plusieurs reprises, le choc ne devait pas encore s'être estompé. Dieu seul savait combien j'en subissais le contrecoup. C'était comme voir Dae-Hoon sorti tout droit d'une des photos que Scarlet m'avait envoyées ; un vrai revenant. David, le futur époux de sa fille, était le portrait craché de l'inaccessible Dae-Hoon, et à en voir l'expression lubrique qui s'étalait sur le visage de Kwon, Shin-Cho était loin d'être le seul frère qu'il avait envie de mettre dans son lit.

VI

— MERDE ALORS, sifflai-je entre mes dents.

Jae m'assena un coup d'épaule dans les côtes et me jeta un regard noir.

— Désolé.

La ressemblance entre David Park et son père était remarquable. Il devait y avoir quelques différences subtiles, mais je ne connaissais pas suffisamment bien Dae-Hoon pour les discerner. Je n'avais eu qu'une petite heure d'observation de ses traits faciaux et les retrouver sur David me donnait des sueurs froides. Kwon devait avoir perdu les pédales en rencontrant le fils de son ex. Je n'imaginais même pas ce qu'il pouvait bien pu penser du mariage de sa fille à David.

— Suis-moi, dit Jae. Je dois encore faire le portrait de David et Helena.

Je ne le lâchai pas d'une semelle et activai le projecteur dès qu'il me le demanda. Nous suivîmes le couple à la trace tels des stalkers vendus par leur spot lumineux. La paire souriait, saluant leurs connaissances. Ils donnaient l'impression parfaite du couple dévoué.

Et pendant tout ce temps, Kwon nous tourna autour comme un requin assoiffé de sang lorgnant du menu fretin.

Regarder Jae évoluer dans son élément était fascinant. Il savait établir un équilibre entre rester effacé et pousser les gens à se regrouper pour prendre une photo. Nous rôdions entre les invités : sa silhouette élégante se faufilant entre les groupes, et moi, son ombre maladroite.

Dans la soirée, les frères Park finirent par se retrouver chacun un bras sur l'épaule de l'autre. Ils avaient tous deux un air de ressemblance avec leur père. Shin-Cho certes moins que David, mais leurs sourires était identique. Je me demandai un instant si Mike et moi avions le sourire aussi facile l'un pour l'autre, mais j'en doutais. Notre relation tenait davantage d'un coup de poing dans le bras que de l'étreinte.

Nous perdîmes Shin-Cho dans la mêlée un peu plus tard, non sans noter le sourire tremblant qu'il me jeta. En dépit du monde qui nous entourait, il était clair qu'à l'exception d'un nombre restreint, on avait tendance à l'éviter. Je compatis, surtout en voyant Kwon à proximité, occupé à serrer des mains et à accepter d'être félicité pour le mariage de sa fille, le tout sans jamais quitter David ou Jae-Min des yeux.

Kwon l'ignorait délibérément, le regard glissant sur lui comme s'il n'était rien d'autre qu'une ombre de plus.

J'avais beau être exaspéré de voir Kwon reluquer Jae dans le dos de sa femme, être témoin du match de ping-pong qu'était son attention tiraillée entre mon amant et David était plutôt amusant. Mais pas suffisamment pour que je me retire lorsqu'il se décida finalement pour Jae.

— Mes excuses, dis-je après lui être rentré dedans lors de son avancée.

Le jeu était simple et mesquin, de ceux qu'on engageait entre deux hommes intéressés par la même personne. Il me regarda de haut en bas, l'œil furibond. Kwon m'aurait jeté dans un brasier ardent s'il avait pu. Je me tins immobile, laissant un rictus ourler ma bouche.

De son point de vue, il avait l'avantage de la richesse, de la popularité et de l'éducation. J'étais, pour ma part, plus grand et certainement mieux bâti. Un seul mot de Kwon et Jae pouvait perdre ce contrat. Risquer de l'affronter sur son propre terrain était risqué. Avant de le rencontrer, je pataugeais dans la soupe amère que Rick et Ben m'avaient laissée. J'avais encore des progrès à faire pour m'en défaire et je ne comptais pas laisser Kwon s'immiscer entre nous. À mon humble avis, j'avais plus à perdre que lui. Bien plus.

Kwon déballa quelques mots de coréen et je lui souris, secouant la tête pour dévoiler mon incompréhension. Il me sourit à son tour, d'un rictus ondulant qui ne donnait pas confiance. Il répéta ses mots en anglais d'une voix lente, comme si j'allais, là aussi, manquer à comprendre.

— Nous sommes-nous déjà rencontrés?

— Non, pas encore, répondis-je calmement.

Je souriais en lui tendant ma main libre.

— Je suis venu avec Kim Jae-Min, le photographe. Nous sommes des amis de Scarlet. Quel dommage qu'elle n'ait pas pu venir aujourd'hui. Elle aurait tellement aimé rencontrer le fils de Dae-Hoon.

La conversation prenait un air de manipulation dont j'avais la maîtrise, et j'en étais particulièrement fier. Je me laissais peu aller à ce type de discours, toutefois mes mots firent leur effet. Ses épaules et son visage se contractèrent à la mention de Scarlet, puis une étrange sorte de terreur traversa son regard froid. Il se reprit très vite, mais les secousses gauches de son corps trahirent son malaise lorsqu'il fit volte-face.

J'aurais tant voulu pouvoir me délecter de la situation, et c'est bien ce que j'aurais fait si un coup de feu n'avait pas retenti.

Un bruit de canon, un court écho et des hurlements suivirent les cris de terreur. L'odeur de sang me parvint et je fus pris de panique, attrapant Jae pour le plaquer sous moi. Son appareil bascula et lui échappa des mains pour finir sur le sol. Je tirai une table pour la renverser sur le côté, espérant que le métal nous procurerait un élément de protection.

Comme toute fusillade, les choses se déroulèrent bien trop vite. On ne pouvait plus compter que sur l'instinct.

Et chez l'humain, la panique semblait souvent prendre le dessus.

Je me sentais parfaitement légitime dans ma terreur, pourtant. J'avais retrouvé Jae inconscient, saignant d'un coup par balle à quelques mètres du corps sans vie de son escorte de cousin. Et dans le genre, j'avais un sacré historique entre amants et flingues. Dans mon cas, la panique était parfaitement normale, au même titre que la poursuite du bonheur et un supplément fromage sur mes frites carne asada.

— Je n'ai rien, murmura Jae d'un ton rassurant. Je n'ai rien… je vais bien, *agi*.

Mes poumons s'engorgèrent.

Je parcourus son corps de mes mains à la recherche de la moindre blessure et en voyant des taches rouges moucheter sa pommette, mon cœur s'arrêta. J'étalai le sang du pouce en plusieurs sillons irréguliers. Berçant sa nuque, je le tirai tout contre mon torse, le temps que mon cœur reprenne ses battements, forçant la manœuvre pour recouvrer mes esprits. La peur m'avait glacé jusqu'aux os et mes mains tremblèrent de façon incontrôlable lorsque je les passai dans mes cheveux.

Même dissimulé derrière une table de jardin, je me sentais exposé, et il resta allongé contre moi sur le sol, me laissant toucher son torse. Il me fallait entendre son cœur… le sentir battre sous mes doigts.

Je devais avoir l'air complètement désorienté, car il porta ses mains à mon visage, ignorant ses doutes et ses propres règles.

— *Agi*, je vais bien, répéta-t-il dans un ronronnement cassé qui me réchauffa le cœur. Nous devons faire quelque chose. Je pense qu'Helena a été blessée. J'ai vu du sang. Peut-être que c'est David… je ne sais pas.

Le silence reprenait ses droits autour de nous, seulement brisé par quelques gémissements et autres hoquets. Je me dégageai et jetai un œil prudent par-dessus la table renversée. Kwon paraissait reprendre conscience non loin, les jambes emmêlées dans l'un des jeux de chaises pliantes du patio. D'autres invités avaient trouvé refuge derrière les tables et les genévriers en pot placés en périphérie de la terrasse. À quelques pas de nous, Helena Kwon gisait dans les bras de son fiancé, le sang noircissant sa robe pourpre. David la berçait en pressant vainement ses mains contre la blessure qui gâtait son flanc.

Les bracelets en diamant qu'elle portait aux poignets étaient ternis de son propre sang, aussi vide de tout éclat que l'étaient ses yeux troubles. Le haut de David était détrempé et il était secoué de légers tremblements. Il la priait de rester avec lui jusqu'à ce que les secours arrivent. Ses mains étaient maculées de sang. Une écume gris rosâtre s'échappait du crâne brisé de sa fiancée, teintant la manche de sa veste. Un mince filet sanglant dégoulinait le long de ses doigts et les épaules de David furent prises d'une secousse lorsqu'il tenta de calmer sa respiration. Il releva les yeux vers moi, l'espace d'un instant, les billes animées par la peur et la douleur. Il les reporta sur son amante, me priant, moi comme n'importe qui, de l'aider.

Personne n'aurait pu faire quoi que ce soit pour Helena Kwon. Il était simplement encore incapable de l'accepter. Je comprenais ce qu'il ressentait. Rien n'était plus douloureux que de voir son monde se rompre entre ses doigts. Rien.

JAE ET moi fûmes séparés par les agents de police qui s'étaient finalement présentés. Des ambulanciers faisaient le tour du reste des invités. Un total de cinq balles avaient été tirées. Deux d'entre elles avaient atteint Helena, deux autres avaient effleuré les convives et la dernière avait manqué sa cible en finissant par rebondir sur une pierre et frapper la terrasse. L'officier en charge sur la scène de crime, une quinquagénaire blonde à l'air strict nommée Brookes, s'était tout particulièrement intéressée à mon permis de port d'arme et à la présence d'un détective privé jouant les assistants-photographes à un dîner de répétition.

La conversation ne mena nulle part. Je n'avais rien à dire, à part la présence d'un éventuel silencieux et la direction des coups de feu qui m'étaient parvenus de la maison. Elle me jeta un regard sinistre et j'en fis de même, légèrement moins amer, mais tout aussi dépité.

— Puis-je y aller ?

J'avais perdu Jae de vue. Il avait disparu à l'intérieur avec plusieurs autres invités, accompagnés d'une poignée d'hommes en uniforme. Le nombre impressionnant de policiers sur place était stupéfiant.

— Je dois retrouver Jae-Min.

— Je garde vos coordonnées.

Brookes n'avait pas l'air contente de devoir me laisser filer, mais m'indiqua tout de même l'intérieur.

— Je ne sais pas s'il a déjà terminé. Si ce n'est pas le cas, merci d'attendre au niveau de la porte d'entrée. Nous allons établir un périmètre autour de la maison.

Notant que Shin-Cho réconfortait son frère, je le saluai, espérant que mes regrets lui parviennent. Assis sur un transat, David paraissait dévasté. Son grand frère ne le quittait pas d'un centimètre. Un petit nombre d'agents se tenait devant eux, posant question après question. Je n'avais pas besoin d'entendre ce que pouvait bien dire Shin-Cho pour saisir qu'il était sur le point de disjoncter. Il rugit en coréen sur l'un des hommes qui harcelaient son frère. Même sans comprendre la langue, il était clair qu'il lui disait d'aller se faire voir. Qu'ils l'aient compris ou qu'ils aient réalisé avoir été trop loin, ils se confondaient déjà en excuses lorsque j'atteignis l'escalier.

Je trouvai Jae dans le hall principal, installé dans un maigre fauteuil de style français et sirotant un café dans un gobelet en polystyrène. On lui avait prêté une veste grise à rayures qu'il avait laissé pendre sur ses épaules, les bras ballants. Son visage avait été nettoyé du sang, mais son T-shirt en portait encore quelques traces au niveau de la poitrine. J'étais encore tendu après avoir réalisé à quel point il avait été proche d'Helena lors de la fusillade.

— Tout va bien ?

Résister à le toucher était particulièrement ardu. Je dus fourrer mes mains dans mes poches pour m'empêcher de l'attirer tout contre moi. Il hocha la tête et me tendit son café. Il était sucré et encore bien chaud, mais ce n'était pas ce goût de sucre et de chaleur là que je désirais savourer sur ma langue.

— Ils ont terminé avec toi ?

— Je pense. *Hyung* n'est pas très loin. C'est lui qui est venu s'adresser en premier à la police, avant même qu'ils ne puissent venir m'interroger. Ça ne leur a pas vraiment plu.

— Ouais, les flics ont tendance à mal prendre qu'on intervienne pour leurs témoins, mentionnai-je. C'est de là que tu tiens la veste ?

Jae marmonna quelque chose qui avait des airs de « oui » et « *hyung* ». Ç'aurait aussi pu être une commande de croque-monsieur pour ce que j'en savais. Notant l'épuisement sur son visage, je l'aidai doucement à se relever

62

en mettant ma main sous son bras. Il trébucha lorsque ses pieds se prirent dans le tapis.

— Quoi ?

— Rentrons à la maison, murmurai-je à son oreille.

Je me fichais bien de savoir qui pouvait nous voir ou si la police avait encore besoin de lui. Tout ce que je voulais, c'est pouvoir le ramener et le débarrasser, corps et esprit, des souvenirs de cette soirée. Il lutta légèrement contre moi, jetant un œil par-dessus son épaule dans le couloir où Seong, l'amant de Scarlet, devait se trouver assiégé par sa propre bande d'officiers.

Je restai ferme dans ma décision.

Je l'attirai à moi et passai mon bras autour de sa taille. Il remua quelque peu, lançant des regards aux alentours, mais je ne bougeai pas.

— Personne ne nous regarde, chuchotai-je contre son oreille. Et même si c'était le cas, qui s'en soucierait ? Aujourd'hui ? Après… après tout ça ? Laisse-moi prendre soin de toi, Kim Jae-Min. Ne dis plus un mot. Nous récupérons tes affaires et nous rentrons à la maison.

JE FIS couler l'eau chaude, déshabillai Jae et le poussai sous la douche. Rester sérieux n'allait pas être simple, surtout avec l'image de son corps nu gravé dans mon esprit, tandis que je dévalais les marches. Je flanquai son T-shirt dans un sac, que je nouai avant de le jeter à la poubelle. Le chat se faufila entre mes chevilles. J'esquivai sa tentative d'homicide volontaire en l'enjambant.

La théière était encore sur la gazinière et il y avait une collection de boîtes que Jae avait alignées sur le comptoir. J'attrapai la bouteille de Jack Daniel's à la place. Me chargeant d'une paire de canettes de Coca que je trouvai dans le frigo, je repris les escaliers, deux marches à la fois. Neko tenta de me faire basculer à l'arrivée sur le palier et je la repoussai du pied une fois dans la chambre.

Elle miaula bruyamment son désaccord, une pitoyable lamentation qui aurait pu servir à informer d'un raid aérien ou d'un tsunami. Se faufilant entre mes jambes, Neko sauta sur le lit et reprit ses pleurs. Qu'elle veuille être avec Jae… avec moi… ou bien même simplement dormir en bout de lit, elle me faisait sa meilleure comédie.

Je laissai la porte entrouverte.

Je ne jouai pas toujours les idiots. Parfois, il était plus simple de laisser le chat gagner.

L'eau était encore en train de couler lorsque je déposai la bouteille et les canettes sur la table de chevet. En passant devant la porte de la salle de bains, je vis Jae m'observer avec des paupières tombantes à travers le vitrage de la douche. Il appuyait ses mains contre le mur et ses pieds étaient légèrement écartés, laissant le débit le frapper à pleine force. Ses mèches noires étaient plaquées contre son crâne et s'enroulaient autour de son cou.

Il resta immobile lorsque j'ouvris la porte. Ne pipa pas un mot lorsque je rentrai dans la douche, encore habillée, et vint ceindre mes bras contre son ventre. Je l'étreignis à travers sa crise de tremblement, l'eau dégringolant sur nos deux silhouettes.

Pour une raison qui m'échappait, Jae était comme un déclic. Il y avait quelque chose chez lui qui m'attirait. La vue de ses longues jambes, de ses hanches étroites et de ses larges épaules m'embrasait. Ses fesses rondes et fermes, sa bouche sensuelle me faisaient durcir. Même dans les situations qui ne s'y prêtaient pas, il m'enflammait. Mon entrejambe n'écoutait rien quand j'essayais de me convaincre ne pas m'enfoncer en l'homme que je tenais tout contre mon torse. Cela pouvait attendre. Cela pourrait attendre une éternité, même, si c'était ce qu'il fallait à Jae.

À terme, le chauffe-eau commença à peiner pour répondre à la demande et la buée s'échappant du pommeau s'atténua. Lorsque Jae reposa sa tête contre mon épaule, l'eau avait déjà tiédi. Pressant son visage au creux de mon cou, il poussa un soupir et s'appuya contre moi, me laissant porter une bonne partie de son poids. Je tendis la main, fermai les valves, puis ouvrit la porte pour attraper une serviette sur l'étagère.

— Je peux le faire, me rassura-t-il en tentant de me la prendre des mains.

Je repoussai l'entreprise.

— Laisse-moi faire, le réprimandai-je doucement.

La tête baissée, ses longs cheveux trempés lui tombaient sur les pommettes, dissimulant ses yeux. Je portais mes doigts à son menton pour le relever.

— Laisse-moi faire ça pour toi.

Je le séchai à l'aide d'une serviette douce, prenant mon temps pour bien m'occuper de ses mains et de ses pieds. Je m'occupai de son entrejambe avec délicatesse, savourant les courbes de sa peau en la séchant, avant de passer à son ventre et à son fessier. Je remontai jusqu'à son torse, ses épaules, puis sa crinière vint terminer d'imbiber la serviette.

Je la jetai dans le bac à linge et m'emparai d'une autre pour la nouer autour de ses hanches.

— Si tu oses me soulever, je t'assassine, grommela Jae.

— Je l'aurais fait si je n'avais pas si mal à l'épaule, répliquai-je.

Le chat réchauffait déjà le lit quand je le fis basculer sur le matelas pour qu'il vienne lui tenir compagnie. Les canettes étaient encore bien froides. J'en ouvris plusieurs et en passai une à Jae avant d'attraper le Jack Daniel's, ce qui le fit doucement sourire.

Jae sirota son soda.

— Il y a de quoi grignoter ?

— On peut toujours grignoter avec un bon whisky. C'est presque comme du porridge, protestai-je en dévissant le bouchon en plastique. Je suis Irlandais, je te rappelle. C'est notre incontournable pour survivre aux aléas de la vie.

— Et je suis Coréen. Nous devons nous sustenter avec de la nourriture.

Il s'appuya contre moi et me présenta sa canette.

— Je veux bien essayer la méthode irlandaise. Je ne pense pas pouvoir avaler quoi que ce soit, de toute manière.

— Si tu veux te faire passer pour un natif, il faut boire directement à la bouteille, puis prétendre siroter son Coca pour faire descendre le tout.

Je versai un demi-shot de Jack dans sa canette.

— On va commencer doucement.

Je bus directement au goulot, laissant le Coca réchauffer sur la table de chevet. Le whisky me brûla la langue et je déglutis, faisant descendre les flammes jusqu'à l'estomac. Je m'adossai à la tête de lit et tins son soda le temps qu'il manœuvre pour venir s'allonger entre mes jambes et se caler contre mon torse. Nous restâmes silencieux, ma main nichée sur son ventre, l'autre enroulé autour de la bouteille de whisky. Une fois que Jae en eut terminé avec son breuvage, il me vola le Jack Daniel's et en avala une gorgée. Il hoqueta en goûtant l'alcool pur sur sa langue.

— C'est...

Il toussa méchamment.

— Je bois du soju et c'est déjà trop pour moi.

— Continue jusqu'à ce que ça ait bon goût, suggérai-je avant d'embrasser sa tempe. Et ensuite, tu t'arrêtes. Sauf si tu veux vraiment te la jouer Irlandais, auquel cas tu bois jusqu'au moment où tu profères ton amour pour le reste de l'humanité.

Jae avala une autre gorgée, puis me rendit la bouteille. Il reposa à nouveau sa tête et me jeta un regard.

— C'était horrible… ce qui s'est passé aujourd'hui. Absolument horrible.

— Tu ne m'entendras pas dire le contraire, confirmai-je.

Que pouvais-je dire d'autre? Nous avions quitté la demeure avant même qu'ils aient découvert l'auteur des coups de feu ou son motif.

La situation ne m'était pas inconnue, non plus.

Parfaitement horrible.

— J'ai l'impression…, commença Jae à voix basse, que tout est de ma faute. Tous ces morts. Comme s'il y a un fil qui me traverse et chaque fois que je touche quelqu'un, cette personne meurt. Hyun-Shik. Jin-Sang. Brian. Victoria. Et maintenant, Helena. Je sais que ça n'a aucun sens. Ce n'est pas comme si je l'avais *voulu*. Mais à voir le nombre… de mes proches…

Il ne servirait à rien de lui affirmer qu'il n'était pas en faute. Rien de ce que je pouvais dire ou faire ne lui ôterait l'angoisse qui lui nouait l'estomac. Tout ce que je pouvais espérer était d'être présent lorsque les cauchemars commenceraient.

Ce n'était que justice. Je lui renvoyai simplement l'ascenseur.

— Tu veux savoir ce que j'en pense?

La peau au niveau de son ventre était douce. Je traçai ses muscles abdominaux du bout des doigts en poursuivant.

— Pourquoi Helena? Elle avait… vingt-quatre… vingt-cinq ans, tout au plus? Pourquoi en faire une cible? Qu'a-t-elle fait pour mériter ça?

— Je ne sais pas. Elle était… gentille? (Il haussa les épaules.) Je n'ai jamais pris le temps de la connaître. Nous nous sommes vus une heure à peine pour parler du genre de photos qu'elle et David voulaient. C'était une fille sans histoire…

Venant du roi des histoires, je comprenais qu'elle devait être simpliste, à la limite de la naïveté.

— J'en conclus que David était le cerveau?

— On peut dire ça comme ça, répondit-il en m'arrachant la bouteille des mains.

Ses gorgées se faisaient plus ambitieuses et il les avalait avec une aisance travaillée. Nous risquions de terminer la bouteille si nous n'étions pas plus prudents.

— Il est avocat. Il me semble qu'il va bientôt travailler pour *hyung*.

— Le cercle est sans fin, grognai-je. Vous me faites sérieusement peur. C'est comme un gang ou une secte. Une sorte d'échange de faveurs restreinte à un certain groupe.

— Comment penses-tu que j'obtiens la plupart de mes contrats? moqua-t-il. Et on ne parle pas de la mafia, là. Ce sont des... *chaebols*, voilà tout.

La confusion qui s'afficha sur mon visage dut être épique, car il leva les yeux au ciel.

— Pour les *chaebols*... on parle de certaines familles... des nobliaux. Quel est le mot déjà? Une dynastie, je suppose. Ils se marient entre eux, ont leurs propres lois. La famille de *hyung* est particulièrement importante. Comme l'est celle de Kwon. Jae-Su a eu l'occasion de travailler pour la famille de *hyung* à San Francisco, mais il était trop...

Son haussement d'épaules était plus que suffisant. Son frère n'était qu'un bon à rien.

Les pièces du puzzle commençaient à faire sens. Jae qui habitait chez de riches cousins, les Kim, lorsqu'il avait treize ou quatorze ans, avant que la mère de Hyun-Shik ne le mette à la porte lorsqu'elle s'était mise à l'accuser d'avoir causé l'homosexualité de son fils. Il avait perdu davantage qu'un foyer en ayant été séduit par celui-ci... il avait perdu la chance d'élever sa propre famille jusqu'à une classe spéciale.

Je détestai sa tante davantage de jour en jour. Et à ma manière charmante et philosophique, j'exprimai mon dégoût par un :

— Ta tante t'a vraiment foutu dans la merde. Quelle garce, celle-là !

— Tu es plus perspicace quand tu es ivre, baragouina légèrement Jae, et je lui souris. Tu comprends ça seulement maintenant?

— Tu viens à peine d'expliquer ce truc de... «cheval» ou je ne sais quoi. Ça fait sens, *maintenant.*

— *Chaebol.*

Il faisait preuve de beaucoup de patience à mon égard, surtout quand je massacrais sa langue.

— Mais quel serait l'intérêt de tuer Helena...

— Peut-être que quelqu'un déteste le... truc de famille des Kwon? suggérai-je. Suffisamment pour pousser au meurtre?

— Ça aurait plus de sens si ç'avait été la famille de *hyung*. Mais là, c'est Helena qui a pris, pas David. Les Kwon sont blindés, mais ce sont les Seong qui donnent le ton... Ils ont l'ancienneté... Absolument tout ce dont

on peut rêver. À moins que ça ait été pour le blesser, mais il n'est pas…
David n'a aucun levier dans la famille. Il est encore trop jeune.

— Une petite seconde, de quoi parles-tu ?

Soit le whisky devait être trop fort pour mes pauvres neurones, soit je
devais avoir manqué quelque chose.

— À quel moment Seong rentre-t-il dans le tableau ?

— Sa famille est plus influente.

Jae me reprit la bouteille et avala une goulée. Ayant quasiment
manqué de la faire basculer sur les draps, je la lui confiai sans mal.

— Souviens-toi. La mère de David est aussi la sœur de *hyung*. Une
Seong. Dae-Hoon est un Park. Sa famille a de l'argent, mais pas autant que
les Seong.

— Donc Dae-Hoon est rentré dans le… *chaebol* des Seong, tentai-je
d'articuler.

Ce ne dut pas être un échec complet au vu de son petit roulement
d'yeux. Je me redressai, soudain bien plus sobre que je n'aurais voulu
l'être. Jae poussa un premier grognement lorsqu'il fut propulsé vers l'avant
et un second quand je m'emparai de mon bloc-notes pour consigner mes
pensées.

— Et ses fils… si Dae-Hoon avait été présent, auraient été…
entachés… par leur connexion, c'est ça ?

— C'est ça. Dae-Hoon a disparu de leur vie pendant des années, et ils
ont été élevés par les Seong.

Il fronça les sourcils.

— Shin-Cho et David n'ont pas ressenti les conséquences des actions
de Dae-Hoon. Du moins, jusqu'à ce que Shin-Cho… ce qu'il a fait était
stupide. À cause de lui, Dae-Hoon est revenu dans les conversations. On dit
que ses fils ne sont pas différents de lui, et au vu du soutien que David porte
à son frère, ça risque aussi d'affecter David.

— Je te parie tout ce que tu veux qu'on le tient, m'exclamai-je. Tu dis
que la famille est tout pour toi. Ce devait aussi être le cas pour Dae-Hoon.
Je ne pense pas qu'il soit mort, Jae.

— Que lui est-il arrivé, alors ?

— Je pense qu'il s'est simplement retiré, dis-je avant d'embrasser
son nez. Ils l'auraient mis en pièces, comme ils l'ont fait avec toi… avec ta
famille. Je ne pense pas qu'il voulait le risquer. Un jour, tu m'as dit que dans
ta communauté, on vit pour la génération suivante. Il serait logique que
Dae-Hoon ne veuille pas de cette vie pour ses enfants. Ça l'aurait achevé

de voir ses fils souffrir comme ça. J'ai vu les clichés qu'il a pris avec ses gosses. Il les aimait. Je crois qu'il est parti pour que ses fils n'aient pas à souffrir de son déshonneur en grandissant.

Je l'enlaçai, bousculant le Jack qu'il tenait encore contre sa poitrine. Jae protesta un moment, puis grommela lorsque je lui pris la bouteille pour la déposer sur la table de chevet avec mes notes. Le poussant à s'allonger, je le capturai en le couvrant de toute ma longueur.

— Si j'ai raison, il est fort possible qu'il soit encore en vie, *agi.*

Je l'embrassai, goûtant le whisky sur sa langue.

— David a perdu sa fiancée, mais avec un peu de chances, je pourrais peut-être lui rendre son père. Ne me reste plus qu'à trouver une piste, à présent.

VII

QUALIFIER LOS Angeles de Cité des Anges devait sûrement être le résultat d'une énorme farce, généralement confirmée par un imbécile de première bravant le rush matinal sur le triangle des Bermudes qu'étaient la 110, la 10 et la 101. C'était comme si Satan avait baissé les yeux sur la ville et s'était exclamé : *Et puis merde, j'étais un ange, aussi. Je vais pisser juste là et en faire mon domaine.*

Et il devait avoir ingurgité un format XXL avant de se lâcher.

J'avais laissé Jae dormir avec Neko, qui s'était repositionnée sur l'oreiller. Nous avions terminé la bouteille de Jack et nous étions allongés ensemble pour écouter l'autre respirer. Comme j'avais oublié de fermer les rideaux, les rayons matinales nous avaient frappés en pleine face. Quelques cachets, une bouteille d'eau et un bon lavage de dents plus tard, l'éponge endolorie et lancinante que j'avais été retrouvait un aspect presque humain. Une douche et un café bien chaud avaient suffi à se charger du reste, et j'étais sorti rejoindre Bobby dans la voie d'accès. Je ne pouvais que remercier le ciel du drive de Starbucks, qui se trouvait à quelques pas de chez moi.

Certes, ma rue était pleine de cafés indépendants, y compris la boutique de hippies sur l'autre trottoir, que j'esquivais pour la simple et bonne raison qu'ils portaient des débardeurs en été sans raser leurs aisselles. Je me fichais bien qu'on se rase ou non, en soi. Je couchais avec des hommes, après tout ! Les poils venaient avec le reste. Toutefois, je mettais la limite à ceux qui s'approchaient trop de mon gobelet sans couvercle.

— Y a intérêt à ce qu'il y ait un vrai trésor dans ce fichu garde-meuble, se plaignit Bobby.

Nous avions avancé de quelques mètres à peine en l'espace de quinze minutes au parfum des gaz d'échappement et des mini donuts glacés que Bobby avait apportés. Des années passées à partager un véhicule avec d'autres officiers avaient bien fait d'immuniser Bobby contre un intérieur douteux. Tous les dépôts finissaient par être aspirés ou épongés des sièges en cuir. Mike, lui, avait un vrai problème avec le moindre emballage de paille qui traînait dans sa voiture.

J'avais parfois du mal à me rappeler dans laquelle des deux je pouvais faire une gaffe ou non. Je m'étais donc habitué à manger avec une serviette, ce qui me valait des regards curieux de la part de Bobby.

— Tu veux un bavoir avec ça, princesse ? finit-il par moquer. C'est dans ces moments que la sirène me manque.

— Tu n'as qu'à ouvrir la fenêtre et gueuler, suggérai-je. Si tu veux, je te fiche un coup dans les noix pour qu'on t'entende bien.

— Joue pas à ce jeu avec moi, m'avertit-il avec un grand sourire. À ton âge, je peux encore m'arrêter sur le bord de la route pour te donner une bonne fessée.

— Je suis loin d'être ton type, lui rappelai-je. Et je ne réponds pas bien aux ordres.

— Pas faux, fredonna-t-il avant d'afficher un air sérieux. Comment se porte Jae ? Le gamin ne l'a pas eu facile ces derniers mois.

Je lui avais raconté les événements de la fusillade pendant que nous attendions au drive. Il m'avait d'abord demandé si j'avais fait boire Jae, puis si je l'avais baisé jusqu'à ce qu'il oublie son chagrin. Je dus lui rappeler que le sexe ne résolvait pas tout et qu'il suffisait parfois de tenir quelqu'un dans ses bras. Il m'avait traité de fillette, car selon lui, pour les hommes, le sexe réglait absolument tout.

— Pas autant qu'Helena et David.

J'ajoutai Shin-Cho à la liste, également. Il avait passé un temps fou à garder son frère hors de l'eau. La seule bonne nouvelle qui en ressortait, en conséquence, était son manque d'obsession envers Kwon.

— Tu sais, je ne sais plus quoi lui dire. Il porte le poids des morts à bout de bras. Je ne sais pas comment l'aider à voir les choses autrement.

— Eh bien, quand tu auras trouvé la solution, il ne te restera plus qu'à nous donner l'astuce pour qu'on puisse s'en servir sur toi, rétorqua Bobby à voix basse.

Je ne répondis pas. Les derniers mois ne m'avaient pas non plus fait de faveur. Je me débattais toujours avec la culpabilité que je ressentais pour la mort de Rick et avec mes sentiments naissants pour Jae-Min. J'étais aussi bien placé que David Park pour trouver des réponses.

— Tu ne vas pas te fourrer dans ce merdier, dis ? s'exclama soudain Bobby. Avec le meurtre de cette fille, je veux dire.

— Je le tiens à distance. Les flics peuvent s'en occuper. Que pourrais-je y faire ?

Je considérai un autre mini-donut.

— Regarde ça, on avance enfin.

— Il était temps.

Bobby accéléra et consulta le GPS pour la cinquantième fois.

— Encore deux bornes. Deux putains de bornes. Les plus longues de ma vie.

— Tu n'as jamais été à la Comic-Con.

— J'ai été à la Southern Decadence. Voilà deux bornes dans lesquelles je veux bien être piégé jusqu'à la fin des temps, susurra-t-il.

Il nous fallut encore un autre quart d'heure pour parcourir le dernier kilomètre et atteindre notre sortie. Ce pouvait bien être les plus longs kilomètres de sa vie, l'écouter rager tout du long en faisait très certainement les quinze minutes les plus longues de la mienne.

Le garde-meuble n'était qu'à quelques pâtés de maisons de la rocade et nous finîmes par nous arrêter dans un parking complètement désert. Comme une bonne partie des garde-meuble en Californie, il nous suffit d'un code d'accès pour entrer dans l'entrepôt et déverrouiller l'espace de stockage, ainsi que d'une clé pour le cadenas qui fermait le volet en métal du box. Celui-ci se trouvait dans un labyrinthe de parpaings qui nous demanda plusieurs minutes de recherche avant de tomber sur l'endroit où Scarlet avait rangé la vie de Dae-Hoon.

— Dieu merci, nous sommes en intérieur. Imagine un peu la galère à ouvrir si ç'avait été dehors.

Bobby aspergea le cadenas de graphite et rentra la clé. Le verrou ne nous donna étonnamment pas de fil à retordre, et je soulevai la porte en détournant la tête pour éviter les nuées de poussière qui s'échappèrent des lames de métal. L'ampoule nue qui était suspendue n'inspirait pas confiance, toutefois je fus agréablement surpris de voir le box d'un mètre carré s'éclairer lorsque l'interrupteur fut enclenché.

Nous fûmes abasourdis de voir le peu d'affaires que Dae-Hoon avait laissées derrière lui. Après les dons de vêtements et la vente ou le legs des meubles, il ne restait plus qu'une poignée de cartons remplis d'effets personnels et de bouquins. On comptait dans le box une dizaine de boîtes d'une taille universelle, pour la plupart, marquées du nom d'une société de déménagement qui avait fait faillite presque neuf ans plus tôt. Le ruban adhésif qui était censé clore les cartons avait depuis longtemps rendu l'âme et tourné au jaune friable en dépit de l'air conditionné dispensé dans tous les box.

— Je vais aller chercher le ruban adhésif que je garde dans la bagnole, intervint Bobby. Commence à tout sortir qu'on puisse transvaser dans le chariot. Ne soulève rien de trop lourd. Cette épaule n'est pas encore guérie.

Je reniflai, moqueur, dans son dos, et attrapai une boîte pour la traîner jusqu'au chariot. J'avais moins mal à l'épaule qu'au torse sur l'étendue de mes cicatrices. J'étais occupé à m'étirer pour échapper, avec un peu de chances, aux inévitables courbatures, lorsque l'un des battants d'un carton bascula. Je jetai un œil à l'intérieur, perplexe à la vue d'une pile de carnets. Je m'accroupis, sortis le premier exemplaire et commençai à le feuilleter.

C'était écrit en coréen, à l'encre bleu et noir. Parfois, je retrouvai un emballage attaché au trombone à une page dans lequel était rangée une vieille photographie, et sous lequel un paragraphe était surligné ou étroitement souligné. Curieux, j'ouvris l'un des sachets pour en sortir le cliché.

— Merde alors, siffla Bobby. J'espère que le gars en dessous à l'âge de faire ce genre de choses.

Déterminer l'âge exact du jeune homme était difficile, surtout avec son visage partiellement enténébré et ses cheveux noirs. Il pouvait bien avoir des origines asiatiques, mais rien n'était certain. La photo était en noir et blanc, leurs expressions déchirées entre l'agonie et le plaisir. Leurs membres étaient tordus dans des angles que je savais exécutables, mais qui me donnaient un mal de hanches rien que d'y penser. Et l'homme qui pénétrait ce premier était définitivement Coréen. La photo avait beau être vieille, je pouvais quand même nommer l'homme du dessus : Seong Min-Ho, l'amant de Scarlet.

Le grain de beauté qu'il avait au niveau de l'œil droit et la courbure de sa bouche ne trompait pas. Il avait gagné quelques rides, mais son regard confiant n'avait pas changé ; des yeux perçants, concentrés et prêts à intimider ou à menacer au besoin. Sur le cliché, cette concentration était légèrement altérée. On l'avait photographié en plein acte, sa main enroulée autour de la mâchoire de son amant et le pouce pressé contre les lèvres de l'autre homme, ce qui le rendait encore plus difficile à reconnaître.

D'un côté, je priais que ce soit Scarlet, rien que pour lui épargner la vue de son amant couchant avec un autre. Mais d'un autre côté, une part de moi voulait prétendre n'avoir rien vu, surtout si c'était Scarlet. Entre amis, il n'y avait aucun besoin de se retrouver avec une image érotique de l'autre gravée dans l'esprit. Du moins, c'était mon cas.

— Y'en a un sacré nombre, murmura Bobby. Qu'est-ce qu'il croyait faire, à ton avis ?

— Quelque chose de stupide, répondis-je. D'après ce que Jae a pu m'en dire, Dae-Hoon jouait dans la cour des grands, avec la crème de la crème coréenne. Ah, ça met à mal l'idée qu'il puisse être encore en vie. Si on a appris qu'il prenait des photos de leurs coucheries avec d'autres hommes, je ne le vois pas survivre assez longtemps pour pouvoir en parler.

— Tu penses qu'au lieu de le laisser partir, on se serait occupé de son cas ? C'est sûr qu'il aurait suffi d'un gars suffisamment en colère pour signer sa fin.

Il feuilletait un énième carnet en sifflant devant les clichés qu'il déterrait.

— Qu'est-ce que c'est que *ça* ? Sa garantie ? Son journal du sexe ? Je ne sais même pas ce qu'ils fichent dans celle-là.

Et ça en disait long. Il y avait peu de choses que Bobby ne faisait pas. L'inquiétude monta pour Scarlet. J'imaginai qu'elle aurait pu ouvrir la boîte de Pandore sans avoir de moyen de la refermer. Et si la disparition de Dae-Hoon était liée à ces notes, je priais pour qu'elle ne se retrouve pas prise au milieu de ce guêpier.

— Je vais demander à Jae de nous aider, marmonnai-je en fourrant la photo dans son emballage. Pourquoi faut-il qu'il écrive en coréen ? Je ne veux pas montrer ça à Jae.

— Toujours mieux qu'en philippin. Il aurait fallu le faire traduire par Scarlet, à ce stade, taquina Bobby. Jae est un grand garçon. S'il ne veut pas le faire, il te le dira.

Je fis une grimace.

— Oublie ce que j'ai dit. Le coréen, ça me va très bien. Aller en parler à Scarlet serait bien la pire chose qui pourrait m'arriver. Du moins, pas tant qu'on ne sait pas de quoi *il* s'agit.

— Referme ce qui doit l'être. On embarque tout.

Bobby me lança l'un des deux rouleaux avec lesquels il était revenu.

— Plus vite nous terminons, plus vite nous reprendrons les embouteillages.

Le chariot supporta sans mal le poids de dix cartons. Je suivis Bobby, qui le tirait derrière lui. Il avait laissé le hayon ouvert et avait trouvé une bâche et des cordes pour pouvoir sécuriser l'ensemble. Je me penchais pour attraper l'une des plus petites boîtes quand Bobby me repoussa.

74

— Ce n'est même pas lourd, protestai-je en manquant de la faire tomber. Quoi ?

— Ne regarde pas…

Je n'avais jamais compris pourquoi les gens s'embêtaient à dire ça. L'instinct serait toujours de se retourner pour regarder. Cela me valut une claque sur l'arrière de la tête.

— Peux-tu *écouter* quand je te parle, pour une fois ? siffla-t-il.

— Si j'écoutais chaque fois que tu me dis de faire quelque chose, je serais sorti avec l'hétéro que tu pensais être un gars.

— Ce n'est pas de ma faute si elle avait l'air d'un petit minet, grommela-t-il. Et je te le répète : ne regarde pas. Il y a une voiture garée par là-bas… avec des vitres teintées. Juste derrière le portail. Elle est là depuis le moment où nous sommes entrés et elle est arrivée en même temps que nous.

— Et alors ? Nous sommes dans un garde-meuble, je te rappelle.

Je haussai les sourcils et glissai la boîte dans le coffre, puis jetai un regard de biais vers la voiture. C'était une berline noire aux vitres si bien teintées qu'on les distinguait à peine du reste de la carrosserie.

— Ça ne prend pas si longtemps de se rendre à son box, nota Bobby. Ils étaient déjà derrière nous sur la rocade. C'est là que je les ai remarqués. Je m'en souviens, parce que je me suis demandé comment des vitres aussi noires pouvaient passer avec les flics. À ce niveau, c'est carrément illégal.

— Pourquoi nous suivraient-ils ? demandai-je en baissant la voix. Ce n'est pas comme si on s'intéressait à nos allées et venues. Et personne ne sait que je bosse sur la disparition de Dae-Hoon. Ils sont là pour les box, crois-moi. La paranoïa, ça va deux minutes.

— Je ne suis pas parano.

Il souleva un carton dénommé « livres » comme s'il était rempli d'air.

— J'étais flic, si tu te rappelles. Et toi aussi, d'ailleurs.

Avec des bras aussi épais que des petits enfants, Bobby était monstrueusement costaud. Je maudis souvent la génétique et questionnai ma virilité dès lors que je me retrouvai en sa présence, notamment quand nous nous entraînions. J'aurais bien ramené Mike durant nos sessions, s'il n'avait pas eu l'art du poing rapide. À tous les coups, je me prendrais une belle raclée, et ils fêteraient ça avec une bière.

Nous terminâmes de remplir le coffre et plaçâmes les accroches autour des cartons et du chariot. Une fois le portail passé, je lorgnai sur la berline qui chiffonnait Bobby. Conducteur comme passager me furent tout

75

de suite familier : des hommes aux traits asiatiques en costards, l'expression fermée et des lunettes de soleil. Leurs têtes se tournèrent de concert pour suivre la voiture de Bobby lorsque nous les dépassâmes.

Au grand dégoût de Bobby, je fis ce que n'importe qui aurait fait.

Je les saluai d'un signe de la main et souris comme un idiot.

— Mon gars, tu me déçois, soupira-t-il. Pourquoi est-ce que je te sors, déjà ? Maintenant, ils savent qu'ils sont repérés.

Naturellement, la berline ne bougea pas du parking. Je me rassis correctement et me servis dans les restes de donuts, ce qui finit de napper le tapis de sucre. D'un geste élégant du donut, j'autorisai Bobby à reprendre la route.

— Direction la maison, chauffeur. On a encore du boulot.

— Tu sais quoi ? grommela Bobby entre ses dents. Mieux je te connais, mieux je comprends le besoin irrationnel qu'avait Mike de te mettre une bonne dérouillée lorsque vous étiez gamins.

JAE-MIN ÉTAIT réveillé et était occupé à prendre son café lorsque j'arrivais enfin à la suite de Bobby et de son fidèle chariot peinant sous les cartons. D'un même geste, je lui arrachai un baiser et lui piquai sa tasse. Il goûtait légèrement mon dentifrice à la menthe. Une seule gorgée de café me suffit pour comprendre qu'il aurait bien besoin d'un peu de sucre.

— Je n'arrive pas à croire que tu les aies *salués*.

Bobby avait maugréé durant tout le trajet, tandis que je m'enfermai dans mon silence, exultant intérieurement.

— Je les ai salués pour qu'ils ne remarquent pas la photo de leur plaque que j'ai prise avec mon téléphone.

Je le mis sous son nez. Il marmonna des insultes à mon nom et me l'arracha des mains.

— Je ne suis pas complètement crétin, tu sais.

— C'est discutable, rétorqua Bobby. Je vais passer un coup de fil pour voir si on peut nous la retracer. Trouve-moi une bière, princesse. Il va m'en falloir une après la matinée que tu m'as fait subir.

— Il m'adore, rassurai-je Jae, qui se tenait entre l'entrée et le salon. Il s'ennuierait sans moi, je t'assure.

— Oh.

Le regard qu'il me jeta était sceptique, comme s'il n'adhérait pas à l'affection profonde et éternelle que Bobby me portait.

— Tu as quelque chose de prévu ?

Je soulevai l'une des plus petites boîtes et l'amenai dans le salon.

— J'aurais bien besoin de ton aide. Dae-Hoon a laissé un paquet de notes derrière lui, et elles sont toutes en coréen.

— Et tu veux que je traduise pour toi.

Jae ourla les lèvres et s'appuya contre le chambranle de la porte.

— Il me faudra plus d'un café, dans ce cas. C'est ainsi que ça va se passer, maintenant ? Chaque fois que tu prendras un cas, je vais devoir traduire ?

— Seulement le coréen.

J'attrapai son bras avant qu'il ne puisse disparaître dans la cuisine.

— Hé. Avant que tu ne commences, il y a... des dossiers, là-dedans. Des photos. Prises pendant l'acte. Je crois bien qu'on voit le *hyung* de Scarlet sur l'une d'entre elles. Si tu préfères ne pas...

— Cole-ah, je travaillai au Dorthi Ki Seu. J'en ai vu... pas mal.

Son haussement d'épaules se fit nonchalant.

— Ça ne sera pas la première fois. Et comme tu as trouvé bon de voler mon café, je m'occupe de récupérer la bière de Bobby tant que je suis dans la cuisine.

Il était plus fort et impassible que je ne m'imaginais. Son joli petit minois dissimulait de noirs secrets. J'en savais quelque chose, mais je m'étais acharné à esquiver la vérité. Jae avait un niveau de tolérance à la bêtise humaine bien plus important que je n'osais l'admettre. Il était temps pour moi de l'accepter.

J'aspirais à l'enrouler dans une couette et à le protéger de tous les maux du monde. Après tout, si j'avais mon mot à dire, je l'y rejoindrais et nous pourrions rester à l'abri du reste du monde jusqu'à la fin des temps.

Il y avait deux cartons entiers de carnets. Je m'affairai à les sortir en premier pour les mettre de côté à l'attention de Jae. Le reste semblait seulement être des livres ou de la paperasse. Heureusement, une bonne partie de celle-ci était en anglais, donc Bobby et moi aurions de quoi faire. Ce dernier réapparut et il sourcilla en me voyant seul dans le salon encombré du chariot.

— Jae s'est envolé ? Tu veux que j'appelle quelqu'un d'autre ?

— Non, il est probablement parti chercher quelque chose à grignoter. Il mange toujours quand il travaille, expliquai-je. Rectification : il aime avoir de quoi manger. Je ne l'ai jamais vraiment vu se servir. La plupart du temps, c'est Neko qui se fait un régal du poisson, et il finit par picorer le kimchi.

— Cette merde est carrément épicée, marmonna Bobby en s'asseyant sur le petit sofa poussé contre le mur.

Perché à l'extrémité du divan, je sautai immédiatement sur l'opportunité d'aider Jae avec le plateau de banchan et de boissons qu'il rapporta.

— En parlant de ce qui est chaud, chaud… Salut, Jae.

— Mon petit-ami, rappelai-je à Bobby. Le mien.

— Tu vas le laisser parler de toi comme ça ? taquina Bobby.

— C'est la première fois qu'il m'appelle comme ça, répondit Jae. Il y a matière à réfléchir.

Nos regards se croisèrent. Le mien devait être voilé et quelque peu appréhensif. Ses yeux étaient parfaitement illisibles. Du moins, ils le furent jusqu'à ce qu'un fin sourire fleurisse sur ses lèvres ; puis tandis qu'ils se réchauffaient, je n'eus plus qu'une seule envie : le tirer jusqu'en haut, qu'importait la présence de Bobby dans la maison.

— Concentration, princesse, moqua Bobby en m'assenant un coup dans la jambe. On s'amusera plus tard. Pour le moment, on a du boulot.

— Suis-je si limpide ? questionnai-je.

— Un aveugle aurait compris le fond de ta pensée, murmura Jae et lorsqu'il s'affala dans le canapé à côté de moi, il m'embrassa. Voyons voir ce que nous avons là.

Seuls le bruissement des pages que nous tournions et le craquement des légumes marinés que nous mangions perturbaient le silence ambiant du salon. Je proposai une seconde bière à Bobby, mais il la refusa au profit d'un Coca. J'en ramenai deux et remplis de nouveau le mug de Jae avec du café. Occupé à lire, mon amant marmonna ses remerciements, sourcils froncés. Je lui avais prêté un petit bloc-notes pour qu'il puisse griffonner, et il s'en servait modérément, sourcillant dès qu'il se retrouvait à devoir tourner la page. Je jetai un coup d'œil par-dessus son épaule pour voir ce qu'il écrivait et découvris des lignes de coréen.

— Ça n'aide pas vraiment, fis-je remarquer.

— Je retranscrirai en anglais plus tard. Tu as encore des choses à faire, si je ne me trompe, maugréa-t-il. Va voir ailleurs si j'y suis. C'est assez difficile comme ça. L'argot qu'il utilise est daté. J'ai du mal avec certains mots.

78

Les bouquins n'avaient pour la plupart aucun intérêt, toutefois je trouvai quand même dans une boîte des lettres et des photos de famille. Je les mis de côté pour Jae. Un dossier lourd de factures fermé d'un élastique rouge attira ma curiosité. Je les feuilletai pour essayer de me faire une idée de ses finances.

— C'est pas vrai, même ses relevés bancaires sont en coréen, grogna Bobby. Je sais, je sais, ce n'est pas franchement délicat de ma part, mais sérieusement, cette banque se trouve sur Wilshire. Ça les tuerait d'écrire en anglais ?

— Tu as raison, t'es vraiment qu'un crétin. Certains sont en anglais, dis-je. Et il est plutôt évident qu'il recevait plus qu'il ne dépensait.

La même entrée apparaissait sur plusieurs relevés, toutes les quinzaines.

— Ça doit être un salaire. Jae, où est-ce qu'il bossait ?

— Il travaillait pour Seong *hyung*, répondit Jae sans même cesser sa lecture. Il faisait le lien entre la clientèle et l'ambassade. C'est *nuna* qui nous l'a dit, je te rappelle.

— Comme par hasard, marmonnai-je. Mais attends, Scarlet a surtout dit qu'il avait tout quitté, non ? Même son job ? Quoi, six mois avant sa disparition ?

— C'est ça, dit Jae d'un ton contrit.

Il releva finalement les yeux vers moi.

— Pourquoi ?

— Parce que ces entrées se poursuivent jusqu'au jour de sa disparition. J'agitai la page vers lui.

— Seong continuait de lui verser la somme… même après sa démission. On retrouve aussi plusieurs autres virements encore plus importants.

— Peut-être que Seong a eu pitié de lui.

Bobby regarda par-dessus mon épaule et émit un sifflement devant les sommes affichées.

— C'est un sacré pactole pour un gars qui est censé être au chômage.

— Bordel, cet enfoiré devait faire dans le chantage. Je n'ai pas réussi à retrouver le relevé de novembre, mais il avait accumulé assez de fonds dans ses caisses pour lui assurer une belle vie pour quelques années. Ses fils auraient pu en profiter après sa disparition.

Je poussai un soupir et me rassis.

— J'aurais tellement voulu qu'il soit réglo. Comment suis-je censé rappeler Shin-Cho et lui dire que son père profitait d'autrui ?

— On doit bien admettre qu'il avait un sacré culot.

Bobby s'enfila son Coca et s'appropria à même l'assiette le dernier morceau de *bulgolgi*.

— Et dans les carnets, c'est censé être quoi ? Ses dossiers de racket ?

— Non, démentit Jae. Je n'en sais trop rien. On dirait qu'il essayait d'écrire un livre… à propos d'un homosexuel en Corée, mais il se sert de certains noms… des noms connus. Peut-être prévoyait-il de les changer plus tard ?

— Prendre l'argent du chantage et tout déballer dans un livre ? Plutôt dangereux comme affaire.

Je fouillai les relevés bancaires jusqu'à dénicher celui de novembre.

— Lorsque Dae-Hoon a disparu, il avait plusieurs centaines de milliers sur son compte. Où est passé tout cet argent ?

— Ça, c'est facile. Il n'y a qu'à aller enquêter auprès de la banque, répondit Bobby. On doit faire une liste des donateurs de sa petite *échappée* littéraire, c'est à *eux* qu'il faut parler.

— Nous le ferons *après* avoir parlé à Scarlet, précisai-je. Je voudrais savoir si elle est au courant de son petit business à mi-temps. Il se peut qu'elle veuille qu'on s'arrête là.

— Je doute que ça t'arrête, se moqua Jae, et je haussai un sourcil dans sa direction.

Je passai sur son scepticisme. Il n'avait pas tort. Il y avait peu de chance que ça m'arrête. Ça dépassait de très loin Scarlet et j'avais l'impression de devoir la vérité à Shin-Cho… ou du moins, une partie de la vérité sur ce qui était arrivé à son père. Dae-Hoon aurait pu ruiner la vie d'un bon nombre d'hommes influents. Qui sait, peut-être que quelqu'un était au courant pour ses petites notes ? Et maintenant que nous avions enfoncé le garde-meuble comme on ouvrirait l'Arche d'alliance, ses fils risquaient de payer le prix fort.

— Ça ne fait pas de mal de demander, dis-je. Et tu as raison, sucres d'orge. Ça ne me stoppera pas. Quelqu'un là dehors détient les réponses. Il nous suffit de trouver qui.

VIII

— COMMENT A-T-IL osé ? Nous étions… amis. Dae-Hoon…

L'une des constantes dans la vie d'un détective privé était d'avoir à prouver l'infidélité chez un mari ou une épouse. De tous les cas que j'avais pris, je n'étais pas une seule fois revenu vers mon client avec une preuve du dévouement de sa moitié. On m'avait fait le coup de la montée du déni devant les photos que j'avais prises. J'avais eu les excuses toutes faites expliquant l'infidélité de leur amant ; jurant que la personne à laquelle leur époux était en train de faire une pipe n'était qu'un cousin bien aimé tout juste retrouvé. J'avais eu le cas du silence devant les clichés et les pleurs de voir leur pire cauchemar être confirmé.

En fin de compte, les gens venaient me voir pour prouver quelque chose qu'ils savaient déjà être véridique. Ce pouvait être l'instinct, ou bien une trace de rouge à lèvres sur le caleçon d'un gars qui se disait gay. Quoi qu'il en fut, les inconsolables partenaires *savaient*, au fond.

Je ne savais quoi dire à Scarlet. Nous avions déposé les photos et les notes devant elle et, ce faisant, lui avions brisé le cœur, fracturant les souvenirs qu'elle avait d'un jeune homme auquel elle avait été attachée. C'était épouvantable et je n'avais pas les mots pour la réconforter.

Je ne pouvais même pas lui proposer une tasse de thé.

Je ne savais pas le préparer.

— *Nuna.*

Jae passa un bras autour de ses épaules.

— Tu n'aurais pas pu savoir.

— Mais tu as vu *ça* ?

Elle agita plusieurs photographies sous son nez.

— Il nous a… photographiés ! Moi ! Et *hyung* !

— Les gens font des erreurs, *nuna*, tenta Jae.

Elle avait atteint la colère, la deuxième étape du cercle de la traîtrise, bien plus rapidement que je ne l'avais anticipé. Comme en toutes choses, Scarlet se déchaînait de la manière la plus attractive possible. L'inclinaison de sa tête et le pincement de ses lèvres dégageaient ses traits élégants et son long cou. Le rose de ses joues avait tourné au pivoine et ses yeux sombres brillaient de rage.

Puis toute notion de beauté et de grâce partit en fumée lorsqu'elle débita une tirade entière en philippin tellement incompréhensible et rapide que je n'eus pas à comprendre un mot pour sentir les poils sur mes testicules se dresser de terreur.

Elle se releva brusquement et se mit à faire des allers-retours pour évacuer la colère. Depuis le divan, Jae l'observait avec stupéfaction. Tant mieux s'il trouvait ça amusant. Pour ma part, je pensais sérieusement à ranger les couteaux, et pourquoi pas les cisailles en passant, pour m'assurer qu'elle ne tombe pas dessus.

Je trouvai refuge dans la bière et m'affalai à côté de Jae. Le geste était calculé, bien sûr. Elle adorait Jae-Min. Les chances qu'un élément de ma bibliothèque s'envole dans sa direction étaient maigres.

— *Nuna*, j'ai quelques questions à te poser.

Je l'interrompis dans son circuit. Elle fit volte-face et me lança un regard à peine apaisé. Elle se lécha les lèvres, ce qui m'avertit de l'arrivée du monologue suivant, toutefois elle tint sa langue et pencha la tête, m'observant d'un air agacé.

— Assieds-toi, je te prie. Voyons voir si nous pouvons démêler tout ça.

Elle s'installa sur le fauteuil adjacent au sofa auquel Jae et moi nous cramponnions. Scarlet marqua un arrêt avant de se servir du thé, se ravisa et vola la bière de Jae pour en avaler une longue gorgée directement au goulot. Nous échangeâmes un regard équivoque et je lui tendis la mienne. Il ne me semblait pas qu'elle était prête à lâcher la sienne.

— Shin-Cho t'a-t-il parlé de sa relation avec Kwon ?

Autant m'en débarrasser maintenant. J'avais promis à Shin-Cho que je vendrais moi-même la mèche s'il ne prenait pas l'initiative d'en parler à Scarlet, et il fallait qu'elle soit au courant pour la suite, sans quoi nous ne pourrions aller nulle part. Surtout maintenant que Kwon et ses manières concupiscentes l'avaient propulsé tout en haut de la liste de personnes qui pourraient savoir ce qu'il était advenu de Dae-Hoon.

Scarlet se mordit les jointures, tachant ses doigts de rouge à lèvres. Elle cligna des yeux pour retenir ses larmes et hocha une fois la tête.

— Oui, répondit-elle une fois qu'elle eut reposé sa main sur ses genoux. Il me l'a dit hier. Je comptais aller en parler à Sang-Min… lui faire comprendre combien il avait mal agi, mais…

Elle haussa les épaules, résignée.

82

— Après ce soir, ça ne me paraît plus si essentiel.

— Est-ce que *hyung* est au courant pour Kwon? demanda Jae, et il poussa un soupir de soulagement lorsqu'elle secoua la tête. Tant mieux. Je pense bien qu'il le ferait descendre s'il savait. Je vois mal *hyung* laisser passer le fait qu'il ait séduit son neveu.

— Je vais être honnête avec toi, *nuna*. Il semblerait qu'on payait Dae-Hoon pour qu'il garde le silence sur d'autres hommes de la communauté homosexuelle. Nous avons commencé à faire ressortir plusieurs noms, mais la liste est encore longue.

Je tapotai la pile de carnets.

— Jae est en train de constituer un répertoire. Le but serait d'arriver à les associer à ses relevés bancaires.

— Je devrais dire à *hyung* ce que Sang-Min a fait et le laisser se charger du reste, s'indigna Scarlet. Il y a tellement de secrets, Cole-ah. Ça commence à être difficile à porter. Je ne lui dirai pas pour Shin-Cho. Et peut-être qu'il ne m'a jamais parlé de l'argent qu'il donnait à Dae-Hoon pour garder ces... clichés privés. Combien de temps ça va encore durer? Peut-on vraiment continuer comme ça?

— *Nuna*, nous n'avons aucune certitude, pour le moment, l'interrompit Jae.

Neko s'invita en sautant sur le canapé pour voir s'il y avait quelque chose à chiper sur la table basse.

— Pas à propos de Dae-Hoon, en tout cas. Et pour ce qui est de Kwon Sang-Min, nous en savons assez pour garder Shin Cho hors de sa portée.

— À vrai dire, j'avais bon espoir que Dae-Hoon soit encore en vie, expliquai-je. Qu'il ait tout quitté pour sauver ses fils du... bourbier dans lequel il s'était enfoncé juste parce qu'il était gay aurait été logique. Mais je ne sais plus trop quoi penser, maintenant. Pourrait-on l'avoir supprimé pour cette seule histoire? Et je ne parle pas que de Seong ou de Kwon. N'importe qui aurait pu avoir un mobile.

— *Hyung* ne ferait jamais ça à personne, chuchota Scarlet. Je parierai ma vie là-dessus. Mais pour ce qui est du reste? Je ne peux pas te dire.

— Grace à bien tué Hyun-Shik parce qu'il était gay, murmura Jae.

Revenir sur le meurtre de son cousin n'arrangea rien. De fait, cela sembla nourrir encore davantage la peur et la colère qu'éprouvait Scarlet.

— Ce que Dae-Hoon faisait aurait très largement pu lui causer ce genre d'ennuis. Regarde un peu ce qui arrive à Shin-Cho. Dae-Hoon aurait pu détruire des familles entières si le mot était passé.

— Notre liste de suspects ne fait que s'allonger.

Les relevés bancaires promettaient de longues heures d'analyse pour faire le lien avec ses notes, néanmoins Jae avait promis de nous aider à creuser l'affaire.

— *Nuna*, te rappelles-tu une personne dont il aurait pu vouloir se méfier ?

— S'il était encore en vie, je serais cette personne, rugit-elle.

Jae laissa échapper une intonation réprobatrice et elle poussa un soupir.

— Ce pourrait être n'importe qui, Cole-ah. Une bonne partie des hommes qui habitent ici, à Los Angeles, l'ont choisi, mais d'autres sont là parce qu'ils ont été rejetés par leurs familles... par leurs *chaebols* pour cause d'homosexualité ou d'excentricité. *Hyung*... pour lui, c'était un choix. On ne le remet pas tellement en cause en Amérique, mais à cause de ça, il ne montera jamais les échelons au sein de sa famille.

— Mais alors... pourquoi rester ici ? S'il compte...

Je n'étais pas encore bien sûr de comprendre le fonctionnement d'un *chaebol*. De ce que j'en comprenais, ça représentait un rassemblement de plusieurs clans avec un faible patrimoine génétique auquel aucun individu extérieur n'était autorisé à toucher.

— Sa famille est à la tête d'un tas d'entreprises, c'est ça ?

— Oui, entre autres, confirma Scarlet. S'il était à Séoul, on attendrait de lui qu'il travaille dans l'une d'entre elles, comme chef de service ou président de l'une de leurs plus petites boîtes. Au lieu de ça, il est ici. Son affaire à Los Angeles lui appartient, bien qu'elle soit en lien avec sa famille. Son influence à Séoul est limitée, mais ici, au sein de notre communauté, il fait comme bon lui semble.

— Et c'est une mauvaise chose ? demandai-je, encore confus.

— Si on le compare à ce que gagne le reste de sa famille, son affaire est... minuscule, expliqua Jae. Il a plusieurs fils. S'il reste ici, c'est aussi pour qu'ils puissent profiter de l'influence du *chaebol* et non seulement de sa société. C'est mieux pour eux. Ils ont plus d'opportunités, là-bas.

— Et en restant loin de Séoul, il les protège d'un scandale... du moindre scandale, dit Scarlet d'un ton adouci. Il les protège de moi.

— Il devrait être fier de te compter parmi les siens.

Je posai ma main sur la sienne. Ne pas se sentir offusqué, au moins juste un peu, était impossible. Je laissai la colère planer un moment avant d'expirer un bon coup.

— Je pensais que tout le monde savait pour lui… et toi.

— Tous ses proches, mais il y a… certaines limites à ne pas dépasser, traduisit-elle. Et merci. C'est gentil de ta part, Cole-ah.

— Lors des célébrations, expirai-je, Jae m'a dit que c'était le domaine des… épouses, ou quelque chose comme ça.

— C'est celui des *chaebols*, précisa Scarlet. Sa femme est à Séoul. Si elle avait été présente, elle s'y serait rendue. L'élite a ses propres limites. *Hyung* et moi en sommes conscients… c'est quelque chose que nous avons appris à accepter. Ses fils profitent du tapis que leur déroule son frère aîné. Leur oncle est considéré comme leur bienfaiteur, et de cette manière, tout scandale qui peut s'abattre sur *hyung* n'a aucune répercussion sur eux.

— C'est aussi ce que j'avais compris pour Dae-Hoon, dis-je. C'est bien pour ça que je le pensais encore en vie. Mais il y a matière à en douter, maintenant.

— Nous avons tous nos secrets, hésita Scarlet. Pourtant, je peine à imaginer que je puisse connaître le coupable d'un tel acte.

— Rien ne dit que cette personne est l'auteur direct du crime. Il y a un paquet de gens qu'on peut appeler pour s'occuper d'un problème ou d'un autre. Le meurtre n'a rien de nouveau, leur rappelai-je. Les gens en commettaient sans doute bien avant l'invention du feu.

— Que diriez-vous que je dresse cette liste de suspects et la donne à *nuna* pour qu'elle voie si un nom lui saute aux yeux ? suggéra Jae. Il faut bien commencer quelque part, non ?

— Pour moi, il y a déjà plusieurs coupables potentiels, dis-je. Kwon, pour commencer. Il avait le plus à perdre. Et deuxièmement, même si c'est dur à entendre, je pense qu'il faut que je me penche sur le cas de Seong. Rien ne l'obligeait à continuer de lui verser cet argent après qu'il avait quitté son job.

— À moins que sa raison soit en lien avec ses neveux.

Jae se racla la gorge.

— En voilà un autre à interroger.

Je commençai à établir une liste de personnes qu'il fallait rencontrer.

— Où Ryeowon séjourne-t-elle ?

— Pas très loin. Sur Van Ness, répondit Scarlet. Elle n'a pas voulu rester avec nous. Pas si j'étais présente. Et il refuse de me mettre à la porte.

— Tant mieux pour lui. Qu'en est-il de son mari ? Elle s'est remariée, c'est bien ça ?

Mon écriture souffrait de la vitesse de ma prise de notes. À ce rythme-là, je devrais payer Jae pour traduire les miennes également.

— Il l'accompagne ? Lui ?

— Oui, il est venu, confirma Scarlet. Il s'appelle Han Suk-Kyu. Il est chef de département pour le groupe média des Seong. Les garçons étaient à la charge de leur mère, mais ils continuaient de rendre visite à *hyung*, de temps à autre. Je doute qu'ils soient proches de Suk-Kyu. Ils sont plus à l'aise avec Min-Wu, le grand frère de *hyung*, pour être tout à fait honnête. Ça a dû évoluer depuis l'incident avec Shin-Cho.

— David a fait son service militaire ? demanda Jae. Ou est-ce qu'il compte essayer d'y échapper ?

— Son service, tu dis ?

Je tentai de me rappeler ce que Jae m'avait dit des Coréens et de leur armée.

— Si je me rappelle bien, ils doivent s'engager avant d'avoir… quoi, trente ans ?

— Exact, pour deux années entières.

Scarlet s'enfila le reste de sa bière et claqua la bouteille un peu trop violemment sur le coffre qui me servait de table basse.

— David a eu un accident de ski quand il était jeune. Ils ne l'accepteront pas.

Elle haussa les épaules et eut un sourire timide.

— Il a une plaque dans la cheville, il me semble. L'alarme sonne chaque fois qu'il passe le portique à l'aéroport. C'est très embarrassant.

— Et *hyung* ? demanda Jae.

Il empruntait un ton doux que je ne comprenais pas vraiment. Scarlet ne sembla pas avoir le même problème. Elle secoua énergiquement la tête.

— Non, il ne l'a pas fait. Sa famille a… obtenu une exemption pour lui.

Les mains nerveuses, elle attrapa la capsule de la bouteille pour s'occuper.

— De nos jours, tout le monde ou presque doit s'en acquitter. Avant, on ne le mentionnait même pas aux *chaebols*.

Jae me lança l'un de ces regards qui voulaient dire *Je t'expliquerai plus tard*, et j'inclinai la tête. Nous échangions sans cesse ce genre de regards, notamment lorsque nous discutions avec Scarlet ou d'autres de ses amis. En fin de compte, une bonne partie de mes discussions avec ses connaissances se déroulaient après leur départ.

— *Nuna*, est-ce que tu préfères parler avec Seong *hyung* avant que Cole ne vienne l'interroger ? demanda Jae.

86

— Y es-tu obligé?

Scarlet cligna des yeux lorsqu'ils s'humidifièrent, menaçant de ruiner son maquillage. Elle s'empara d'une serviette et la tapota contre ses cils.

— Non, oublie… je sais bien que c'est ton travail. Je lui en parlerai, oui. Ça devrait être moi. Au moins pour savoir… où il se situe… ce qu'il a fait.

— Préférerais-tu que je m'arrête là?

Je détestais avoir à poser cette question, surtout parce que je ne supportais pas de laisser ce cas me glisser entre les doigts.

— J'en connais plusieurs qui doivent… connaître l'existence de ces carnets. Ou qui savaient et auraient tout fait pour que ça ne filtre pas.

Un homme probablement décédé avait laissé toute une série de victimes derrière lui, des personnes qui avaient le droit de savoir que leurs secrets étaient saufs. Mais ce faisant, je risquais de courir le même risque que Dae-Hoon et de me dessiner une cible dans le dos. Il était possible qu'une de ces personnes ait décidé de se débarrasser de son gouffre financier ambulant. Et rouvrir de vieilles blessures, rouvrir une affaire de meurtre avait tendance à mettre en lumière le pire chez les gens.

— Non, je veux que l'on continue.

Scarlet lâcha la capsule et pressa mes mains entre les siennes.

— Quelqu'un doit payer pour sa mort s'il a été assassiné. Je doute que la police en ait quoi que ce soit à faire.

— C'est encore une autre piste qui me démange, d'ailleurs, dis-je. Si les flics étaient au Bi Mil, cette nuit-là, quelqu'un doit bien avoir vu quelque chose ou su pour Dae-Hoon. Bobby va se renseigner.

— Qu'en est-il de l'argent? Celui qu'il a extorqué à tous ces hommes? songea Jae. Ses fils ont-ils pu le toucher?

— Je n'en sais rien, admit Scarlet. Ça n'a pas été facile à l'époque. Mieux valait laisser sa famille faire le tri après sa disparition. Je me suis occupée de son appartement, mais j'avais engagé des déménageurs pour tout emballer. Sa femme était déjà repartie en Corée… Je ne sais pas s'il reste quelque chose pour ses fils. Si c'est le cas, je compte sur vous pour le mettre de côté. Ça pourrait vraiment aider avec… la mort d'Helena.

— Nous ferons de notre mieux, *nuna*, la rassura Jae. Accorde à Cole un peu de temps et il résoudra l'affaire pour toi. Il peut le faire, j'en suis sûr.

L'HEURE AVAIT bien tourné le temps que nous en terminions avec Scarlet et que nous la redirigions vers le chemin du retour. J'avais l'estomac vide, excepté quelques bières, et celui de Jae se mit à gronder lorsque la voiture de Scarlet quitta le trottoir.

— Pourquoi ne pas lui avoir confié qu'il y avait des hommes sur ce parking ? demanda Jae. Elle a le droit de savoir qu'on te suit à la trace.

— Pas avant que Bobby ne revienne avec les infos de leur plaque d'immatriculation, rétorquai-je. Et pour être tout à fait franc, je ne sais pas trop quoi en penser. Nous nous inquiétons peut-être pour rien, ou Kwon pourrait juste les avoir envoyés m'observer. Shin-Cho nous a vraiment mis dans le pétrin en l'informant de l'enquête.

— Hm, fit-il d'un ton neutre, et je reconnus qu'il n'était pas prêt à poser un avis.

J'avais pris l'habitude de l'entendre, avec lui.

Il avait fourré ses mains dans les poches de son jean. Nous étions dehors. Établir un contact n'était pas quelque chose que nous faisions à l'extérieur. Ce qui s'était passé chez les Kwon n'était rien d'autre qu'une anomalie, une dérive de l'acceptable pour lui. Mais j'en avais envie. Il m'avait avoué, un jour, combien il aimerait pouvoir se sentir suffisamment à l'aise pour me l'autoriser. Lorsqu'il s'appuya contre moi une fois la voiture dévorée par le tournant, mon cœur chanta comme si nous étions dans un de ces numéros de danse télévisés en noir et blanc.

C'était idiot, mais je ne pus ravaler un sourire.

Ce qu'il y avait de mieux dans mon quartier, c'était l'insertion des résidences au milieu des petites boutiques. D'anciens lavomatiques s'étaient transformés en restaurants et quelques maisons de moindre taille avaient été reconverties en commerces, comme le fleuriste à côté. Le minuscule café italien dans ma rue était l'une des meilleures affaires du voisinage. Il se spécialisait dans une pizza typique de Chicago tellement chargée en fromage que ça en ferait s'étrangler une vache. L'odeur de sauce tomate, de basilic et d'ail était tentante à souhait.

— Ça te dit, une pizza ?

Je savais comment le séduire. C'était mon petit côté romantique.

— Supplément fromage et plein de champignons…

— Pas de saucisson, poursuivit-il, flirtant avec l'idée. Des saucisses.

Je succombai dans un hochement de tête et me retrouvai paralysé lorsqu'il glissa sa main dans la mienne. Il commença à avancer, mais, figé, je manquais de le faire basculer vers l'arrière. Il pencha la tête et je sentis ses doigts se desserrer. Je resserrai aussitôt ma prise et me mis en mouvement.

— Ne me lâche pas, Jae. D'accord ? N'oublie pas.

— J'aimerais seulement… voir à quoi ressemble ton monde, juste pour un soir, murmura-t-il. Juste ce moment. Tu veux bien.

— Bien sûr, répondis-je avec autant de nonchalance que possible.

Mike m'avait laissé un message durant notre entrevue avec Scarlet. Il voulait connaître la réponse de Jae, ou Mad risquait de lui botter le cul. Il fallait qu'elle sache pour combien d'assiettes se préparer à recevoir.

— Mike m'a envoyé un SMS, tout à l'heure. Ses parents…

— Vos parents, m'interrompit Jae en me jetant un regard de réprimande à travers ses longs cils. Ce sont tes parents, aussi. Même si tu ne t'entends pas avec eux.

— Nos parents, corrigeai-je. Ils arrivent demain. Il voulait me rappeler le dîner qui allait avoir lieu. Sûrement parce qu'il pensait que je comptais quitter la ville ou quelque chose dans le genre.

— Ça ne m'étonnerait pas de ta part, intervint Jae. C'est normal qu'il l'envisage.

— Parce que tu me connais si bien, moquai-je.

Nous contournâmes les arbustes d'un voisin, qu'on avait traînés dehors pour les arroser et esquivâmes autant que possible les flaques d'eau.

— Tu sais bien que je n'ai aucune envie d'y aller.

— Mais tes sœurs seront présentes, non ?

Il ourla les lèvres dans un sourire à mon exaspération.

— Tu devrais y aller. C'est pour quand ?

— Lundi soir.

Soupirer ne me fit pas gagner une once de compassion de sa part, mais au moins, je parvins à le faire rire.

— Tu veux venir ?

Ce petit bout de phrase suffit à l'immobiliser parfaitement. Il plissa les yeux et une autre de ses vagues onomatopées empreintes de mépris lui échappa.

— Pourquoi faire ? finit-il par demander.

— Pour quoi faire ?

La question était curieuse. Pourquoi voudrais-je que mon amant m'accompagne ? Pour porter la croix avec moi, tiens. Je serais certainement plus enclin à serrer les dents si Jae était avec moi. Je connaissais mes limites.

— Pourquoi, quoi ?

— Pourquoi est-ce que tu veux que je vienne ? Pour te soutenir ?

Jae tira sur ma main quand je tentai de reprendre notre route.

— Ou suis-je censé être là pour que tu puisses casser les pieds de ton père ? Est-ce qu'il se comportera mieux si je suis là ? Oui ? Non ?

— Oh, crois-moi quand je dis qu'il se ficherait bien que la reine d'Angleterre dîne à sa table, raillai-je. Il lui demanderait certainement s'il peut lui emprunter sa tiare pour couronner ma tête de pédale.

— Pourquoi est-ce que tu hésites quand même à ne pas y aller, alors ? À cause de tes sœurs ?

Il se mit à se mordre la lèvre inférieure, signe évident de son anxiété. Je mourais d'envie d'embrasser les marques qu'il laissait pour les faire disparaître, mais nous venions tout juste de passer à la case « se tenir la main devant chez moi ». Si je l'embrassais maintenant, il risquait de hurler à l'assassin.

— J'ai promis à Mike et Mad que je viendrais. Et j'ai dit à Mike que je te proposerai de m'accompagner. Je n'ai pas revu Tasha en personne depuis mon départ et je ne connais les deux autres qu'au travers des photos que Barbara a envoyées à Mike.

Mes yeux se mirent à piquer et je les fermai en me mordant discrètement ma joue. J'inspirai un grand coup et poursuivis.

— Si j'ai envie que tu sois là, c'est parce que… si tu savais comme j'ai besoin de toi là-bas. Bien sûr que c'est aussi pour remuer le couteau dans la plaie. Mais c'est surtout parce que je veux lui montrer quel homme incroyable je me suis trouvé et qu'il ne peut rien y faire.

— Tu me demandes de venir et de le laisser te faire du mal ? dit Jae à voix basse. De rester sagement assis et de l'écouter te balancer toutes ces horreurs ? Je n'appartiens pas à votre cercle, ce n'est pas comme si je pourrais intervenir. Je comprends quel est mon rôle… mais rester sans rien dire ne sera pas facile. Je ne sais pas si j'en suis capable.

— Je voudrais aussi que tu viennes pour rencontrer Mad et mes sœurs, insistai-je. Mais c'est surtout parce que j'aimerais que tu sois à mes côtés.

Il me dévisagea. Jae leva les yeux et se mit à me dévisager, pesant le pour et contre si longuement que j'eus l'impression de devenir dingue sous ce silence pesant. Une voiture passa, le conducteur baissa sa fenêtre et ralentit. Jae se recroquevilla et je pressai sa main dans la mienne, refusant de la lui rendre. Il avait le visage cramoisi. De honte ou de colère, impossible à dire. Mais ses doigts étaient encore enroulés autour des miens lorsque le véhicule s'arrêta à notre niveau. Il était terrifié. La peur d'être vu comme une lopette exsudait par tous ses pores.

S'il y avait bien une chose dont j'étais sûr, c'était que pour rien au monde je ne le lâcherais. Si je le pouvais, je m'accrocherais à lui jusqu'à ce que nous succombions sous la faim.

— Hé là, vous pouvez me dire comment je rejoins la 10 en partant d'ici ?

L'homme agita frénétiquement un morceau de papier couvert d'une liste d'indications.

— On m'avait dit de rester sur Venice, mais j'ai dû faire demi-tour.

— Non, vous allez dans la bonne direction.

Je montrai de la tête le bout de la rue.

— Continuez tout droit jusqu'à atteindre La Brea, puis vous tournez. C'est le plus rapide.

La prise de Jae devint molle à mesure que j'énonçais mes instructions à l'autre homme. Il resta silencieux lorsque je me tournai vers lui, les dents maltraitant de nouveau sa lèvre inférieure.

— Écoute, dis-je en m'approchant.

Je gardai sa main dans la mienne et la portai à ma poitrine. Son pouls était précipité sous la pulpe de mes doigts, son cœur battant à toute allure.

— Je comprends que… tout ça… être qui nous sommes… comme nous sommes ne soit pas facile pour toi. Et je sais que je suis le premier avec lequel tu essaies de vraiment t'engager à…

— Tu n'es pas le premier, murmura Jae en secouant la tête. Hyun-Shik…

Un cousin lointain qui avait rendu l'âme. Celui-là même qui l'avait séduit lorsqu'il n'avait pas plus de quatorze printemps et l'avait jeté en pâture aux loups en le poussant à danser au Dorthi Ki Seu, un club privé qui accueillait la communauté homosexuelle du cercle coréen. Le même cousin qui s'était bien amusé avec les prostitués du même club et s'était fait tirer une balle par sa propre sœur à cause de son orientation sexuelle.

La compagnie dont je m'entourais était sérieusement discutable.

— Ouais, ne réveillons pas son fantôme, maintenant, veux-tu ? soupirai-je. Jae…

— Laisse-moi y réfléchir, OK ? Pour le dîner. Pour…

Il resserra son emprise, puis la détendit.

— Pour tout ça.

C'était légitime. J'avais conscience d'agir en égoïste. Mais après avoir relu le message de Mike, je ne pouvais m'empêcher d'imaginer combien la soirée se passerait mieux s'il était présent.

Je n'arrivais pas à me mettre à sa place.

— D'accord, acceptai-je. On se fait toujours cette pizza, alors ?

— Pourquoi pas, je n'ai aucune envie de cuisiner.

Il me sourit avec ce même sourire timide, presque maladroit, qui m'avait fait trembler lors de notre première rencontre.

— J'ai les yeux usés et on ne s'est pas posé une seconde. Une petite pause ne me ferait pas de mal.

— Une pizza à emporter ?

Je me penchai vers lui et mordis doucement son cou, ce qui le fit rire.

— Je peux te donner la meilleure pause de ta vie.

— Je n'appellerais pas ça une pause.

Son sourire se fit séducteur et il se dégagea légèrement, m'emportant avec lui.

— Mais si, dis-je en lui emboîtant le pas. Tu restes allongé là, et je m'occupe du reste.

IX

La pizza termina sa course sur le sol.

Ou peut-être dans les escaliers. Pour ma part, j'espérai qu'elle avait atterri du bon côté de la tartine sur le meuble dans le vestibule. Avec ma chance, elle avait basculé et s'était écrasée sur le chat qui, couvert de fromage fondu et de sauce tomate épicée, planifiait une vengeance éternelle.

Nous n'avions pas encore quitté le hall d'entrée que Jae avait déjà glissé ses mains dans mon dos sous mon T-shirt. Elles paraissaient glacées contre ma peau tiède et je glapis, arrondissant les épaules pour lui échapper. Il prit sa revanche en fourrant ses doigts au niveau de l'élastique de ma ceinture et en me tirant brusquement à lui.

Surpris, ma mâchoire relâchée fut une cible facile pour sa langue chaude.

Sous mes doigts, une éternelle et engageante félicité. Les boutons de son 501 se défirent d'une simple poussée et traction de mes doigts, et nous perdîmes nos hauts respectifs sur les marches. Je ne m'inquiétais plus des chaussures, ces jours-ci. Vouloir garder un amant coréen signifiait prendre l'habitude de les laisser à la porte. J'étais déterminé à effectuer une recherche pour voir si je pouvais le convaincre que sa culture demandait à ce qu'on y laisse également le *reste* de nos vêtements.

Encore que, si j'y parvenais, je risquais de ne plus jamais sortir de la maison.

D'une manière qui m'échappait, nous avions atteint la chambre sans tomber dans les escaliers et nous briser la nuque. Je refermai la porte, laissai au chat le reste de la maison pour poursuivre ses plans de conquête ou pour se régaler d'une pizza renversée jusqu'à plus faim.

Poussant Jae à s'allonger sur lit, je pinçai l'ourlet au niveau des chevilles de son jean et tirai pour le lui retirer d'un seul geste. Je me retrouvai, quelques secondes plus tard, à dévorer des yeux l'un des plus beaux hommes que j'avais jamais vus, se prélassant sur mes draps dans rien d'autre qu'un boxer noir et avec un sourire rêveur aux lèvres.

Le boxer disparut encore plus vite que le jean avant lui.

— *Agi.*

Il se cambra vers moi, mais je secouai la tête, repoussant ses mains.

— Non, laisse-moi te contempler, murmurai-je. Laisse-moi… te goûter.

Sa peau pâle brillait sous la lumière tamisée. Il était à lui seul un contraste ambulant de crème et de perle contre les draps vert foncé, accompagné d'une pointe de rose sur le torse, ses mamelons durcissant sous mon regard. Son membre fin luisait au niveau de la fente, déjà mouillée de désir. Je ne savais trop si je devais étaler la semence sur son gland et le regarder se tordre de plaisir ou le nettoyer de ma langue pour l'avoir encore en bouche quand j'adorerais son corps.

Je léchai.

Ce fut tel une explosion d'étoiles sur ma langue.

Je ne voulais plus avaler. Plus jamais. Je le fis tout de même, confiant que ce n'était que le début. Si j'avais mon mot à dire, je mourrais sans problème avec son goût sur ma langue. J'étais terrifié de la vitesse à laquelle je m'étais épris… à la vitesse à laquelle j'étais tombé dans ses bras.

Le choc au fond du gouffre allait être pénible. Et je m'en fichais.

Je commençai par ses cuisses, accrochant mes pouces derrière ses genoux pour pouvoir les écarter. Il émit une brève résistance, puis me laissa faire, sa timidité teintant son visage de la même couleur que ses lèvres. Il lui arrivait de ne plus pouvoir me regarder l'aimer ; et il y avait des moments où il prenait son courage et son désir à deux mains. Ce soir-là, il détourna les yeux, les ferma et laissa ses cils noirs poser une ombre sur ses joues.

Je connaissais cette part de Jae. Vulnérable, un peu trop effrayé pour accorder sa confiance, et tremblant sous ma bouche et mes doigts interrogateurs. Caressant ses cuisses qui s'écartèrent, je déposai un tendre baiser sur la peau sensible au-dessus des genoux. Il se tortilla et je mordis, grognant doucement pour qu'il tienne en place.

Et il se mit à glousser.

C'était définitivement un gloussement. Ce n'était pas un rire viril et il ne s'esclaffa pas bruyamment. Non, c'était un rire pétillant auquel il mit un terme en se mordant la lèvre avant de me jeter un regard, un rictus à peine réprimé aux lèvres. L'ambre de ses yeux fit son apparition et Jae laissa retomber sa tête sur l'oreiller, son corps tremblant sous l'hilarité.

Ma langue sur ses testicules y mit aussitôt un terme.

— C'est ça, ris bien tant que tu le peux, face de singe. [2]

---

2 NdT : référence au film *Les Aventures de Buckaroo Banzaï à travers la 8e dimension*.

Je jouai avec, en faisant rouler une du bout de ma langue. Les mains bien ancrées sur ses cuisses, j'apaisai ses tremblements d'une prise ferme. Je le taquinai, ne touchant pas sa raideur avant d'être remonté à son ventre. Et même là, je ne l'effleurai que du bout des doigts avant de me saisir de ses hanches. Mordant la peau encerclant son nombril, je murmurai :

— Arrête de bouger.

L'alliance des surfaces dures et molles sur le corps d'un homme était érotique à souhait. Je me délectai de son odeur enivrante et du frottement des poils épars contre mes mains et ma bouche. Des mamelons prunes comme délicieuse friandise, durcis en pointes inflexibles par le frôlement de mes doigts. Les muscles de son ventre sursautaient à chaque baiser que je déposais sur ses flancs, et le puits sombre de son nombril était une œuvre d'art, d'allure lisse avec un léger renfoncement et une boule de peau qui suppliait qu'on la mordille.

Il était légèrement chatouilleux, aussi ma bouche contre son ventre le fit se tordre entre mes bras, d'autant plus quand je le pris en main et serrai doucement. Je mordis, prenant mon temps pour apprécier son goût, tout en le caressant lentement. Ses mains descendirent sur mes épaules, et je mordis plus fort, savourant ses doigts qui se refermaient sur la chair de mes bras.

— *Agi…*, frémit-il, poussant les voyelles dans un ronronnement guttural.

Ses dents abusaient pleinement sa lèvre inférieure et, les genoux écartés, il ondulait des hanches pour suivre mes mouvements sur sa longueur.

— *Maintenant.*

Certains hommes aimaient titiller leurs amants en faisant durer les préliminaires dans un tourment charnel. C'était une façon de faire. Jae, lui, était suffisamment conscient de lui-même pour savoir qu'il me voulait profondément en lui. Étant donné que c'était lui qui préparait la plupart de mes repas et qu'il était doté de canines pointues qui aimaient mordre, je succombai souvent à ses désirs.

Et puis, je serais un idiot pour ne pas vouloir le pénétrer. Le monde se rétrécissait alors pour ne plus compter que lui, dans mes bras. Je n'admettrai être stupide que sous certaines conditions, et continuer de le titiller quand je pouvais l'aimer n'était pas acceptable à mes yeux.

— Tourne-toi, ordonnai-je en remontant vers ses tétons pour les embrasser. Tiens-toi au lit.

Il rampa sur les draps et s'agenouilla, puis tendis les bras pour attraper la tête de lit en bois. Chaque mouvement était délibéré, élégant et précis. Je me penchai pour tirer sur la poignée de la table de chevet lorsque sa silhouette déployée, patientant tranquillement, m'arrêta dans mon geste. J'étais déjà si excité que je fus douloureusement conscient du frottement de mon membre contre les draps. Rien ne servait d'en rajouter avec sa tête penchée qui faisait tomber ses cheveux devant ses yeux ou avec le léger bout de langue rose que je voyais passer sur ses lèvres abîmées.

— Du calme, dis-je à l'attention de mon sexe. On y arrive.

Remontant dans son dos, je me régalai de la sensation de sa peau contre mon torse et mon ventre. Ses rondeurs pressées contre mon aine firent pulser mon sang dans mes veines. Je me penchai lorsqu'il releva la tête pour capturer ses lèvres dans un baiser farouche. Il avait un goût de limonade aux clous de girofle, un souvenir des kreteks qu'il avait fumés en attendant que j'aille chercher la pizza au drive.

— Ta bouche est un régal.

Je ne pouvais me rassasier de lui. Même avec sa langue contre la mienne, il m'en fallait toujours plus.

— Régale-toi tant que tu veux, taquina-t-il en tirant malicieusement sur ma lèvre inférieure. Ou tu pourrais te régaler encore ailleurs.

J'embrassai son cou, passai mes dents contre ses épaules et mordis pour sentir sa peau contre ma langue. Je déglutis, dégustant l'arôme qu'il dégageait, et m'amusai avec le morceau que j'avais entre les dents. Il aurait une marque légèrement rouge qu'il dissimulerait sous son haut, et ce serait un délice de savoir qu'il se promènerait avec la trace de mes dents.

— Ça te plaît ? demandai-je quand il gémit de plaisir. Je sais que ça te plaît. J'aime tellement te goûter, t'avoir sur ma langue.

Je mordis plus fort cette fois-ci, pour qu'il le sente encore même après plusieurs jours. Joignant les doigts, je pressai contre l'antre caché entre ses fesses. La peau se détendit sous mon toucher, et je la titillai, faisant des arcs de cercle tout en lenteur pour le rendre fou.

Je dus y parvenir, car Jae s'agrippait au lit si fort que ses jointures perdirent toute leur couleur et il avait commencé à jurer dans un mélange d'anglais, de coréen et ce que je suspectai être du philippin.

Cambrant le dos, il se frotta à moi, puis appuya contre ma main pour la piéger entre nos deux corps.

— *Agi*, maintenant. *Je t'en prie.*

Je farfouillai aveuglément pour dénicher le flacon de lubrifiant que j'avais perdu entre les draps. Je trouvai le préservatif en premier. Ne voulant pas le perdre, je le plaçai sur le côté, puis me ravisai.

Je ne fus pas long à l'ouvrir avec les dents et le dérouler d'une main. Le sachet en aluminium prit son envol et le fourreau de latex se resserra autour de mon membre dur avant même que je n'aie eu le temps de respirer. Je me retrouvai à chercher le lubrifiant, usant de ma main libre pour le caresser des épaules jusqu'en bas du dos afin de m'assurer de le garder à vif. Il remua légèrement sous mes doigts, ses hanches flanchant lorsque je me mis à tracer les os de sa colonne.

— Tu es trop long.

Ses mots étaient arrondis par l'envie, creusant les voyelles et empâtant les dernières lettres. Je me délectai de faire tant monter sa soif que son anglais en souffrait.

— *Aish…*

Le flacon était près de son genou, légèrement enfoncé dans la mousse du matelas. Je le manœuvrai pour pouvoir le libérer et embrassai le creux de ses reins pour m'excuser du retard. Il émit un bruit d'impatience lorsque l'ouverture remonta dans un cliquetis sonore sous la pression de mon doigt. Le lubrifiant fluide se déversa dans ma main, et je l'étalai généreusement pour le préparer à me recevoir. Il se mut de nouveau, repliant un peu les jambes pour leur donner un angle plus ouvert qui m'aida à faciliter le chemin pour lui. Je mordis sa fesse droite lorsqu'il me grogna encore une fois de me dépêcher.

— Je ne veux pas te faire mal, dis-je en léchant la zone.

Je contemplai l'étendue de son corps déployé et ses mains agrippant la barre.

— Pas comme ça.

C'était la plus exquise des tortures de sentir son corps me résister. Son antre lutta contre moi, comme Jae avait appris à lutter chaque heure de la journée. Puis, soudain, le passage se libéra, et je plongeai tout droit vers ses tréfonds. Je me forçai à y aller doucement, savourant chaque sifflement de plaisir, chaque gémissement étouffé qui s'échappait de ses lèvres entrouvertes. Il avait de nouveau la tête baissée, et tout ce que je voyais de lui était sa chevelure et la courbure de sa nuque, ses épaules crispées par mon avancée.

Je couvris son corps avec le mien pour le sentir entier contre moi. Son fessier se contracta, m'invitant un peu plus loin avec chaque poussée. Ce fut une minute de tendre agonie avant que mes cuisses ne rencontrent ses jambes, son étroitesse asséchant ma bouche et contractant mes testicules contre la courbure de mon sexe.

L'hilarité dans ses murmures s'était envolé, brûlée vive par le désir ardent qui bouillonnait en lui. Les épaules voûtées, je le suivis lorsqu'il donna un coup de hanche pour m'enfouir jusqu'à son centre. Je cherchai où me tenir, d'abord à ses hanches en creusant dans sa fine musculature avec mes doigts, puis plus haut pour couvrir et entremêler sa main avec la mienne au niveau de la tête de lit.

— Besoin de toi, gémit-il.

Relevant la tête, il tourna légèrement le visage pour presser sa joue contre la mienne. Rendue moite par un voile de sueur, sa peau glissa sur ma peau, la friction réchauffant la zone de contact. Son souffle était chaud sur mon cou et épousait le creux de mon épaule. Chaque halètement me donnait l'impression de baisers papillons, effleurant la surface entre ma clavicule et ma mâchoire.

— Encore, *agi*. Encore.

Il prononça d'autres mots, mais son anglais disparut sous un coréen rauque et précipité. Je n'avais pas besoin de comprendre. Je savais ce qu'il voulait de moi. Me sentir pousser contre ses parois, son corps peinant à m'accepter. J'imposai un rythme intraitable, outrepassant son antre pour m'inviter dans ses profondeurs, là où je savais que son point sensible se dissimulait. Redressant la tête et les épaules, j'assenai un coup de reins, cherchant cet endroit particulier en lui qui saurait l'embraser.

Je tapai dans le mille et, avec une longue et indécente caresse, le trouvai de nouveau. Ses miaulements attisaient mon système nerveux dans son entièreté. Une longue plainte sensuelle qui nouait mon bas ventre de convoitise. Quel son ! J'en voulais encore.

En silence, nous nous mîmes judicieusement d'accord sur ce point.

Son ton marqua un changement avec ma cadence et ses doigts se resserrèrent autour des miens. Son emprise sur mon membre se transforma. Il m'apparaissait comme du velours, m'étreignant, et nous trouvâmes bientôt un nouveau rythme, ondulant de concert. Le claquement de nos corps qui se rencontraient résonnait dans la chambre ; un battement entraînant ponctué par ses doux cris et les craquements du sommier.

Une perle de sueur glissa sur mon front et tomba entre ses omoplates. M'abaissant, je léchai et fis rouler le sel de nos corps sur mon palais. Les frissons qui secouaient sa silhouette m'indiquèrent qu'il n'était plus très loin, et la farandole de coréen décomposé qu'il hoquetait me rassura qu'il était prêt à recevoir mes caresses.

Je libérai une main de la tête de lit, et il poussa un feulement en s'accrochant mieux à la seconde, servant à me garder appuyé sur toute la longueur de son corps. Oscillant sous moi, il m'exhorta à aller plus vite… à m'enfouir plus profondément… faire ce qu'il fallait pour apaiser la tension fervente qui grandissait en lui. Mes doigts pris en otage étaient douloureux sous sa prise, mais je me refusai à les libérer. Je nous voulais unis par ce simple toucher lorsqu'il viendrait.

Son gland était humide de passion, et je pris mon temps pour le couvrir. Encerclant sa longueur d'une main, je ralentis dans mon élan pour taquiner son érection avec chaque poussée de mes reins. Ses gémissements perdirent un ton et il grogna sous mes doigts lorsque je trouvai la veine épaisse qui circulait sur son membre. Il pulsa dans ma main au même rythme que les battements du sang dans son corps enflammé. Je plaçai mon pouce sur la fente et le tourmentai avec des caresses de plus en plus accentuées.

— Allez, sucre d'orge, chuchotai-je d'une voix rauque. Viens pour moi.

Je le sentis partir et le suivis d'aussi près que possible.

Le monde s'effaça et je flottai, essentiellement conscient de l'homme qui me tenait en lui. Son membre tressaillit dans ma main et mes doigts se retrouvèrent humides de son essence. J'inhalai à plein nez le parfum prononcé qui avait pris possession de la pièce. Il se mélangeait au musc de notre transpiration et à l'arôme de citron du savon que nous utilisions tous les deux. Il se contracta autour de moi et murmura d'un ton mièvre dans sa barbe… des mots que je ne pouvais comprendre, mais qui me frappèrent en plein ventre au poids de leur passion et de leur ferveur.

Je me vidai en lui, hoquetant lorsque mes propres fluides m'enveloppèrent. Fermant les yeux, je surfai sur l'onde de choc qui me traversa de part en part. Je donnai un énième coup de hanche, forcé par le besoin et l'instinct plus qu'autre chose. Jae frissonna et son sexe s'érigea de nouveau, emplissant ma prise.

Je le libérai et passai mon bras autour de son torse pour le maintenir contre moi, faisant rouler mes bourses contre ses jambes. Jae ondulait toujours, se repaissant des dernières ondes de plaisir sur moi. Haletant bruyamment, je continuai à animer nos rencontres pour nous ramener doucement sur terre.

Le craquement du bois fut notre seul avertissement et la barre s'effondra entre nos mains jointes. Surpris, je glissai à regret hors de lui et le tirai contre moi pour le protéger. Le lit s'effondra et valsa sur le côté.

Un autre craquement transperça nos respirations saccadées et la tête de lit lâcha, faisant basculer le matelas et le sommier par terre.

La secousse causée par l'effondrement nous prit à la gorge et Jae s'agrippa à moi pour la courte virée. Des moutons de poussière s'envolèrent avec le courant d'air sous le sommier, fuyant le carnage. J'en avalai un ou cinq et toussai, secouant Jae à chaque convulsion. Couché sur le côté, je repris mon souffle et examinai les dégâts.

— Je pense bien que nous avons cassé le lit, déclarai-je d'un ton résolu.

Le reste de la tête de lit choisit ce moment pour céder à la gravité et ses piliers s'écrasèrent au sol. Les pieds, quant à eux, résignés à leur propre destruction, tombèrent élégamment sur le tapis dans un petit bruit sourd.

— Ouaip, j'en suis sûr, cette fois.

— Tu vas devoir en racheter un, dit Jae dans mes bras.

Sa respiration, qui ne s'était pas encore complètement calmée, reprit graduellement un rythme normal. Ses cheveux mouillés s'accrochaient à son front et ses joues.

— Il va aussi falloir changer les draps. Peut-être même les taies d'oreillers.

Je bougeai, et la moiteur des draps me confirma son analyse. Je murmurai pour confirmer le consensus et me rallongeai, toujours enveloppé autour de lui. Je toussai légèrement pour faire partir la sensation au fond de ma gorge.

— On peut toujours les laisser par terre, suggéra Jae et il releva les yeux vers moi. C'est un « non », ça ?

— Un grand « non ». Où est-ce que je perdrais mes chaussettes si on faisait ça ?

Nos cœurs s'apaisèrent enfin et je souris de toutes mes dents en remarquant l'alignement de nos battements. Je n'avais plus envie de le laisser partir. Surtout pas après l'avoir vu s'ouvrir à moi. J'embrassai son front et exhalai.

— Une petite faim ?

— Oui, mais ça peut encore attendre, ronronna-t-il avant de se jeter sur moi.

Je perdis l'équilibre et dus me rattraper au bord du matelas. Nous étions encore moites et collants, et Jae glissa sur mes genoux avec aisance. Mon entrejambe protesta lorsqu'il la libéra de sa prison de latex, mais se raviva quelque peu sous les coups de langue sur le gland sensible.

— Tant qu'à faire…

Je voulais la jouer nonchalante, mais mon membre avait d'autres plans et durcit sous les baisers que Jae assena sur la longueur.

— Nous avons déjà cassé le lit, après tout…

Il pressa ses mains contre mon torse scarifié et me sourit malicieusement.

— Voyons voir si nous pouvons rompre le sol, avec ça.

X

CE LUNDI déposait un voile sur la ville avec l'arrivée d'une brise matinale frisquette qui enveloppait le quartier dans un brouillard opaque. La pluie menaçait de s'abattre, le pétrichor suintait du goudron des routes. Je jetai ma veste en cuir vers Jae sur le chemin de la porte. Il l'attrapa et haussa un sourcil.

— Je ne suis pas un gosse, dit-il en me balançant le blouson de motard au visage.

— Il fait gelée, dehors, répliquai-je, et j'ouvris la porte pour faire entrer l'air frais. Et puis, j'aime savoir que tu portes mes vêtements quand tu sors.

Cela me valut un regard sceptique et un reniflement moqueur. Certaines personnes recevaient un baiser d'au revoir de leur amant lorsqu'ils partaient au travail. J'avais droit à du dédain et, dans les bons jours, à une boule de poils expulsée directement dans la chaussure.

— Fais-moi plaisir.

Je levai la veste à sa hauteur et, après quelques secondes, il enfila les manches.

Malgré ses larges épaules, ma carrure était toujours plus imposante que la sienne. Le blouson noir l'enlaçait lâchement. Il inspirait un air de jeunesse ; un délicieux modèle en noir, la peau claire et deux billes brunes pétillantes. Je l'embrassai, apportant de la couleur à ses lèvres charnues et il me laissa arranger son col.

— C'est ridicule.

Il se pencha pour attraper l'étui de son appareil photo qui se trouvait sur la table près de la porte.

— Je dois y aller. Il me faut cette lumière.

Après avoir racheté un lit, nous avions passé la journée du dimanche à le baptiser. Nous avions fini par admettre notre défaite et étions sortis pour manger thaï. Après l'angoisse qu'avait engendrée la mort d'Helena et les heures passées à l'intérieur, Jae était fin prêt pour une bonne randonnée à travers les ruines de bâtiments abandonnés avec pour seule compagne sa fidèle caméra. Il vérifia le contenu de son sac pour la énième fois, s'empara des clés sur le crochet au mur et souhaita une belle journée au chat qui paressait sur le palier. Je le suivis dehors, refermant la porte derrière moi, et passai quelques instants à mater ses fesses, tandis qu'il chargeait l'Explorer avec son équipement.

— Cole-ah, à propos de ce soir…

Jae marqua une pause et me tira par le T-shirt jusqu'à lui.

— Chez ton frère…

— Je lui dirai que tu n'as pas pu te libérer, m'exclamai-je pour le libérer de toute obligation. Tu as vraiment eu un week-end pourri.

— Non, rétorqua-t-il en secouant la tête. Dis-lui que je serai là. Je veux t'y accompagner.

— La dernière chose qu'il te faut en ce moment, c'est bien rencontrer mon père, sucre d'orge, raillai-je. Ça risque de mal tourner, de toute manière. Il va mal se comporter. Et je ne peux même pas promettre qu'il ne s'en prenne pas à *toi*.

Il me jeta l'un de ces étranges regards qui traversaient parfois son expression. Le genre qui me faisait douter de mon âge tant ils m'inspiraient la compréhension profonde de l'essence même d'un roc.

— Si je viens, ce n'est pas pour lui, chuchota-t-il en agrippant mon haut. Je t'accompagne, parce que c'est ce que tu veux. Parce que tu as besoin de moi. Si tu dois faire face à ton père, alors je devrais être là pour toi. Ce n'est que justice. Tu le ferais pour moi. Appelle Mike. Dis-lui que je serai présent.

Le baiser qu'il m'accorda assura que je n'aurais pas besoin d'adoucir mon café, et je restai là, transi et quelque peu extatique pendant qu'il montait dans son monospace et qu'il quittait son stationnement. Il me fit signe avant de disparaître dans le brouillard, ses feux arrière disparaissant lentement dans un flou rougeâtre.

Il était encore tôt, trop tôt pour que Claudia soit arrivée au bureau, aussi en profitai-je pour me préparer un café et vérifier le thermostat. Le court chemin qu'il me fallait parcourir entre la porte d'entrée et le bureau me glaça jusqu'aux os et les cicatrices sur mon ventre se nouèrent et pulsèrent. Je patientai le temps que la machine crache son petit bout de paradis et remplisse un mug que je puisse poser sur mon bureau.

J'envoyai un rapide message à Mike pour l'informer de la venue de Jae au dîner que préparait Mad et mis de côté mes appréhensions à l'idée de l'emmener dans la fosse aux lions. Je ne me sentais en communion avec Dieu que lorsque je devais le remercier de m'avoir laissé une bière bien fraîche au frigo ou quand je parvenais à trouver une place près de l'entrée en temps de fêtes. Rien de bien formel. Je lui envoyais tout de même un sincère *Mon gars, ne laisse pas mon père tout foutre en l'air* et me mis au travail.

Étalant les photos de famille de Dae-Hoon sur le bureau, je m'affairai à comparer les images de l'homme souriant avec ses enfants et les clichés lubriques qu'il avait pris d'autres hommes pendant l'acte. Avec Jae, nous avions débattu s'il était intelligent de donner à Scarlet celles qu'il avait prises de Seong et avions fini par décider de les faire disparaître. La jeune personne sur les photos était, semblait-il, une jeune Scarlet, et en dépit des affirmations de Jae, ses joues tournaient au cramoisi à la vue imprécise de sa bien-aimée *nuna* engagée dans une relation charnelle avec son amant.

Sans connaître l'identité des hommes sur les photos, je ressentais moi-même une sorte de malaise à les regarder. Elles représentaient les peurs et secrets les plus intimes qu'une personne puisse avoir. Même après toutes ces années, ces hommes-là vivaient certainement encore une double vie, se délectant d'un moment dans l'ombre après un autre, simplement pour apaiser la démangeaison qui les tiraillait de l'intérieur et qu'ils haïssaient.

Je m'emparai de la balle de baseball que je gardais toujours sur mon bureau. Elle n'était pas signée et n'avait rien de remarquable ; tout ce qu'il y avait de plus simple. Rick avait eu pour nature étrange d'être un grand fan du sport en question. Et plus précisément, un fan des Dodgers. Il n'était même pas de Los Angeles, ou si on remontait l'historique de l'équipe, de Brooklyn, mais depuis son enfance passée dans un trou perdu, il avait toujours adoré les Dodgers.

Il aurait été incapable de dire un mot sur les membres du groupe et il lui était arrivé de se tromper dans les règles, mais il l'aimait, cette fichue équipe.

J'avais économisé un peu d'argent, à l'époque, pour nous avoir des sièges au premier rang. Par chance, une balle perdue était tombée directement dans ses mains. Ses yeux verts s'étaient écarquillés et il était resté bouche bée. Il l'avait soulevée pour me la montrer, puis s'était plaint qu'elle lui avait fait sacrément mal en arrivant là.

C'était un des seuls biens qui me restait de lui. Sa famille conservatrice avait dépouillé notre appartement de tout souvenir de lui, y compris le balai à franges qui lui servait de chien. Quand bien même, après tout ça, je pouvais admettre que nous avions eu la chance de vivre notre histoire ouvertement.

Quelque chose dont ni Dae-Hoon ni les victimes de son chantage n'auraient pu se targuer.

Rick me manquait. Une part de moi ne me laisserait jamais l'oublier. J'achetais encore par automatisme un paquet de Stevia lorsque je faisais les courses, même si je ne connaissais personne qui en utilisait. J'avais rempli quatre cartons entiers de ces trucs avant de me reprendre et de les jeter à la poubelle. Par habitude, je me prenais du beurre de cacahuète crémeux parce qu'il n'avait jamais aimé ceux avec des noix et il m'arrivait de scroller sur les pages des vacances de rêves à Bora-Bora, un endroit que je n'avais jamais eu aucun désir de visiter, mais qu'il s'était toujours imaginé explorer.

— C'est très loin d'être ce que je voulais pour nous, mais nous avons eu du bon temps ensemble, pas vrai? adressai-je à la balle dans ma main. Avec Jae, il y a plus de compromis. Ça n'a rien à voir avec nous. Vous êtes tellement différents. Où que tu sois, mon cœur, j'espère que Dieu t'a trouvé un petit coin de paradis.

Claudia arriva alors que je m'acharnais à finir tant ma seconde tasse de café que la pile des relevés de Dae-Hoon. C'était un tel cauchemar de chiffres que j'étais sur le point de tout envoyer valser par la fenêtre. L'expression sur mon visage devait être particulièrement comique, mais tout de même. Ça ne justifia pas le regard surpris de Claudia lorsqu'elle m'aperçut derrière mon bureau.

— Vous avez un air à avoir bien bougé ce week-end. Est-ce un lit inutilisable que je vois contre la poubelle?

La tenue du jour faisait hommage aux mères au foyer des années cinquante; un ensemble chartreux aux larges boutons, qui enserrait sa poitrine généreuse. Sur n'importe qui d'autre, j'aurais complimenté la trouvaille de seconde main. Connaissant Claudia, elle devait l'avoir acheté directement en boutique ou l'avoir cousu elle-même en luttant contre des crocodiles zombies avec un couteau à beurre.

— La couleur te sied, dis-je à la place, et elle sourit au compliment. Et bien vu, c'est mon lit. Nous avons eu… un accident.

— La dernière fois que j'ai eu ce genre d'accidents, fit-elle remarquer en remplissant sa propre tasse de café, je me suis retrouvée enceinte de Malcolm.

— Ouais, enfin même avec tous les efforts du monde, je doute de pouvoir le mettre enceint.

Je lui jetai un regard sournois et elle leva les yeux au plafond.

— J'y mets les efforts, pourtant.

— Vous êtes un sacré cas, si tôt dans la journée.

S'installant derrière son bureau, elle alluma son ordinateur et porta le mug à ses lèvres rouge pétard.

— Pourquoi êtes-vous déjà debout ? Une dispute avec votre petit mignon ?

— Ce n'est pas ça. Jae est d'humeur grincheuse. Le week-end a été agité.

Je lui contai les événements de la cérémonie de répétition et la découverte de l'escroquerie monumentale de Dae-Hoon.

— Et il s'est réveillé avec une forte envie de photographier des vieux bâtiments. Le brouillard l'a mis en joie. Quelque chose à voir avec la lumière.

— Pauvre gosse, s'agaça Claudia. Pas Jae, même s'il n'a vraiment pas eu de chance non plus. Mais ce pauvre David.

— Il était complètement dévasté. Ça ne va pas être facile avant un moment. Il ira mieux avec le temps.

Elle me jeta un regard de biais et je haussai un sourcil.

— Quoi ?

— C'est bon de vous voir sortir la tête du sable, dit-elle par-dessus le bord de la tasse. Tout ce que je dis, c'est que Jae a une bonne influence sur vous. La première fois que nous nous sommes rencontrés, je pensais que vous attendiez que la Mort vienne vous faucher.

— Et tu as quand même décidé de bosser pour moi, raillai-je.

— Vous payez bien, et je m'ennuyai, expliqua-t-elle. Vous allez mieux, à présent. Incroyable, il vous arrive même de vous réveiller avant midi et de venir au bureau pour faire le café avant que je n'arrive.

— Ne prends pas trop tes aises, l'avertis-je. Je suis plutôt décontracté, dans le genre. Les grasses matinées, c'est mon truc.

— Ça, je ne vous le fais pas dire, répliqua-t-elle, l'air satisfait. Mais vous êtes plus vivace qu'avant, quand vous êtes réveillé.

La sonnerie de mon téléphone portable m'épargna la tâche humiliante de conjurer une réponse piquante. Le numéro de Scarlet s'afficha sur l'écran et une vague de panique me traversa. S'il y avait bien quelqu'un qui détestait avoir à se lever avant midi, c'était la *nuna* de Jae. Qu'elle m'appelle avant que l'horloge passe à deux chiffres était sûr d'inquiéter son monde.

— Salut, Scarlet, dis-je. Réveillée de si bon matin ? Tu n'as pas dormi ?

106

— Ce n'est pas *nuna*.

La voix de Jae me frappa de plein fouet, et je dus émettre un son approchant la panique ou le choc, car il m'interrompit avant même que je ne puisse formuler un seul mot.

— Elle va bien. Je t'appelle de son téléphone, parce que j'ai oublié de charger le mien. Le temps que j'arrive ici, il était complètement vide.

— Que se passe-t-il?

Je ravalai la boule dans ma gorge et refusai d'un geste que Claudia remplisse ma tasse. Elle sourcilla, à mi-chemin entre nos deux bureaux avec une cafetière bouillante entre les mains.

— Je voudrais bien savoir comment *toi* tu vas? Où est-ce que tu es?

— Tout va bien, affirma-t-il.

Un haut-parleur beugla près de lui et j'en reçus une forme déformée de mon côté de la ligne.

— Je suis au Cedars.

— Qu'est-ce que tu fiches là-bas?

Je marquai une pause pour inspirer un grand coup. Il pourrait très certainement m'en dire plus si j'arrêtais de l'interrompre à tout-va.

— Attends, c'est bon, je suis dehors.

Le bourdonnement autour de lui diminua et je pus l'entendre expirer lourdement.

— Shin-Cho est sorti la nuit dernière… en recherche de compagnie.

— Quelqu'un s'en est pris à lui?

Se promener dans la rue seul le soir était encore très dangereux pour nous. Il suffisait qu'un crétin ou deux hurlent des obscénités, et les flics étaient appelés pour ramasser ce qui restait du pauvre gars qui était sorti tirer son coup.

— On peut dire ça. On lui a tiré dessus, susurra Jae. Mais à quoi est-ce qu'il pensait? Helena est *morte* la veille, et il nous fait ça?

— Tout le monde gère son stress différemment, sucre d'orge, lui rappelai-je. Nous ne sommes pas très loin de son exemple, à notre manière.

— On ne va pas le chercher dans un bar, nous.

Même si je peinais à l'admettre, Jae avait une forte tendance à jouer les enfants de la rue. Il n'avait aucune patience pour ceux qui se mettaient en danger sans réfléchir.

Évidemment, il m'avait vite rangé dans les catégories «peu débrouillard» et «cherche les embrouilles», mais je n'irais pas jusqu'à défendre Shin-Cho.

107

— Comment est-ce arrivé ? Comment va-t-il ? (Ma gorge se noua.) Il est entier ?

— Il est encore au bloc.

Je crus l'entendre tirer sur une cigarette et expirer.

— D'après ce qu'en dit la police, lui et un autre gars s'étaient planqué derrière le bar et quelqu'un leur a tiré dessus. On ne sait pas encore si le coupable était véhiculé ou non. L'un des employés les a trouvés quand il est parti sortir les poubelles.

— Bordel. Et l'autre mec ?

Je ravalai le souvenir de cette nuit où Ben nous avait bombardés, en vain. L'odeur du sang était ancrée dans ma mémoire, rongeant à la bordure de la petite vie que je m'étais construite depuis lors.

— Il était déjà mort quand ils sont arrivés sur la scène. Je crois que *hyung* compte voir s'il peut aider sa famille.

La voix de Jae s'aggrava sous la colère.

— Pourquoi est-ce qu'il ferait une chose aussi stupide ?

— Parce que…

Comment faire comprendre le désespoir et le vide que l'on pouvait ressentir à quelqu'un qui avait été prêt à passer sa vie seul plutôt que d'être ostracisé par sa famille ? Jae aimait fricoter. Il semblait aimer ça avec moi, mais il y avait un équilibre scrupuleux à maintenir entre notre temps ensemble et l'indépendance sauvage dont il ne pouvait se passer.

— Parce qu'il arrive qu'une fois blessé, il te faille quelqu'un sur qui t'appuyer. Même si ce n'est que pour une pipe dans une ruelle sombre. Ça compte.

— Il aurait au moins pu se rendre au Dorthi Ki Seu, grommela Jae.

— Oh, bien sûr. Il aurait tout intérêt à aller brancher quelqu'un sur le lieu de travail de *nuna*, raillai-je.

Parfois, Jae ne réfléchissait pas avant d'ouvrir la bouche, et j'avais du mal à trouver une logique dans ses paroles.

— Personne n'aurait rien dit, rétorqua-t-il. C'est de l'ordre du privé. Et s'il y était allé, on ne serait pas en train de lui retirer des éclats de balles et l'autre gars serait encore en vie.

— Quand est-ce que c'est arrivé ? demandai-je pour dévier la conversation. Il est plutôt tard pour un coup d'un soir.

— Au matin, très tôt, répondit Jae. À trois heures, je pense. Je ne suis pas sûr. À quelle heure ferment les bars, normalement ? On ne m'a même pas dit dans lequel il s'était rendu.

108

— Que puis-je faire ? *Nuna* a besoin de quelque chose ?

— Elle est furieuse. *Hyung* est avec elle.

Une sirène sursauta près de Jae et il attendit qu'elle s'éteigne.

— La mère de Shin-Cho est là, aussi. Elle est venue aussitôt que *hyung* l'a informée.

— Comment se porte-t-il ? David, clarifiai-je. D'abord Helena, et maintenant son frère.

— C'est pour lui que je t'appelle, précisa Jae. Il veut te parler. Je suppose que Shin-Cho doit tout lui avoir raconté pour leur père. Est-ce que tu penses pouvoir te déplacer ?

— Tout de suite ? Pas de problème.

— David veut *vraiment* parler avec toi.

Je pouvais d'ici l'imaginer me jeter l'un de ses petits haussements d'épaules qui voulaient dire *Les gens sont fous.*

— Je crois qu'il est en manque… de contrôle ? Pour lui, en ce moment, rien ne va plus, donc il essaie de se raccrocher à quelque chose. Peut-être qu'il te dira d'arrêter ton enquête sur Dae-Hoon.

— J'ai bien peur que ce ne soit pas possible, dis-je. C'est Scarlet et Shin-Cho qui m'ont engagé.

— Je ne sais pas trop quoi te dire, dans ce cas, admit Jae. Il tourne en rond, *nuna* est furieuse que Shin-Cho soit sorti et se soit pris une balle et *hyung* peste à cause de sa sœur… Rester avec eux n'est pas facile.

— Et donc tu es parti fumer dehors, conclus-je.

— Oui, c'était soit ça, soit un café, marmonna-t-il. Et leur café est imbuvable. Et ils n'ont que du thé noir ou une tisane infâme.

— Veux-tu que je fasse un arrêt à Starbucks ?

— Ça ira plus vite si tu t'arrêtes dans un débit de boissons.

Il tira une nouvelle fois sur sa cigarette, suffisamment longtemps cette fois pour que je l'entende clairement.

— Je suis prêt déjà à revisiter l'Irlande, je crois.

IL ALLAIT sans dire que j'exécrais les hôpitaux et il me fallut un moment avant d'avoir le courage de passer les portes coulissantes en verre. C'était dans ces moments-là que j'aimerais être un addict de la cigarette. Et si j'avais été plus rusé, j'aurais suivi le conseil de Jae et me serais arrêté pour acheter du Whisky.

109

Je fus surpris d'apercevoir Scarlet traîner dans le coin fumeurs. Elle portait des talons hauts de six centimètres qu'on réfléchirait à deux fois avant d'enfiler et arborait un air pincé. Même à la lumière du jour, dans une chemise d'homme et un pantacourt noir, Scarlet avait l'air d'une chanteuse de charme. Elle avait relevé ses longs cheveux noirs, laissant quelques mèches encadrer son visage, et son rouge à lèvres laissait une promesse sur le filtre de sa cigarette ; promesse pour laquelle plus d'un s'arrêtèrent.

— Ils ne savent même pas la meilleure, gronda-t-elle entre ses dents lorsque j'approchai.

Tirant une dernière fois sur sa cigarette, elle l'éteignit dans un cendrier rempli de sable.

— Penses-tu qu'aucun d'entre eux poserait un seul regard sur moi s'ils savaient ce que j'ai entre les jambes ?

Son expression était mauvaise, une grimace amère qu'elle affichait pour retenir les larmes qui rougissaient ses yeux. Je n'avais pas de mouchoir à galamment lui prêter, mais je me fiai à mon instinct. Je l'enlaçai et la tirai tout contre moi.

— Pourquoi ?

Elle s'accrocha à mon haut, probablement pour s'empêcher de frapper plutôt qu'en recherche de réconfort. Je n'avais pas les réponses pour elle. Surtout parce que je ne comprenais pas bien ce qu'elle voulait savoir.

— Ils me détestent. Ils ne me connaissent pas et ils me détestent.

— La sœur de Seong ? devinai-je, et elle acquiesça, se mouchant dans un morceau de tissu qu'elle sortit de nulle part.

Je ne voulais même pas savoir. Son pantacourt paraissait étroitement envelopper chacune de ses formes. Probablement la chemise.

— Oublie cette garce. Poussin, tu es tellement plus femme qu'elle ! Je sens ma libido disparaître chaque fois que tu me prends dans tes bras.

Son rire était bon à entendre, particulièrement lorsqu'il effaçait ses larmes. Elle m'assena une étreinte féroce et une tape sur les fesses en guise de remerciements. En somme, un juste échange.

— Tu es un bon gars, dit-elle en passant son bras autour de ma taille. Ton Jae devrait se sentir chanceux de t'avoir.

— Ouais, essaye un peu de lui dire ça quand il apprendra que je n'ai pas ramené de whisky.

Je me tins à elle pour passer les portes. Mon ventre se nouait et j'avais les organes en bouillie, menaçant de recracher tout mon café sur le sol marbré du hall d'entrée.

— Il te pardonnera, promit Scarlet. Tu le rends heureux. Je l'oublie parfois, mais c'est tout ce dont un homme a vraiment besoin.

L'homme contenté en question m'attendait dans une pièce peuplée de Coréens. Il y avait une fracture nette dans la foule assemblée. D'un côté, on avait la reconnaissable garde rapprochée en costume noir et l'amant de Scarlet, Seong. Kwon était présent, tapi derrière une femme d'âge mûr au visage cerné et dont l'expression s'obscurcit à la vue de Scarlet. Un homme que je conclus être le beau-père de Shin-Cho se plaça derrière cette première et posa une main sur son épaule.

Si Seong était lié de près ou de loin avec la disparition de Dae-Hoon, en le voyant se redresser et tendre la main vers Scarlet, j'étais prêt à le lui pardonner. Elle l'accepta et il l'attira dans une vive étreinte.

Jae échappa au nuage de costumes trois-pièces, ses yeux plissés révélant un léger agacement. Il était trop en contrôle et distant pour être étreint, au contraire de sa farouche *nuna*, mais je voyais bien qu'il en avait envie. Nos doigts se rencontrèrent lorsqu'il m'offrit un gobelet du breuvage qu'il avait insulté un peu plus tôt et je laissai mon toucher s'attarder contre sa peau. Je retins presque un sourire lorsqu'il rosit légèrement.

Pas exactement un sourire, mais presque.

— Shin-Cho est sorti du bloc, murmura Jae. Il va s'en sortir. Les médecins attendent qu'il soit installé pour nous permettre les visites.

— Vu leurs têtes, chuchotai-je dans son oreille, j'espère qu'ils vont prendre leur temps.

Je trouvai David assis sur le côté, loin du reste, des tentacules empoisonnés exsudant de sa personne et le consumant tout entier. Il avait l'air détruit. Je n'aurais pas pu mieux le décrire. À le voir, on pouvait croire qu'il n'avait pas fermé l'œil depuis le dîner de répétition et, étant passé par là avant lui, j'imaginais bien qu'il était prêt à tout pour une seconde de tranquillité.

David releva les yeux à mon approche, la méfiance s'évaporant lorsqu'il m'identifia. La jeune personne calme et enjouée que j'avais rencontrée au mariage n'était plus, remplacée par un homme accablé par le chagrin qui se demandait s'il allait aussi perdre son frère, après tout. Il baissa les yeux sur le gobelet légèrement froissé dans sa main. Je n'étais pas surpris de voir qu'il n'y avait presque pas touché.

— Vous êtes celui que mon frère a engagé, c'est ça ? Cole McGinnis ?

David se leva et me tendit sa main. Je la serrai et hochai la tête.

— Merci d'être venu. Kim Jae-Min m'avait promis que vous feriez l'effort. Vous êtes un bon ami.

— J'essaie. Dites, il y a un café en face, suggérai-je. Shin-Cho ne risque pas de recevoir avant un moment. Nous pourrions aller y boire quelque chose de décent, qu'en pensez-vous ?

— Pourquoi pas, soupira-t-il en jetant son gobelet à la poubelle. Et tant qu'on y est, vous allez m'expliquer pour quelle raison mon frère tente de réveiller les morts et pourquoi Helena a souffert des conséquences de ses actions.

XI

LE CAFÉ de Dot était le genre d'endroit à pouvoir se vanter de sa banalité. En guise de décor, des murs blancs et un comptoir usé en Formica entouré d'un anneau épais en inox plutôt maltraité. Les banquettes et tabourets du bar étaient recouverts d'un vinyle rouge qui se craquelait par endroit et les grosses déchirures avaient été comblées avec du ruban adhésif.

Le sol était carrelé de noir et de blanc, et une affiche scotchée à la porte vitrée annonçait un petit-déjeuner œuf, bacon et pain grillé accessible 24 h sur 24 pour moins de quatre dollars. Leur principale clientèle consistait en un personnel hospitalier dans des blouses colorées risquant la route pour manger en coup de vent, les autres sièges sporadiquement occupés par des familles et des couples aux visages mornes, leurs longues veilles marquant leurs expressions de fatigue.

David avait exactement la tête de l'emploi.

Il commanda un jus de tomates en format large sans glaçon, puis inspecta la bouteille de sauce piquante sur la table. Je pris un café et quelques tranches de pain au levain. La serveuse était une femme âgée ayant dépassé tout espoir d'un pourboire conséquent. Vus d'ici, les gens qui venaient au Dot y mettaient seulement les pieds pour changer de paysage. Nous nous fondions dans la masse.

— Encore merci de vous être déplacé. Les choses ont été… difficiles, commença David lorsqu'on déposa son jus devant lui.

Mon café ne fut pas très loin derrière, et nous prîmes le temps d'arranger nos boissons comme nous les préférions. J'ajoutai du lait et du sucre. Il le chargea de sel, de sauce piment et d'un filet de jus de citron qui était fourni en rondelle avec le jus.

— Mes condoléances pour Helena. J'aurais aimé pouvoir vous être plus utile ce soir-là, m'excusai-je.

Il secoua la tête, peu enclin à toucher au sujet en question.

— Je ne suis pas certain que mes réponses vous suffiront. Votre frère m'a engagé. Toutes mes trouvailles sont absolument confidentielles.

— J'en sais certainement plus que vous ne le croyez. Shin-Cho m'a déjà dit qu'il était venu vous voir et que vous aviez déterré plusieurs…

éléments en ce qui concerne notre père. Des choses plutôt déplaisantes. Je parle du chantage, pas de son homosexualité. Cela fait un moment que je suis au courant de ce fait, même lorsque le reste de la famille s'obstinait à me le cacher.

— Ça n'a pas dû être simple.

Il semblait que David soit bien plus au fait des secrets familiaux que ne l'était son frère.

— D'après les dires de Shin-Cho, j'en ai conclu qu'il venait tout juste de l'apprendre.

— Laissez-moi vous dire une petite chose sur mon frère, monsieur McGinnis.

Il mélangea la mixture, plus intéressé à regarder les cristaux de sel tourbillonner dans ses profondeurs qu'à la boire.

— Shin-Cho a beau être mon *hyung*, il a toujours été… ce que famille appelle « fragile ». Ils pèsent bien plus leurs mots devant lui. Il lui arrive de faire certaines choses sur des coups de tête, et j'ai passé une bonne partie de ma vie à nettoyer derrière lui.

David était sans aucun doute le portrait craché de son père, mais la façade neutre et impénétrable qu'il affichait était purement Seong. Il était aisé de discerner une même implacabilité s'affirmant chez les hommes de la famille. David sirota sa première gorgée de jus et reposa doucement le verre avant de relever les yeux vers moi.

— J'étais au courant pour l'argent. Mon beau-père m'en a parlé avant… les célébrations, expliqua-t-il. *Hyung* me l'a annoncé la nuit dernière. Je lui ai dit que je savais déjà, mais que je ne savais pas comment… mon père l'avait récupéré.

— Vous saviez et vous n'en avez pas informé votre frère ? C'est un sacré gros secret à cacher à l'homme ayant droit à la moitié de l'héritage qu'a laissé votre père.

— La seule chose que mon père a laissée, c'est ses deux fils, insista-t-il d'une voix ferme. Quand j'ai appris la manière dont il l'avait gagné, je savais que nous n'avions aucun *droit* d'y toucher. Il appartient aux hommes qu'il exploitait. Mon père était loin d'être une victime, surtout pas sur des questions d'argent.

— Je ne vais pas vous contredire sur ce point, concédai-je. Mais sa disparition en fait bien une, si l'un de ces hommes s'est chargé de lui prendre la vie.

— Il vaudrait mieux pour tout le monde que mon père ne réapparaisse *pas.*

L'épuisement et l'angoisse des jours passés se déversèrent d'une seule traite sur lui, et je le sentis se battre avec ses mots. Je poussai mon assiette de toasts vers lui et il déroba une tranche bien beurrée pour la mordre avec désintérêt.

— Parce qu'il était gay ? demandai-je sur un ton plus agréable.

Le regard qu'il me jeta fut presque comique. C'était un parfait mélange de dégoût et d'ahurissement, qui se résolut par un rejet imprégné de mépris.

— Pas du tout. Pour moi, parce qu'il se servait de tous ces hommes. Pour le reste de ma famille, parce qu'il était gay, oui. Pour ma part, je ne sais vraiment pas si je pourrais un jour lui pardonner ce qu'il leur a fait.

Agitant l'angle droit du toast vers moi, il poursuivit.

— Mon frère l'idolâtrait. Ils étaient très proches. Bien trop au goût de notre famille. Certaines personnes pensent que mon père... que notre oncle... ont influencé la manière d'être de mon frère. D'autres disent derrière notre dos qu'il aurait touché Shin-Cho lorsqu'il était encore enfant et que c'est la raison pour laquelle mon frère ne trouve pas sa voie.

— Vous y croyez ? demandai-je prudemment.

Entendre les accusations dans la bouche de David sur l'éventuel abus de leur père sur son grand frère ne calait pas avec l'image que Shin-Cho nous avait dépeinte de Dae-Hoon. Toutefois, on avait vu plus étrange qu'un fils vouant un culte à l'homme qui avait trahi sa confiance.

— Non, cracha presque David. Mon frère est comme il est parce que c'est Shin-Cho. Mon père, mon oncle et même l'amante de *hyung* n'ont rien à voir avec sa préférence pour les hommes. Mais je ne peux pas faire barrière contre le reste de notre famille. Je leur ai déjà déplu en faisant de lui mon témoin, mais c'est mon frère. À qui d'autre l'aurais-je demandé ? C'est mon *frère.*

— Il veut simplement savoir ce qui est arrivé à votre père.

La cafetière sous la main, la même serveuse joua les ninjas pour venir remplir ma tasse en zigzaguant entre les sièges sur ses talons à la semelle en crêpe.

— Vous n'êtes pas curieux de savoir pourquoi Dae-Hoon a tout quitté comme ça ?

— Curieux ?

David parut y réfléchir un moment avant de hausser les épaules.

— Non, plus maintenant. Quand j'étais plus jeune, peut-être. Mais plus aujourd'hui. C'était il y a si longtemps. Ce sont mes oncles, les Seong, qui m'ont élevé. Je sais que ça a toujours dérangé Shin-Cho. Il lui manque, mais il pourchasse un fantôme. Il a passé sa vie à courir après des mirages. C'est pour ça que je ne lui ai pas dit pour l'argent quand j'ai appris la vérité. Je m'étais déjà mis la famille à dos. J'avais besoin de lui à mes côtés. C'était mon mariage.

— Comment votre beau-père a-t-il découvert ça? le questionnai-je en rajoutant du sucre dans mon café. C'est la banque qui l'a contacté?

— Han Suk-Kyu m'a dit qu'ils ont contacté ma mère il y a un mois, mais étant donné que l'argent appartenait à mon père, il nous revient de droit. À moi et à Shin-Cho. Ils devaient effectuer un contrôle et remettre à jour certaines informations. Je n'ai pas les détails. J'ai su avant que nous ne… avant la cérémonie.

Je lui accordai le temps de se reprendre. Il détourna les yeux et inspira, clignant rapidement pour les sécher. Se tortillant sur son siège, il se mit à jouer avec l'une des fourchettes sur la table.

— C'est une belle somme.

Le vinyle de ma chaise couina lorsque je me penchai vers l'arrière. Même avec un taux d'intérêt minimum, après tout ce temps, son compte devait encore se compter en millions.

— Pourquoi a-t-il attendu si longtemps avant de vous en faire part?

— Shin-Cho… il venait de quitter l'armée. La situation était tendue. Han Suk-Kyu croyait que cela ferait une bonne surprise, quelque chose dont Shin-Cho pourrait se servir pour se relever. Il n'a pas apprécié la nuit dernière, quand je lui ai avoué que je voulais rendre tout cet argent.

— Comment se fait-il que l'argent vous revienne? demandai-je. Vos parents étaient encore mariés lorsqu'il a disparu.

— C'est compliqué, répondit David. Ma mère s'est remariée. En Corée, elle n'a plus aucun droit sur l'héritage de mon père. Y compris tous ses biens et ressources à l'international.

— En avez-vous réellement discuté avec votre frère? De l'idée de restituer le tout.

— Oui. Quand il m'a dit ce qu'avait fait notre père, j'ai parlé avec Suk-Kyu-ah après ça. (Il poussa un profond soupir.) Mon frère n'est pas très… il ne prend pas de bonnes décisions pour lui-même. Regardez un peu ce qu'il a fait la nuit dernière. Avec tout ce qui se passe, il est parti de

116

chez notre oncle pour… coucher. Expliquez-moi. Et pourquoi Scarlet a-t-il accepté de lui prêter sa voiture pour qu'il puisse sortir?

— A-t-elle, corrigeai-je.

— Comment?

David pencha la tête, confus.

– Scarlet. C'est «elle», répétai-je. Elle préfère le pronom féminin. Nous l'appelons tous *nuna*.

Nous nous dévisageâmes l'espace d'une longue seconde. J'espérais m'être amélioré dans l'art de dissimuler mes pensées, mais je n'irais pas jusqu'à parier dessus. Mon propre frère m'avait avoué que j'étais le pire joueur de poker de l'univers. Plus exactement, il avait dit qu'un gamin dopé à la barbe à papa avait plus de contrôle que moi.

David émit un petit bruit et hocha pensivement la tête.

— Désolé, il m'arrive de penser à elle comme un homme. Je ne suis pas… habitué à tout ça.

— Pas de problème, dis-je en haussant les épaules. Ça prend du temps. Elle était la meilleure amie de votre père et découvrir ce qu'il a fait a été un choc pour elle aussi. Je pense qu'elle est désolée de ne pas avoir été là pour vous, non plus.

— À vous l'entendre dire, on croirait qu'un bon nombre de personnes ont des remords en ce qui concerne le déroulé des événements à l'époque, conclut-il. Je ne peux pas prendre cet argent. Mon père a payé le prix du sang pour le récupérer. Et maintenant, c'est à se demander si Helena n'a pas fait de même. Rien n'a de sens dans cette histoire. Pourquoi s'en prendre à elle? Quand Shin-Cho est venu me voir à propos de cette histoire, j'ai commencé à me demander si l'une des personnes qu'il extorquait a voulu se venger à travers nous.

— Vous pensez qu'on l'a tuée pour une affaire de revanche envers votre famille?

Je contemplai la possibilité.

— À moins qu'ils ne la ciblaient pas spécifiquement. Elle n'a pas été la seule à être touchée.

L'enchaînement des événements était inquiétant. Une connaissance de Dae-Hoon aurait peut-être pu deviner qu'Han Suk-Kyu allait parler de l'argent à ses beaux-fils, mais si l'on considérait que la vengeance était un plat qui se mange froid, tuer Helena représentait le plateau télé congelé qu'on retrouvait au fond du frigo. C'était une façon plutôt tordue de retourner la

117

monnaie de sa pièce à quelqu'un, surtout si, par ce geste, on avait voulu s'en prendre à Dae-Hoon, et non à Kwon.

Il aurait pu me faire flamber sur placer avec ce regard brillant.

— Je comprends que ce ne soit pas quelque chose que vous aimiez entendre.

Je me penchai vers lui.

— Je vous rejoins sur l'argent, c'est bien ce qui ferait le plus de sens. Et même si une connexion pourrait être établie, je dois aussi penser qu'elle n'était peut-être pas leur cible. Ils pourraient avoir voulu se débarrasser de vous, ou même de Shin-Cho, et avoir manqué. Ce pourrait également ne rien avoir à voir avec deux pédales derrière un bar.

David détourna les yeux, faisant marcher son cerveau. Ses traits étaient complètement neutres et ses yeux, distants. Il se lécha les lèvres et hocha calmement la tête.

— Ça serait logique. Surtout si c'est quelqu'un qui est ancré sur le territoire. On ne voyage pas tous entre ici et Séoul comme le fait mon oncle. Contrairement à avant, ils savent qu'ils peuvent nous atteindre, aujourd'hui.

— Je suggère que nous prenions quelques précautions, dis-je. Même si nous ne pouvons être sûrs de rien, il vaut mieux être prudent. Votre oncle a l'habitude de se servir d'une garde rapprochée. Je peux lui demander de vous placer sous protection, si vous le souhaitez.

— Non, ça ira. (Il sourit.) C'est marrant. La famille s'est éloignée de mon oncle à cause de… Scarlet, mais il a été le premier à me proposer son aide après… Helena. Et maintenant, avec Shin-Cho, il est le seul sur lequel je puisse compter. Qu'importe le différend entre lui et les autres, je suis de son sang. Rien n'est plus important pour lui.

— Oui, c'est aussi ce que j'ai cru comprendre.

Je saisis ce qu'il disait. Peut-être pas comme lui et Jae l'entendaient, mais si je n'avais pas eu Mike, ma vie aurait vraiment été morbide après que mon père m'avait jeté dehors, et un véritable enfer après la mort de Rick.

Son téléphone émit une petite sonnerie et David fit la grimace. Profondément dépité à la vue du message, il termina le reste de son jus de tomates comme s'il s'agissait d'un shot de tord-boyaux.

— Shin-Cho a été installé dans une chambre. Je dois y retourner au cas où il se réveillerait.

Posant son verre, il sortit de son portefeuille un billet de vingt qu'il glissa sur la table.

— Avec son accord, j'aimerais connaître l'état de votre avancée. Surtout si toutes ces histoires... sont liées de près ou de loin à mon père.

— Je ne peux rien promettre.

Je me relevai pour le raccompagner.

— Cela dépendra de lui.

— Ça me convient comme ça, dit-il d'une voix plus douce, et il me jeta de biais un regard curieux. De mon côté, je ne peux rien promettre de mes actes si on découvre l'auteur des crimes. Nous saurons chacun à quoi nous en tenir.

JE NE m'attardai pas davantage à l'hôpital après ça. Une fois le ressenti de Jae établi, je m'apprêtais à aller parler avec Seong quand Scarlet s'interposa.

— Il n'est pas coupable, insista-t-elle, alors que j'entrai dans mon Rover. Il m'a dit que s'il avait continué les transactions, c'était parce qu'il le considérait toujours comme un membre de sa famille et qu'il se sentait responsable. Il ne savait même pas pour cette affaire de chantage. Je te le jure.

Jae se pencha par la fenêtre ouverte. Nous étions si proches que nous aurions pu nous embrasser. Si proche que je sentis son souffle chaud contre mes lèvres. J'entrouvris la bouche, inhalant le baiser manqué. Il eut un léger rictus et détourna les yeux, amusé. Ses doigts se refermèrent sur mon avant-bras et il les resserra momentanément.

— Je suis d'accord avec *nuna*, murmura-t-il.

Le beau-père de David nous avait suivis dehors pour allumer une cigarette dans le coin fumeurs. Il nous observait depuis l'abri, la fumée esquivant son visage avec la brise qui se levait.

— *Hyung* n'aurait pas touché un cheveu de Dae-Hoon. Et de toute manière, tout le monde savait déjà qu'il était gay. C'est pour ça qu'on l'avait envoyé ici.

J'acquiesçai, toutefois mon attention était toujours fixée sur Han Suk-Kyu. En revenant du café, je l'avais presque trouvé main dans la main avec Kwon. J'en rajoutais peut-être à son propos, mais il m'apparaissait comme un vrai prédateur. Je n'aimais pas savoir qu'il traînait près de Jae, même si je le savais parfaitement en mesure de se défendre. À vrai dire, j'aurais plutôt pitié de lui s'il s'avérait qu'il tente quelque chose. De ce qu'il laisserait derrière lui, Scarlet se chargerait.

119

Les yeux de fouine de Han Suk-Kyu suivaient le moindre de nos mouvements durant notre échange.

— Reste prudent, d'accord ?

J'avais envie de l'embrasser, juste pour que Han sache qu'il m'appartenait. C'était enfantin et superflu, sans même parler du fait que Jae-Min le prendrait très mal. Je dus me rappeler à l'ordre en me souvenant que Jae était une source de câlins et de nourriture. Pas quelqu'un qu'on mettait en pétard sans raison.

— On se voit à la maison ?

— Tout à l'heure, promit-il. Maintenant que nous savons qu'il va s'en sortir, je vais aller au zoo abandonné de Griffith Park. Je n'ai plus la lumière pour les bâtiments que je voulais photographiés ce matin, mais ça fera l'affaire.

— Fais attention, dis-je.

Il roula les yeux et recula.

— Au moins, appelle-moi si tu te fais arrêter pour effraction. Je paierai la caution.

Pour être honnête, j'étais enclin à leur accorder le bénéfice du doute pour Seong. Il n'était plus en haut de ma liste de personnes qui auraient pu vouloir la mort de Dae-Hoon. À vrai dire, il semblait être la personne qui aurait pu le mieux le comprendre au vu de la similarité de leur style de vie. Sauf qu'en toutes choses, Seong avait mieux tourné.

Lorsque j'arrivai, la voiture de Bobby était garée devant chez moi. Je le trouvai assis dans la chaise de Claudia, les pieds sur son bureau. Je poussai ses bottes en passant devant lui pour qu'il les retire et quand il leva la main pour me donner une tape sur les fesses, j'esquivai le coup.

— C'est sur le ring qu'il faut montrer ces bons réflexes, se moqua-t-il. Ça t'éviterait de te faire démolir ton joli minois.

J'envisageai un énième café, mais la cafetière était vide et la machine débranchée. J'attrapai une bouteille d'Ice Tea dans le frigo, m'affalai dans ma propre chaise et me balançai vers l'arrière en dévissant la bouteille. Il était midi et impossible de trouver ma manager.

— Où est Claudia ?

— Au marché fermier au bout de la rue.

Il me salua à l'aide d'une bouteille d'eau.

— Il lui manquait du chou et des fraises, je crois. Je tiens le fort en son absence. Non pas qu'il y ait grand-chose à tenir. Où sont tes clients ?

— Je suis très sélectif.

Je levai le menton lorsqu'il renifla, moqueur.

— Et va te faire voir. Je t'ai fait une faveur avec Trey et regarde un peu le merdier.

— Pas faux, concéda-t-il. Trey est un beau salaud. Je ne sais pas ce qui m'a pris. Des faveurs entre amis, ça se partage. Comme maintenant, quand j'ai finalement trouvé l'identité d'un ancien flic qui était présent la nuit du raid sur Bi Mil.

— Tu rigoles ?

J'en recrachai presque mon thé.

— Il est prêt à nous parler ?

— Ouais, confirma Bobby. Mais j'ai encore mieux.

— Dae-Hoon vivrait dans sa cave ? devinai-je.

— Il ne faut pas abuser, non plus, soupira-t-il en secouant la tête. Il est gay aussi et, crois-le ou non, il sort avec l'un des hommes qu'il a rencontrés au spa. Ils sont ensemble depuis des années. Il propose de nous rencontrer demain vers dix heures. Je lui ai promis des donuts.

— Putain, sifflai-je. Je pourrais t'embrasser.

— Je prendrais bien la putain, mais ça ruinerait notre drama et notre impossible romance, railla Bobby. Et j'ai déjà vu Jae couper des oignons. J'aurais trop peur qu'il fasse de même avec tes coucougnettes.

— Qu'est-ce qui te fait croire qu'il se vengerait sur les miennes ?

Je ne pus retenir un sourire. Si ce flic parvenait à se rappeler de cette nuit autre chose qu'un gros 4x4 noir, ce pourrait être la piste tant attendue.

— Je commence à le connaître, voilà pourquoi.

Bobby se balança d'avant en arrière sous les couinements bruyants de la chaise de Claudia.

— S'il pète les plombs, c'est toi qui prendras. Pour ma part, je ne suis que la bouteille piégeant la verge de Trey. Une fois brisée, il n'en reste que des débris.

XII

— Hé.

Je croisais le regard de Jae dans notre reflet du miroir de la salle de bains. Des restes de mousse à raser sur la mâchoire, je pinçai les lèvres, avalant un peu de crème sans le vouloir. Je fis la grimace au goût et recrachai ce qui me restait sur la langue dans le lavabo.

J'avais passé la journée à éviter de penser au dîner avec ma famille, et c'était revenu me frapper de plein fouet lorsque j'étais sorti de la douche. S'il y avait bien un endroit où je ne voulais *pas* être ce soir, c'était chez Mike. Je n'étais pas du genre trouillard et esquiver mes problèmes, bien qu'attrayant, ne résolvait rien. Toutefois, l'idée que je pourrais me mettre au lit avec Jae et y rester toute une semaine était franchement engageant.

— Je prends une douche d'abord et on pourra y aller, dit Jae en me dépassant.

La serviette autour de mes hanches me parut de plus en plus étroite à mesure qu'il se déshabillait. Cela empira lorsqu'il retira son T-shirt et révéla les marques de morsures que j'avais laissées sur son épaule et sa colonne vertébrale.

— Hmmm.

Je sortis mon meilleur ronronnement et l'étreignis au niveau de la taille en me collant à lui pour qu'il sente mon entrejambe contre son fessier.

— Tu sais quoi…

— Dehors.

Il se dégagea en déliant mes mains et se retourna pour pousser contre mon torse.

— Va t'habiller. J'ai sorti quelques vêtements pour toi. Ils sont sur le lit.

Il me claqua la porte au nez avant que je ne puisse protester contre son mauvais traitement, et je fis la moue. Neko était d'humeur similaire et m'observait depuis le lit en miaulant, de toute évidence écœurée par la présence de mon pantalon et de ma chemise sur son coin sieste.

J'enfilai le bas gris anthracite et le haut pourpre qu'il m'avait choisi. J'aurais préféré un jean et un T-shirt, mais il avait clairement d'autres plans.

122

Je laissai la cravate. Je n'allais pas non plus me mettre sur mon 31 pour ma propre exécution.

Jae lorgna le col ouvert de ma chemise en sortant de la salle de bains, sans rien dire sur l'absence de cravate. Il s'habilla rapidement, plus vite que je n'aurais aimé. Je ne pus pas m'en plaindre, néanmoins, à la vue de son pantalon de costume et de son haut noir. Pour l'ennuyer, je lui offris la cravate en soie ébène qu'il m'avait sortie, et il repoussa ma main d'un mouvement abrupt pour aller chercher des chaussettes.

Nous quittâmes la maison en silence. Je voulais lui demander comment s'était passée sa journée, du moins les quelques heures qu'il avait eues rien qu'à lui, mais il n'était pas d'humeur à discutailler. J'allumai le lecteur CD et une chanson coréenne sensuelle et murmurante s'échappa des enceintes du Rover. Il sourit en l'entendant et sa main chercha la mienne. Parler n'avait plus autant d'attrait après ça.

Une berline inconnue était garée dans l'allée circulaire de la demeure hollywoodienne de Mike et Maddy. Je m'arrêtai juste derrière et éteignis les phares en nous laissant suffisamment de place pour que nous puissions fuir rapidement si le besoin s'en faisait sentir. Les portes du garage étaient closes, anéantissant toutes mes chances de passer par-derrière via la porte qui reliait l'abri de voiture au reste de la maison. La villa contemporaine était élégante et intime, surplombant les canyons et déversant suffisamment de lumière par les immenses fenêtres carrées pour étendre les ombres sous le porche. Des silhouettes se déplaçaient derrière le voilage et je déglutis, me préparant pour l'inévitable.

— Tout va bien se passer, me promit Jae en effleurant ma main de la sienne. Je suis là pour toi.

J'éclatai de rire en imaginant mon amant, svelte bien que musclé, faire face à l'homme qui avait longtemps porté des sacs de vingt-cinq kilos au travers d'une forêt pour gagner sa croûte. J'entrelaçai tout de même nos doigts, son toucher m'inspirant de la bravoure. Je sonnai et le tintement agréable résonna dans la maison. Quelques secondes plus tard, Maddy vint nous ouvrir la porte, et je fus aussitôt enveloppé dans une étreinte. Je manquai de faire tomber la bouteille de vin précieux que j'avais ramenée par courtoisie.

Ils venaient tout juste d'officialiser leur relation lorsque Rick avait été tué, donc elle avait eu la chance de me voir au plus bas. Elle m'avait à sa manière forcé à suivre des sessions de rééducation en m'indiquant qu'elle était passée par là et qu'elle en était sortie vivante. Quand une grande femme du nord armée d'un sourire troué et à qui il manquait une partie des jambes vous défiait de la battre sur vos propres exercices, on ne pouvait pas la décevoir, sous peine d'en prendre un coup à l'ego.

Elle m'avait fait ma fête. Avec un joli petit nœud, pour couronner le tout.

Son carré court blond me titilla le nez lorsque je la tirai contre moi. Je pensai entendre mes cotes craquer lorsqu'elle renforça son étreinte ; et elle ne me libéra pas avant de m'assener une claque sur le derrière. Puis, avant que je n'aie pu faire barrière, Mad avait enserré Jae dans un gros câlin, et il fit preuve de manières en retenant ses grognements et ses crocs. L'enthousiasme de celle-ci fut plus fort que sa nature irascible et elle recula tout aussi rapidement qu'elle l'avait kidnappé, l'attrapant par les épaules pour le jauger de haut en bas.

— Oh, il est vraiment charmant, Cole, chantonna-t-elle par-dessus son épaule.

Elle lui fit un clin d'œil.

— C'est vraiment bon de pouvoir enfin te rencontrer. Mike n'a pas voulu me dire *un mot* sur toi et Cole n'est pas plus bavard.

— Jae, je te présente Mad McGinnis, la plaie de ses collègues architectes et marathoniens, dis-je en agitant ma main entre eux. Maddy, Jae-Min Kim, photographe hors pair et l'homme qui a eu la mauvaise idée de se mettre avec moi. Ne le fais pas fuir. Je ne l'ai pas depuis longtemps et j'aimerais le garder, si possible.

— Enchanté.

Elle lâcha finalement Jae et s'inclina légèrement, les épaules rentrées.

— Je suis contente que tu aies réussi à traîner Cole jusqu'ici.

— C'est lui qui l'a voulu, murmura Jae. Je n'ai eu qu'à le pousser un tout petit peu.

— Je lui ai dit que j'avais besoin de lui. Il a promis de me tenir la porte lorsque je me déciderai à fuir, expliquai-je.

Une paire de fines lames grises reposaient près du banc dans le hall.

— Hé, ce sont de nouvelles jambes que je vois là ?

— Absolument. Elles sont faites pour la course. Elles sont cool, hein ?

Elle me sourit et remonta son pantalon pour que je puisse voir son pied gauche. Il s'incurvait dans un arc naturel sur une sorte de sandale de deux centimètres de talons qui dévoilait des ongles peints en rouge.

— Elles viennent tout juste d'arriver. Ajustables, pour que je puisse porter des ballerines comme des talons. Je fais un essai, mais pour le moment, elles me plaisent vraiment.

— Et elles sont parfaitement taillées pour tes jambes ?

Je ramassai l'une des lames flexibles à côté du banc. Son bout était plus large que d'autres prothèses de course et elle était conçue pour adapter le raccord au niveau du genou plutôt que sur la jambe. L'attache au niveau du pied avait un air de bande de roulement et je testai la souplesse dans ma main.

— Je préférais les autres.

— Celles-là étaient pour le sprint, rit-elle. Celles-ci sont pour le fond.

— Les autres ressemblent à de belles lames de métal, informai-je Jae. Je n'arrêtais pas de lui dire d'en aiguiser les bouts pour en faire des épées. Comme ça, en courant, elle pourrait d'un mouvement du pied mettre quiconque à terre. Comme un vrai ninja. Elle n'était pas fan de l'idée.

— On risquerait de le remarquer si je laissais derrière moi une traînée de personnes sans pattes lors des marathons, s'amusa Maddy. Ils commenceraient à croire que c'est contagieux.

— Pense un peu à la terreur que tu inspirerais à tes adversaires, insistai-je. Mad-la-Démone McGinnis, le fléau incarné.

— Ne sois pas bête, dit-elle en s'emparant de la bouteille que j'avais posée. Je suppose que c'est pour moi ?

— Tu penses vraiment que je boirais un truc de fillette ?

Je lui emboîtai le pas. Jae marqua une pause près de la porte et elle se tourna, curieuse. Je jetai un regard vers lui et le vis fixer un moment ses chaussures avant de finalement se décider à les retirer.

— Marcher à l'intérieur avec, ça ne plaît pas tant que ça, expliqua-t-il à Maddy.

Dans un éclat de rire, elle hocha la tête.

— Hé, je suis la personne qui laisse ses jambes à la porte. Je peux comprendre. Allons chercher de quoi vous désaltérer dans la cuisine. Les autres nous attendent.

La demeure était telle une toile terminée à coup de traits stricts et de meubles anciens. Le style de Mad tendait vers une version améliorée du Mod britannique. J'avais autrefois demandé à Mike ce qu'il pensait de son lieu de vie à la *Velvet Goldmine*. Il m'avait jeté un regard exaspéré et affirmé qu'il se fichait bien de la décoration intérieure tant que Mad acceptait de passer ses jours ici. Cela étant dit, j'étais tombé des nues lorsqu'il avait admis avoir changé le sol de la cuisine. Que ce soit la maison ou Maddy, aucune des deux n'était adaptable au carrelage espagnol.

Je ne fus pas très surpris, de fait, d'apercevoir des tatamis recouvrant l'ensemble des carreaux.

Mad aperçut mon examen du sol et secoua la tête.

— Ne commence pas. Je dois me rendre à San Francisco dans une semaine. Ça a plutôt intérêt à être changé quand je rentrerai.

J'ouvris la bouche pour parler et elle me lança un regard noir. Je levai les mains pour demander une trêve.

— J'allais juste demander où était tout le monde.

— Dehors, sur la terrasse. Mike trouvait que ce serait mieux de manger là. Les filles s'amusent dans la piscine, dit-elle, et sa voix s'adoucit. Tu te sens prêt ?

— Prêt, dis-je en sortant une bière du frigo.

J'en offris une à Jae, décapsulai la mienne et avalai une longue gorgée.

— Allons-y.

Il avait changé.

Mon croquemitaine avait légèrement vieilli en prenant quelques rides et la touffe brune dont j'avais hérité s'était striée de mèches grises. Ses épaules s'étaient un peu arrondies, mais elles restaient aussi imposantes que dans mes souvenirs. Son teint irlandais avait bruni avec toutes les heures passées au soleil et les poils exposés de ses bras avaient presque complètement viré au blond. Je devais avoir un peu grandi depuis le jour où j'avais quitté la maison, car je le dépassai de quelques centimètres. À la tension évidente de sa mâchoire, j'en conclus qu'il prenait le fait d'avoir à lever les yeux pour croiser mon regard comme une véritable insulte.

Je posai le mien sur mon père pour la toute première en plus de dix ans et je n'arrivais pas à savoir ce que je ressentais. La colère et la confusion dans mon esprit me semblaient distantes, les échos d'une dispute dont je me souvenais à peine. Derrière moi, Jae questionna Mad sur les succulentes qu'elle avait plantées sur la colline derrière la maison, et j'entendis les gloussements des trois jeunes filles s'éclaboussant sous les spots de la piscine à fond noir du jardin.

Ses billes vertes ne me lâchèrent pas, tandis que je déambulais sur le patio, et se plissèrent lorsque je m'arrêtai près de Mike pour lui offrir une claque de salutation en plein dans le dos. Elles manquèrent de disparaître quand une adolescente mince et espiègle se propulsa hors de la piscine pour venir écraser sa silhouette dégoulinante contre moi.

— Cocoa !

Je me fichais bien que Tasha dégouline et que ma chemise allait certainement souffrir du chlore de la piscine. Elle enroula ses bras autour de mon cou et je la serrai si fort que ses pieds décollèrent sans mal du sol. Le petit bambin qui me suivait comme ma propre ombre parlante s'était transformé en une belle jeune personne.

— Salut, Taz.

J'avais le cœur gros et les poumons dépourvus du minimum d'air dont j'avais besoin pour survivre. Je fermai les yeux et berçai sa tête, refusant de la laisser m'échapper avant de m'être rassasié de notre étreinte.

Ce fut Mike qui nous sépara en me tapotant sur l'épaule.

— Viens rencontrer les autres filles, Cole. Tasha, tu peux le leur présenter.

« Étrange » était loin de pouvoir décrire mon ressenti à être présenté à mes propres petites sœurs. Elles avaient une forte ressemblance avec Tasha, tels les vieux clichés représentant les années que j'avais manquées. La cadette, Bianca, était âgée de douze ans environ et portait des lunettes dotées d'une large monture noire, mais son sourire timide me parut accueillant. Au contraire des longs cheveux de Tasha, elle les portait court, un peu comme Maddy, et étant donné l'admiration que je lus dans ses yeux bleus lorsque ma belle-sœur revint avec un plateau d'apéritifs, elle devait avoir choisi cette coupe pour ressembler à son idole.

— Et voilà Mellie, dit Tasha en agitant élégamment la main vers la plus jeune.

Je me penchai pour qu'elle puisse chuchoter dans mon oreille.

— Je leur ai tout dit sur toi, Cocoa. Donc ne commence pas avec tes tours de magie bidons.

— Enchanté, Mellie.

Je m'accroupis à sa hauteur, et elle m'examina avec l'intensité que seul un enfant de cinq ans pouvait se permettre.

— Mon nom, c'est Melissa, annonça-t-elle finalement avec un léger zozotement dû à l'absence d'une dent de devant. Mon papa dit que tu es une sale pétale.

Le monde ne s'était avant ça jamais arrêté pour moi, au point où on aurait entendu une mouche voler s'il y en avait eu aux alentours. L'expérience me renversa. Avec le recul, je m'amusai des réactions des autres lorsqu'ils réalisèrent quel mot elle avait voulu prononcer. La compréhension tourna à l'horreur.

— Tasha, va chercher tes sœurs et allez vous rhabiller pour qu'on puisse se mettre à table.

Barbara traîna prudemment la patte à travers la baie vitrée du salon.

— Une douche pour tout le monde. Ça risque de démanger, sinon.

Tasha me jeta un regard plein d'empathie en poussant les petites à l'intérieur. Mellie n'argumenta pas, contrairement à Bianca, qui sembla plus réticente et jeta un regard de regret vers la piscine. Un pincement trop intense pour le mouvement me rappela mes cicatrices lorsque je me redressai.

Mon père racontait une vie de labeur par son visage et son corps, Barbara, elle, paraissait ne pas avoir changé d'un poil depuis la dernière fois que je l'avais vue. Ses cheveux étaient plus blonds et ses boucles cascadaient à présent sur ses épaules, mais son visage lisse n'arborait qu'une petite pointe de maquillage pour rehausser ses yeux. Appuyée sur une canne violette en métal et habillée d'un chandail rose, elle était une représentation parfaite de la Ligue Junior à laquelle elle appartenait.

Revoir Barbara faisait remonter le souvenir des cookies aux pépites de chocolat encore chauds et du verre de lait froid qui m'attendaient après l'école, des nuits de camping dans le jardin sous des tentes mal fichues et de mon premier baiser avec un garçon, qui s'était curieusement déroulé sur la banquette de sa Toyota.

Contrairement à mon père, la revoir était douloureux, et je dus me détourner, les yeux brûlant devant son manque d'action pour prendre ma défense.

J'avais besoin d'air. Étrange, certes, étant donné que je me trouvais déjà dehors, mais j'avais besoin d'espace. Le pas tranquille, je dépassai Jae et rentrai par la cuisine. Il tendit la main vers moi lorsque je passai et nos doigts se rencontrèrent un instant. Jae pencha la tête, inquisiteur, puis m'emboîta le pas ; une ombre agile et intrépide que j'avais poussée la tête la première dans mon cauchemar éveillé.

— N'y va pas, Barb, entendis-je mon père dire. Cette pédale fuit, comme à son habitude. Pourquoi cela aurait-il changé ?

Jae referma la porte derrière nous avant que nous ne profitions davantage de perles de sagesse de sa part. Je m'appuyai contre le comptoir de la cuisine, pressant mes paumes sur la pierre froide dans l'espoir que ça m'aiderait à y voir plus clair. Il plaça ses mains dans mon dos, les remontant

128

le long de mes flancs jusqu'aux omoplates. Soupirant, il se colla contre moi des pieds à la tête. Nous étions encore dans cette étreinte lorsque la porte de derrière s'ouvrit et que j'entendis le cliquetis distinct d'une personne marchant avec une canne.

— Je voudrais te parler, Cole, déclara Barbara. Si tu veux bien attendre dehors, mon garçon…

Je me tournai, enveloppant sa taille d'un bras pour le garder tout près. Il eut un rictus sardonique et indiqua la porte d'un mouvement pour me demander si je voulais qu'il parte. Je pris son visage en coupe et déposai un doux baiser sur ses lèvres pulpeuses.

— Vas-y. Je peux m'en sortir, dis-je tout contre sa bouche.

Elle attendit que Jae soit parti pour tourner vers moi un regard révolté. Cela suffit à assombrir la beauté qu'elle cultivait en ourlant sa lèvre supérieure dans une grimace que je ne lui connaissais pas.

— Fallait-il que tu t'exhibes comme ça? Ou était-ce juste à mon profit?

— Si tu veux tout savoir, c'était plutôt au mien.

Je fus surpris de m'entendre être si mesuré. Le calme était loin de m'animer. Je saignais de l'intérieur; la détresse remuait, mijotait, jusqu'à atteindre un état de bouillonnement si intense qu'il m'en brûlait la gorge et la langue. En la regardant, tous les ressentis que je m'étais préparé à connaître avec mon père me revinrent en plein visage et je manquai presque de reculer, surpris par les entailles ensanglantées qui barraient mon âme.

— Bordel de merde, ris-je.

— Tiens ta langue, Cole, s'énerva Barbara. Je ne veux pas d'injures devant moi.

— Oh, je vois, pourtant tu ne corriges pas mon père quand il me traite de « sale pédale » devant ma propre sœur? Nous savons tous que c'est ce qu'elle a entendu. Elle est tout simplement trop jeune pour connaître le mot.

J'inclinai la tête et, lorsqu'elle ouvrit la bouche pour parler, je l'interrompis avant qu'elle ne puisse sortir un mot.

— Tu sais quoi, Barbara? Je suis venu en m'attendant à me disputer avec papa, puis j'ai réalisé quelque chose en entendant Mellie. Il a *toujours* eu cette attitude. Je ne peux pas dire en avoir été surpris. Je n'aurais pas dû l'être non plus quand il m'a mis dehors, mais toi… toi, c'était une putain de surprise.

— Que voulais-tu que je fasse?

Elle appuya sa canne sur la porte et croisa les bras. Je connaissais ce geste. Je l'avais suffisamment vu en grandissant quand elle n'était d'humeur qu'à m'ordonner ce que je devais faire pour échapper aux représailles.

— Tu voulais peut-être que je brise cette famille pour tes petites habitudes répugnantes ? Ça t'aurait rendu heureux ? De nous détruire ?

— Je suis gay, Barb, raillai-je. Pas addict.

— Et tu penses que je voulais que ta sœur grandisse sous ton influence ? insista-t-elle, tapant de ses longs ongles sur le comptoir. Je devais la protéger de…

— De quoi ? De moi ?

J'avançai vers elle et elle fit un bond en arrière, redressant les épaules. Les attaches en perle tremblèrent sous sa maltraitance du col de son cardigan.

— De quoi la protégeais-tu ? De me voir enfin heureux ?

— Parce que c'est ce que tu es ? Ce n'est pas ce que Mike en dit, cracha-t-elle.

Sa voix monta d'un ton, un bourdonnement hésitant qui promettaient des larmes à verser.

— Tu t'es fait fusillé par ton propre partenaire. Tu as failli mourir. Et tu crois vraiment que ça n'a rien à voir avec ton homosexualité ?

— Et où étais-tu, à ce moment-là ? criai-je. Hein, *maman* ? Où étais-tu quand ils ont emmené le corps sans vie de mon amant et m'ont arraché ce qui me restait de plus cher ? Je vais te le dire, moi. Sous ce même putain de porche où tu es restée figée quand papa m'a craché au visage de me barrer d'ici.

— Si tu crois que je vais te laisser me…

Barbara fit un geste vers sa canne, mais j'attrapai d'une main la poignée avant elle.

— Te parler sur ce ton ? complétai-je pour elle. Tu sais ce qui fait le plus mal, dans l'histoire ?

Elle tremblait de tout son corps. Une part de moi était vidée à la pensée même que cette femme, qui s'était tenue à mon chevet quand j'étais malade, puisse avoir peur de moi, mais les mots que Jae m'avait répétés ces derniers mois firent enfin sens. Sa plus grande peur était de voir sa famille lui tourner le dos, et je n'avais cessé de penser que ça n'arriverait pas. Probablement parce que j'avais refusé d'admettre que c'était exactement ce qui m'était arrivé.

130

— Putain, fulminai-je. Je n'arrête pas de lui dire que je comprends ce qu'il ressent alors même que je n'avais aucun moyen de me mettre à sa place. Pas avant aujourd'hui.

— Laisse-moi passer, Cole. Je retourne dehors, dit-elle d'une voix tendue en tentant de reprendre sa canne.

— Tu es la seule mère que j'aie jamais connue, chuchotai-je. Je ne me rappelle pas ma mère biologique. Je ne l'ai jamais rencontrée. Il n'y a pas dans mes souvenirs un seul moment où tu n'étais pas *maman*. Je m'attendais à ce que tu prennes ma défense ! Ma propre mère ! Mais tu vois, tu m'as rejeté, Barbara. Jeté comme une crotte de chien qu'on trouve dans son jardin. Comme si je n'étais rien à tes yeux. Comme si je n'avais jamais compté.

— Tu comptais, répondit-elle doucement. Je ne peux simplement pas... je ne peux pas accepter ce que... tu es.

— C'est ce que j'ai toujours été. Qui je suis, m'exclamai-je en lui rendant la canne. Tu étais ma mère. La personne qui était censée m'aimer quoi qu'il advienne. Je comptais sur toi. Je comptais sur ton amour et tu m'as rejeté. Si Mike n'avait pas... été là pour moi, que penses-tu qu'il me serait arrivé, après la mort de Rick ? Je me serai certainement enfoncé le flingue dans la gorge. J'étais au plus bas. J'avais besoin de toi. S'il y a bien un moment dans ma vie où j'avais besoin de toi, c'était celui-là et tu n'as rien fait. Comment suis-je censé le prendre ?

— Ta mort aurait simplifié les choses.

Elle se pencha et referma délicatement ses doigts sur la poignée de la canne. Ajustant son cardigan, Barbara releva le menton et me regarda de haut.

— Je ne vais pas te mentir. Ç'aurait été tellement plus vivable, parce que je n'aurais pas eu à entendre Tasha sans cesse demander à te voir. Elle est tellement têtue quand on ne va pas dans son sens.

Je n'aurais pas pu afficher un air plus sidéré si elle m'avait fichu un coup dans l'entrejambe. Je n'avais plus d'air dans mes poumons, plus aucune force pour respirer.

— C'est ton père qui a accepté qu'elle te voie, pas moi, renifla Barbara. Alors n'oublie pas de le remercier. J'espère bien que tu garderas ta perversion pour toi avec les filles, mais je suppose que te demander cette petite faveur est futile. Donc, quand tu en auras terminé, sache que c'est moi qui vais devoir passer derrière toi.

131

Elle fut dehors avant que je ne puisse inspirer suffisamment d'air pour penser à répondre. Je m'appuyai contre le mur et fixai l'horloge en forme de chat noir aux yeux globuleux que Mad avait suspendue dans la cuisine jusqu'à ce que je me sente prêt à bouger. Lorsque les brûlures des coups de rasoirs se furent estompées, je retournai dehors et souris lorsque Tasha m'enveloppa de ses bras et m'appela Cocoa.

La main de Jae glissa au creux de mes reins et je le sentis tremblant à notre point de contact. Je n'avais pas besoin de me tourner vers lui pour savoir que sa bouche était pincée de colère. Je tendis la main vers lui et l'attirai dans une étreinte à un bras. Je lui chuchotai des propos rassurants… lui disant qu'il n'avait pas besoin de se mettre entre mon père et moi, comprenant en même temps qu'il était tiraillé par un devoir filial ancré dans son être. Me penchant vers lui, je l'embrassai pour récupérer le contenu des silences qui s'attardaient sur sa langue.

Son goût de caramel salé lava l'amertume des mots de Barbara.

Le reniflement de dégoût qu'émit mon père ne fit qu'adoucir son goût dans ma bouche. Je cracherai sur les dieux pour avoir la chance de l'avoir. Cracher au visage de mon père était bien en bas de la liste de choses que je ferais pour Jae.

Tasha disparut au galop pour aller trouver une salle de bains sans petites sœurs. Mad se retourna au même moment, la tête inclinée devant cette démonstration de bravade. Aussi gay que je puisse être, je pouvais comprendre pourquoi mon frère s'était entiché d'elle. Tout ce qu'il lui fallait, c'était un poney bien gras, des tresses blondes et un casque cornu, et je tomberai à genoux en chantonnant *Die Walküre*.

Si j'avais été à la place de Barbara, j'aurais eu peur pour mon entrejambe, étant donné le regard noir qu'elle lui lança. Mes testicules gémissaient rien qu'à l'idée d'être à portée de dommages collatéraux.

Les prothèses de Mad émirent des petits crissements tandis qu'elle m'approchait. Elle m'emporta dans une étreinte et me partagea la force incommensurable dont elle m'avait fait tant profiter après que Ben m'avait tiré une balle. Je n'avais pas besoin de ses mots de réconfort, mais je m'en délectai tout de même.

Presque aussi agréable que la rage qui brûlait dans les yeux de Mike. Le visage blanc, dénué d'expression, il se tourna vers notre père et s'exprima.

— C'est la dernière fois que tu mets les pieds dans cette maison. Les filles… elles seront toujours les bienvenues ici, mais à partir de maintenant, ma porte t'est définitivement close.

— Tu abandonnerais ta famille pour une pédale ?

Ses mots n'avaient plus rien de surprenant. À vrai dire, ils mettaient du baume sur les plaies ouvertes que m'avait laissées Barbara dans la cuisine.

— Cette pédale *est* ma famille, rugit Mike. Toi, pas.

JE PARVINS à me contenir huit cents mètres avant d'avoir à m'arrêter en urgence. J'avais tenu le coup le temps du dîner en affichant un sourire forcé qui avait laissé une sensation de cendres friables sur mon visage engourdi. Quand je tournai au coin et que la demeure disparut derrière nous, je craquai. Je garai la voiture sur une aire d'observation qui donnait une belle vue de Los Angeles, laissai le moteur tourner et m'effondrai enfin. Je me calai contre le volant et laissai le mur fragile derrière lequel je m'étais caché tomber.

Les larmes me vinrent aussitôt comme des petites aiguilles me piquant chaque fois que j'en laissais une couler. Mon cœur me faisait l'impression de lutter contre des morceaux de verre, saignant d'une infinité de petites entailles et aiguisés par la froideur de Barbara. Jae-Min se pencha vers moi et me prit contre lui, murmurant des propos incompréhensibles, mais sa chaleur parvint à faire fondre la glace qu'elle avait laissée derrière elle. Je le laissai me tirer vers lui et il me berça entre ses bras jusqu'à ce que le pire soit passé.

Je ne sais pas combien de temps nous passâmes là, le moteur et les feux allumés, mais les vitres étaient embuées lorsque je daignai lever la tête. Son visage était aussi trempé que le mien et je touchai sa joue, répugné de lui avoir fait subir ça.

Son sourire fit disparaître les derniers démons qui me hantaient et je l'étreignis, peu enclin à le laisser m'échapper. Il embrassa mon visage et sécha mes larmes avec ses manches. Jae me poussa à m'installer dans le siège passager, et sortit pour faire le tour du véhicule et ouvrir de l'autre côté.

— Rentrons à la maison, *agi*, murmura Jae en tapotant ma jambe et il mit en mouvement le Rover. Je suis là, Cole. Tu peux me croire, OK ? Je suis avec toi.

XIII

— On se réveille, princesse.

Une grosse voix me sortit de ma confortable obscurité.

— Les minutes défilent et nous avons plein de choses à faire.

Je lui marmonnai dans quel endroit il pouvait se le ficher, mais Bobby m'ignora. À la place, il arracha les couvertures enroulées autour de mon corps nu et une large paume me frappa en pleine fesse. La brûlure agit comme une piqûre et je me redressai en essayant de ne pas trop m'appuyer sur mon derrière douloureux.

— C'est quoi ton problème?

Je montrai les dents et frottai la marque massive qu'il m'avait laissée.

— Tu crois faire quoi, exactement?

— Te réveiller pour qu'on puisse aller voir William Grey à Pasadena, moqua Bobby en reluquant ma silhouette. Tu sais, gamin, je ne t'ai jamais vraiment bien jugé. Tu es plutôt plaisant à regarder, dans le genre. Même quand tu as les yeux tout fermés.

À coups de classiques, je dis à Bobby d'aller voir ailleurs si j'y étais, puis glissai hors du lit. Je trébuchai jusqu'à la salle de bains et eus un mouvement de recul comme un vampire d'une série B quand j'appuyai sur l'interrupteur. Je me traînai sous la lumière éblouissante et observai mon reflet désastreux dans le miroir.

Bobby n'était pas très loin de la vérité à propos de mes yeux plissés. Je donnais l'air d'un mauvais cosplay de la mère de Charlie Chan. Mes cheveux étaient en désordre, hérissés sur tout le crâne comme s'ils tentaient de quitter leurs racines. Étant donné la nuit que j'avais passée, je ne pouvais pas les blâmer de vouloir quitter l'hôtel de Cole.

Mes pensées m'avaient brusquement réveillé à plusieurs reprises dans la nuit. Chaque fois que j'avais émergé des terreurs de mes cauchemars, Jae avait été présent, les bras enroulés autour de mon torse et une jambe drapée par-dessus la mienne. Entendre son cœur battre contre mes cotes me calmait et je finissais par me rendormir pour me réveiller de nouveau une heure plus tard. Dans ce cycle de répétitions infernales, mon cerveau avait fini par comprendre que Jae ne comptait pas partir et un sommeil profond m'avait happé.

Mais ça, c'était avant que la main de Bobby ne rencontre mon arrière-train et je commençais à me demander si j'allais réussir à m'asseoir ces jours prochains.

Ma douche allégea les douleurs grâce au jet d'eau glacée qui consola mon derrière. L'avantage de prendre mes douches au même endroit que Jae-Min était son parfum que je me revêtais toute la journée. L'inconvénient se posait davantage dans les réactions de mon entrejambe à le sentir contre ma peau, et je passai alors mon temps à expliquer à ma petite tête de se tenir jusqu'à ce que je vois Jae.

Ma petite tête d'en bas, moqueuse, se fichait tout autant de m'écouter que ne le faisait ma grosse tête d'en haut.

Un T-shirt rétro Dr Pepper bien malmené était pendu au crochet de la porte du placard. Je l'aurais sans doute manqué s'il n'y avait pas eu, collé à sa surface, un Post-it rose fluo retenu par une épingle à nourrice. Bien que l'écriture assurée de Jae encombrait l'espace du papier, le carré de couleur abîmait encore davantage ma vision que l'ampoule de la salle de bains. Souriant de toutes mes dents, je défis l'épingle et m'emparai de la note.

Porte-le. Je l'ai mis la nuit dernière pour dormir, écrivait Jae. *Comme ça, je resterai avec toi toute la journée. On se voit ce soir pour dîner.*

— Notre Jae-Min…, adressai-je une Neko complètement indifférente qui m'avait volé la place sur le lit lorsque je l'avais quitté,… est vraiment ridicule.

— Tu te fais un café ici où on en prend un sur la route ? cria Bobby depuis le rez-de-chaussée. Oublie. Pas moyen que j'attende qu'il infuse. On ira au drive. Bouge-toi le cul, princesse. J'ai besoin de ma dose.

— C'est ce qu'il dit aussi quand il traîne dans les bars pour trouver quelqu'un, grommelai-je contre la tête de Neko. Sauf que ce n'est pas pour du café qu'il hurle.

Bobby tint bon le temps qu'il nous fallut pour arriver sur la 10 avec un bon café avant de craquer. Il me jeta un regard furtif et déposa le gobelet en carton dans le porte-gobelet de la voiture.

— Tu veux en parler ? Du dîner ?

Quelle personne saine d'esprit voudrait revivre la dispute qui lui avait arraché les dents et fait s'étrangler sur son propre sang ? Je sirotai une gorgée de latte et secouai la tête.

— Non.

135

J'en avais déjà parlé pendant des heures. Allongé dans le noir, la main de Jae sur mon torse, j'avais mis en lumière tous les propos venimeux que j'avais gardés enfouis à l'intérieur de moi. Ma gorge s'était nouée à force de retenir mes sanglots et dans les silences entre mes confessions, Jae m'avait étreint tandis que mon corps luttait pour évacuer les toxines injectées par mon ex-mère. Une fois vidé, il ne m'avait offert aucune platitude, aucun mensonge. Il était revenu de la salle de bains avec une lingette bien humide et m'avait nettoyé le visage du sel qui encombrait mes cils et mes joues.

Son silence était plus précieux que des mots. Sa chaleur s'était transformée en lumière pour repousser les monstres, et assis dans la voiture de Bobby, je sentais encore ses mains sur ma peau aux effleurements du T-shirt contre moi.

— Pas… maintenant, dis-je.

Un vrai ami savait quand forcer la chose et quand laisser tomber. Bobby en était un. Il grogna et hocha la tête en continuant notre route.

— Fais-moi un signe, finit-il par répondre. Je nous prendrai un bon whisky et on ira à la plage pour hurler sur l'océan.

— Ça marche, acceptai-je.

Par chance, la 10 était relativement vide d'ordures en tout genre et d'embouteillages. La route était encore en travaux, des bûches métaphoriques domptant le flot de véhicules comme placés là par des castors psychotiques. Un fléau typique de Los Angeles : des travaux endiguant la rocade. C'était un immense jeu de roulette russe joué sur les acquis d'un rush californien et d'une pluie torrentielle pour entraver toute progression.

Nous atteignîmes rapidement la 110 et serpentâmes le long de l'autoroute sinueuse avec aisance. Bobby chanta avec George Thorogood sur le chemin. Mon café était encore bien chaud lorsque la 110 se transforma abruptement en arrivant à l'Arroyo Parkway de Pasadena, traduisant son histoire compliquée avec Los Angeles.

Il y a longtemps que je me disais que, si elle le pouvait, il y aurait longtemps que Los Angeles aurait rayé Pasadena de la carte. Ils se chamaillaient comme des chiens errants, ou dans le cas de Los Angeles, comme une meute de chiens sauvages contre un vieux Chihuahua qu'on aurait muselé. Lorsqu'on pensait à Los Angeles, une idée claire nous venait à l'esprit : une légende inspirée des voitures de sport, des femmes galbées et un mode de vie huppé que la ville avait du mal à maintenir. La cité elle-même dévorait les plus petites villes alentour, absorbant doucement l'identité de leurs communautés jusqu'à ce qu'elles commencent toutes à se référer vis-à-vis de leur proximité à Los Angeles.

Pasadena, entêté comme un âne, avait refusé de se laisser emporter par sa cupidité.

Et qu'est-ce que ça pouvait faire suer Los Angeles !

Au lieu de laisser son petit frère se gorger de sa propre identité, Los Angeles avait passé plus d'un siècle à étrangler les artères de Pasadena. Jusqu'à récemment, y entrer et en sortir était un vrai casse-tête. Et même maintenant qu'il était relié à d'autres routes que la 110 toujours embouteillée, atteindre la ville endormie aux pieds des montagnes était traitée comme un voyage d'une valeur de cinq mois de rations et d'un convoi entier de mules. Allez dire à un Angelin que vous allez à Pasadena, et il vous embrassera sur les deux joues en vous rappelant de sucer un citron pour éviter le scorbut – après avoir dissimulé son expression horrifiée et vous avoir demandé si vous alliez rendre visite à une tante mourante, évidemment.

Pour ma part, j'avais toujours pensé que Los Angeles lui en voulait pour son Rose Bowl et était toujours à la recherche de meilleurs moyens de lui mettre des bâtons dans les roues.

Bobby tourna au coin de Green et jura brusquement en rangeant la voiture sur la voie de gauche. J'essayai de ravaler mon rire, mais un gloussement m'échappa et il me jeta un regard incendiaire tandis que nous attendions au feu rouge.

— Hé, je fais constamment la même erreur, le consolai-je. C'est normal. Colorado. Green. Ce n'est pas comme si Colorado était un des plus gros boulevards aux alentours.

— Que dirais-tu de prendre le métro pour rentrer ? menaça Bobby. Encore mieux, je peux toujours te déposer au mont Wilson. On verra bien comment tu rentreras de là-haut.

Ses grommellements ne firent qu'accentuer mes rires et il gonfla les joues comme un poisson-globe. Je pointai un arbre qui se balançait au-dessus de nous et le poussai du coude.

— C'est vert, mon gars. Comme le nom de la rue, si tu vois ce que je veux dire.

— Va te faire foutre, princesse.

Son juron n'avait rien d'agressif, à peine de l'esbroufe pour m'ennuyer, et je m'appuyai de nouveau au dossier en regardant Pasadena défiler sous nos yeux.

Avec son association de cafés, ses grands magasins de luxe et ses restaurants haut de gamme, le boulevard était un brillant représentant de la culture légèrement hétéroclite, légèrement hippie de Pasadena. Un vent de vieilles fortunes et de conservatisme pointait le bout de son nez dans la foule d'hommes et de femmes élégants qui paraissait au fil des tasses de thé et des ragots. Une vie oisive à laquelle j'aspirais et que Pasadena était prêt à donner à quiconque pouvait se l'offrir.

Presque rien ne restait de la façade tragique que la ville avait affichée durant les années de violence liée aux gangs. Plus personne ne parlait du massacre d'Halloween, pourtant la présence élevée d'agents de police sur l'avenue informait tout à chacun que Pasadena n'avait pas oublié et prendrait les devants pour écraser quiconque menaçait sa petite existence idyllique.

Un peu comme sa grande sœur grincheuse, Pasadena n'avait aucune tolérance pour la vermine qui le parasitait de l'intérieur. C'était bien une des choses qui me plaisait ici. Le temps était encore trop pesant en été et trop frigorifiant en hiver, mais c'était une belle ville qui avait ses mérites.

Je remarquai la librairie La Cape et l'Épée avant que nous ne tournions une nouvelle fois, et Bobby suivit mon regard.

— Tu y as déjà mis les pieds ?

— Oui, c'est sympa. Du roman policier surtout, il me semble, dis-je en me rappelant mon dernier arrêt à Pasadena. Le gérant est carrément sexy.

— *Ça* me donne presque envie de me mettre à la lecture.

Il éclata de rire et le trafic s'amenuisa suffisamment en face pour nous permettre de tourner à droite. Vérifiant les instructions sur le GPS, Bobby tourna encore à gauche et trouva une place où se garer dans une large rue résidentielle bordée d'arbres.

Les demeures étaient une série de bungalows de style Craftsman assortis de pelouses verdoyantes. Des parterres de fleurs colorés longeaient les trottoirs et remontaient de part et d'autre des jardins comme un arc-en-ciel après une tempête. L'une d'entre elles s'était dotée d'un tricycle pour enfant, qui traînait près de la porte d'entrée, mais à part ça, c'était bien le seul indice de la présence de bambins dans le quartier. La voiture boueuse de Bobby faisait tache dans le voisinage de BMW, mais elle tint le coup et garda le capot relevé aussi fièrement que possible.

Nous arrivâmes devant une maison coquette habillée de trois lucarnes avec un porche couvert qui faisait toute la longueur avant de la maison. La porte fut ouverte dès qu'on toqua et un dieu vivant se révéla devant nous.

Il était un peu plus vieux que Bobby, mais d'après les muscles qui roulaient sous son haut moulant, il était évident qu'il ne s'était pas laissé aller. À vrai dire, William Grey avait plutôt l'air du genre d'homme capable de survivre à une apocalypse zombie s'il s'avérait que l'une d'entre elles se déclarait dans le coin. Il avait la beauté typique des stars de cinéma ; ses cheveux gris étaient épais et coupés dans un fouillis à la garçonne et tombaient sur son front. Ses yeux bleus pétillants brillèrent lorsqu'il nous aperçut et il fit un pas en arrière, ses pieds nus faisant légèrement crisser le parquet poli.

— Vous devez être Bobby Dawson, dit-il en tendant la main pour serrer celle de Bobby.

Je me présentai et il agrippa la mienne dans une prise ferme.

— Entrez.

L'intérieur de la maison donnait la même impression que l'extérieur : un mobilier doux qui inspirait une vie tendre et confortable. Je reconnus le parfum dans l'air et, en inspirant, je devinai la sauce pimentée dont Jae se servait en cuisine. William nous invita à nous asseoir et nous offrit un thé glacé ou un café.

— Le thé serait parfait pour moi. Merci, répondis-je.

Bobby marmonna la même chose et s'installa. Je flânai dans la pièce.

Un piano à queue occupait une partie de l'espace et je m'en approchai pour examiner les photos arrangées sur sa surface vernie. Elles paraissaient avoir été prises récemment, dépeignant William avec un Asiatique du même âge, enlacés et souriant dans plusieurs paysages. D'autres personnes les rejoignaient parfois, mais en grande partie, il n'y avait qu'eux.

— Je ne prends pas de sucre, mais je vous l'ai tout de même ramené pour que vous puissiez en ajouter, si vous voulez, expliqua William en revenant avec un plateau.

Il me repéra près du piano et, l'espace d'un instant, son sourire s'adoucit de mélancolie. Il pointa du menton le grand portrait en noir et blanc que je tenais dans ma main. C'était un adorable cliché de lui et de l'autre homme s'embrassant sous la pluie.

— C'est l'une de mes préférées. Charles ne peut pas la voir en peinture. Il me dit souvent qu'il avait l'impression qu'il allait se noyer avec toute l'eau qui lui rentrait dans le nez.

— Ramène tes fesses ici, Cole, pour qu'on puisse laisser Grey retourner à ce qu'il a à faire rapidement, gronda Bobby.

— Ça ne me dérange pas. C'est calme, aujourd'hui. Charles est au travail. J'étais en train de cuisiner et c'est encore en train de mijoter.

Bobby haussa les épaules et s'affala dans un large fauteuil.

— Pour être honnête, j'aimerais beaucoup connaître le sujet de votre enquête. Lorsque Mark m'a demandé si j'accepterais de vous parler, j'étais assez surpris d'entendre que vous cherchiez à retrouver Park Dae-Hoon.

— Vous connaissiez Dae-Hoon ?

Je m'emparai d'un verre de thé et pris une gorgée avant d'ajouter un peu de cassonade. Je ravalai mon excitation à l'idée qu'une autre personne pourrait nous aider à comprendre ce qui s'était passé. Cette chimère s'envola néanmoins lorsque William secoua la tête.

— Je le connaissais de nom, répondit prudemment William. Pour tout avouer, je ne m'en souvenais plus avant hier. Il a été porté disparu dans un club, je crois. Déjà à l'époque, la police pensait qu'il avait été assassiné, mais rien n'en est jamais ressorti.

— La piste a dû rapidement se refroidir, intervint Bobby. Surtout vu qu'il n'était pas d'ici.

— Nous avions d'autres préoccupations à l'époque, admit-il. L.A. était une vraie fosse, c'est aussi pour ça que je me suis fait transférer à Pasadena. Au moins, cette ville faisait quelque chose pour son taux de criminalité. Et c'était honnêtement plus facile à vivre pour Charles et moi. Les gens ici ont tendance à se mêler de leurs affaires. J'ai fait mes années et je suis parti à la retraite. Charles a trouvé un poste d'enseignant au CIT, donc la vie est plutôt belle.

Il nous conta le peu de ce qu'il se rappelait de cette nuit. Le point le plus notable de son récit était l'arrivée d'une rangée de longues voitures noires.

— On aurait dit le débarquement des services secrets.

— Êtes-vous allé à l'intérieur ?

Je compris aussitôt ce qu'avait voulu dire Bobby. William aussi.

— Vous voulez savoir si je suis allé les tabasser comme le reste d'entre eux ? Non, pas cette nuit-là, avoua-t-il. Mais ça m'est arrivé, avant ça. Je n'en suis pas fier, mais… qu'étais-je censé faire ? Risquer qu'on découvre que j'étais gay, à cette époque ? Je connais quelques gars qui l'ont eu plus mauvaise que des sous-vêtements dans leur casier. Il y avait beaucoup de harcèlement sur lequel la hiérarchie fermait les yeux. En ce qui les concernait, les tapettes le méritaient. Ma relation avec Charles était toute naissante. Je ne voulais pas tout ficher en l'air.

— Ouais, on connaît ça.

Bobby me jeta un regard.

Je haussai les épaules. Bordel, que Ben me tire dessus pour mon homosexualité aurait au moins fait sens, mais il l'avait toujours su. Pourquoi attendre des années avant de me trouer de balles ? Tuer Rick était tout aussi incompréhensible. Ils avaient passé des heures à regarder des jeux télévisés ensemble en vidant mes bières. Dans le genre complot, il y avait mieux que de penser Ben capable de nous avoir confortés dans un sentiment de sécurité pour mieux nous trahir devant ce restaurant.

— Charles vient de L.A., lui aussi ? demandai-je.

— Non, il habitait en Corée du Sud. Euh, dans le quartier de Gangnam-gu à Séoul.

William prit une tranche de citron et la pressa dans son thé avant de faire tourbillonner les glaçons à l'aide d'une cuillère.

— Il s'est exilé ici après que sa famille a découvert qu'il était gay. Son frère… euh, Dae-Su… l'a quasiment fait sortir clandestinement avant qu'ils ne puissent appliquer des représailles. Avoir ce genre de préférences en Corée n'est pas… vraiment accepté. Il n'y est plus retourné depuis.

— Il est Coréen ? (Je jetai un œil aux photographies.) Il n'aimait pas son nom d'origine ?

— Non, ce n'est pas ça.

Il sourit.

— Il voulait mettre tout ça derrière lui. Il pensait que ce serait plus simple s'il adoptait un nom plus américain, donc il l'a changé pour « Charles ». Il lui a fallu quelques années, mais il a pu recevoir sa déclaration de naturalisation et a officiellement pris le nom « Grey ». Enfin, maintenant, c'est Dr Grey, alors il fait contre mauvaise fortune bon cœur en restant avec moi.

Curieux, je demandai :

— Quel était son nom, avant ça ?

— Bhak Chi-Soo.

William se mit à rire devant la grimace de Bobby.

— Oui, je préfère Charles, moi aussi. Les Coréens vous intéressent ?

— Son copain est Coréen, répondit Bobby. Son nom sonne mieux, par contre. Reprenons l'affaire, si vous voulez bien ?

— Désolé, m'excusai-je. La journée d'hier a été difficile. Mon cerveau ne s'est pas encore complètement remis en marche.

141

Je pris des notes de ce que disait William, mais mon esprit ne cessait de virer ailleurs. Après avoir griffonné les noms des autres agents présents cette nuit-là, je relevai la tête.

— Avez-vous aperçu Dae-Hoon, à un moment ou à un autre, ou juste les voitures ?

— Je pense l'avoir vu.

Il sembla surpris que je revienne sur ce point.

— J'ai aperçu plusieurs jeunes hommes entrer dans les voitures. L'un d'entre eux était seul, je crois. Il y avait plusieurs costards-cravates qui gardaient cette voiture-là. Elle a disparu avant que je n'aie pu m'y intéresser davantage.

— Il n'y a jamais eu aucun rapport d'arrestation pour Dae-Hoon ? questionnai-je en feuilletant le bloc-notes. Le compte-rendu dit que vingt hommes ont été arrêtés, cette nuit-là. Sept d'entre eux ont été transférés dans un hôpital après s'être fait malmener lors de leur arrestation. Dae-Hoon n'apparaît pas sur cette liste. Nous savons qu'il était là. Nous avons un témoin de sa présence, mais personne ne l'a jamais vu sortir du bâtiment. Est-il possible qu'on l'ait aidé à passer sous le radar de la police ?

— Je ne peux pas vous dire, répondit William. C'était le chaos, et j'étais à l'extérieur. Il aurait pu s'être faufilé durant la confusion.

— Le problème, c'est qu'il n'a jamais refait surface, persistai-je. Il n'a pas laissé de note. Rien du tout. Soit il s'est fait descendre, soit il a volontairement disparu.

— C'était *franchement* facile de s'envoler à l'époque, fit remarquer Bobby. Nous n'avions pas autant cette folie de la traque des individus qu'aujourd'hui.

— Il n'était pas Américain. Comme Charles, il est venu de Corée avec un visa. Il aurait eu besoin d'aide pour s'évaporer de la surface du globe.

Je sourcillai devant mes notes. À chaque nouvelle piste, nous semblions tomber dans une impasse. Même la traque financière n'avait rien donné. Dae-Hoon n'avait jamais touché à ses comptes, laissant une petite fortune à l'attention de ses fils.

— Il a laissé une grosse somme derrière lui, mais n'a pas pris les mesures pour qu'elle soit directement attribuée à sa famille. Pourquoi aurait-il entreposé tout ça, si ce n'est pas pour s'assurer que ses enfants la reçoivent ?

William fronça les sourcils.

142

— Dae-Hoon a laissé de l'argent derrière lui ? La banque aurait dû contacter sa femme, non ?

— Elle est repartie au pays juste après sa disparition, dis-je. La banque n'en a pas été informée. Ils continuaient de faire tourner le compte jusqu'à récemment. Je suppose que si j'étais banquier et que j'avais un compte qui vaut des milliards sans retrait apparent, je me la serais fermée, moi aussi. Ça fait bien dans la colonne des avoirs en fin d'année.

— Bobby a mentionné des enfants... des fils, hésita William en se penchant vers l'avant. Ils doivent être bien plus âgés, aujourd'hui.

— En effet, l'un d'entre eux devait se marier samedi dernier, marmonna Bobby. Un merdeux de première a interrompu le dîner en tirant dans le tas. Sa fiancée n'a pas survécu.

— Bon Dieu, inhala-t-il soudainement. J'ai lu quelque chose à ce propos. Mince, c'était la copine de l'un des gosses ?

— Oui.

J'acquiesçai.

— Le jour suivant, le grand frère s'est fait tirer dessus derrière un bar gay. Il se remet, mais il passe par les mêmes bêtises que Dae-Hoon avant lui. La famille ne veut rien entendre de son homosexualité. Ces deux-là en ont vu de toutes les couleurs.

— Est-ce qu'ils vont bien ? Ses fils.

Il reposa son thé, manquant le dessous de verre qu'il avait sorti pour protéger la table basse de l'humidité.

— Aussi bien qu'on pourrait s'y attendre.

Je lui passai en revue le boycott de leur mère et de leur beau-père lors du mariage et leur présence étonnante au chevet de Shin-Cho après la fusillade.

En parler était plus douloureux que je ne me l'imaginais. Je ne faisais que repenser aux jours que j'avais passés étendu dans un lit d'hôpital à prier pour que la prochaine personne qui passe la porte de ma chambre soit mon père ou Barbara.

— Il en portera les cicatrices, mais il va s'en sortir. Son frère est un battant. David a la tête sur les épaules. Il prendra soin de son frère.

Nous discutâmes brièvement des détails dont William se souvenait, mais mes notes restèrent éparses et futiles. Il nous raccompagna sur une promesse d'une partie de pêche avec Bobby. Celui-ci déverrouilla la voiture, et je montai à l'intérieur, glissant la ceinture sur mon torse.

143

— C'était une vraie perte de temps, maugréai-je. À moins qu'il nous cache quelque chose.

— Je pense qu'on a aidé Dae-Hoon à filer, nota Bobby.

Il fit demi-tour, et nous repartîmes en direction de Colorado.

— Il n'y a pas moyen que les flics l'aient manqué. D'après les rapports que j'ai épluchés, ils les ont tirés comme des lapins.

— Donc quelqu'un sait ce qui lui est arrivé.

J'y songeai un instant.

— Un autre flic?

— Ou peut-être l'un des gars qu'il escroquait, répondit-il. Dae-Hoon aurait pu se penser en sécurité parce qu'ils se connaissaient, mais l'autre gars pouvait avoir eu une idée dans la tête. Réfléchis-y. Le mec qui t'arnaque est là et les flics font tomber une tête après l'autre. Serait-ce si difficile de faire croire à un gars terrifié qu'il peut te faire confiance?

— *Suis-moi, je vais nous faire sortir de là?*

Ça semblait plausible.

— Tu sais ce que nous n'avons pas encore fait? La liste de ses victimes qui ont été arrêtées cette nuit-là. Je te parie que quelqu'un là-bas a vu quelque chose. Connaissant Dae-Hoon, on aurait voulu garder un œil sur le salaud qui nous faisait chanter. Ç'aurait été la première personne qu'on aurait remarquée en entrant dans une pièce.

— C'est pour ça que je t'aime, princesse, sourit Bobby. Tu as le cerveau qui va avec ton joli minois. Pas tout le temps, mais juste assez pour que je me retienne de te noyer. Il est plus que temps de rentrer et de découvrir qui il faisait chanter.

XIV

LE PIRE quand on est détective privé, c'est de se retenir de vider sa vessie quand on attend qu'un gars sorte du lit de la femme d'un autre. Après ça, c'est de se retrouver à farfouiller dans une tonne de paperasse pour dénicher l'indice ultime vous permettant de vous assurer qu'il y a bien une piste à suivre. Entre les rapports d'arrestations de quatorze personnes différentes, les notes de Jae sur les carnets de Dae-Hoon et les noms récoltés sur les déclarations bancaires, nous nous étions apparemment embourbés dans le second cercle de l'Enfer.

— Je peux être raciste une seconde ? demanda prudemment Bobby.

Je ne savais pas comment il s'était procuré ces rapports, mais je n'allais pas commencer à débattre de lois de confidentialité. Il fallait que je comprenne ce qu'était arrivé à Dae-Hoon, et le monde pouvait bien brûler pour tout ce que ça me faisait.

— Vas-y.

Je m'étirai, me balançant sur ma chaise.

— Tant que vous ne vous amusez pas à découper dans mes draps pour un déguisement, je m'en fiche, intervint Claudia en l'observant par-dessus la monture de ses lunettes œil-de-chat.

Bobby grogna son accord et agita le rapport qu'il était en train d'étudier devant lui.

— Pourquoi ces gens-là n'ont pas plus de sept noms de famille différents ? Et leurs prénoms se ressemblent tous, juste mis dans un ordre différent. Je suis toujours là à me demander qui est qui comme à un putain de pique-nique.

— Je ne crois pas qu'on puisse qualifier ça de raciste, répondis-je. Je pense que c'est juste comme ça que les choses sont faites. Je demanderai à Jae, mais je crois bien que c'est la faute d'un empereur. Ou peut-être que c'était le système d'écriture. Ça ne me revient pas.

Il nous sembla y passer des heures avant d'atteindre la dernière pile, mais ça en avait valu la peine. En fin de compte, nous avions récolté cinq noms que nous pouvions relier entre un rapport d'arrestation et un carnet ou une déclaration bancaire. Nous avions avalé cinq tournées de café et plusieurs commandes de rouleaux de printemps thaïs, mais ces cinq noms étaient aussi précieux que de l'or fraîchement déterré.

— Bon. C'est pas tout, mais j'ai un rendez-vous.

Bobby se releva et s'étira. Sa colonne craqua et il se tordit d'un côté, puis de l'autre, tandis que je le taquinais sur son âge.

— Je suis toujours au taquet pour te retrouver demain sur le ring.

— C'est hors de question, annonça Claudia. Il ne se prend plus un coup avant que le docteur donne son aval. Je ne compte pas passer mes journées ici à inhaler la crème qu'il met quand il est blessé.

— Super, voilà que tu t'es trouvé une gonzesse pour assurer ta protection, princesse, me taquina-t-il, et il dût esquiver lorsque Claudia se pencha pour lui donner un coup dans les jambes. Hé, on fait attention à la marchandise. J'ai encore des projets pour cette nuit.

— Vous allez voir ce que je vais faire de votre marchandise, grommela-t-elle. N'oubliez pas de laver votre tasse. Je ne suis pas votre femme de ménage et je n'ai jamais dû nettoyer après mes fils. Ne pensez pas que je vais commencer avec *vous*.

— Oui, m'dame, la salua Bobby.

Je rassemblai les ordures pour aller sortir les poubelles, pendant que Bobby faisait la vaisselle. J'éteignis les lumières et tins la porte à Claudia pour qu'elle passe avant moi. Elle marqua un arrêt pour attraper son sac et était quasiment arrivée sous le porche quand j'entendis quelqu'un gravir les marches.

— McGinnis !

La fine silhouette qui se tenait devant ma porte m'était familière. Je ne me débarrasserais certainement jamais du souvenir du phallus amoché de Trey, mais c'était toujours plus vivable que de m'imaginer une vie où j'aurais pu l'avoir eu en bouche, même avant que la bouteille ne le mastique. Pour être tout à fait honnête, il avait l'air encore plus mal en point et en manque que lorsque je l'avais laissé aux Urgences. Il se dandinait, se balançait sur le talon de ses baskets. Une odeur nauséabonde émanait de lui et ses pupilles étaient dilatées, faisant presque disparaître l'iris.

— Rentre chez toi, Trey, cingla Bobby en poussant doucement sur l'épaule du plus jeune. Tu ne sais pas ce que tu fais.

— Si je suis là, c'est pour Cole et mon pénis, baragouina-t-il, crachant sa salive à chaque mot.

Une goutte atterrit sur le bras de Claudia et elle baissa les yeux dessus, l'air répugné.

146

— Qu'est-ce que tu regardes, sal...

Ma main se retrouva autour de sa gorge avant qu'il ne puisse terminer sa phrase. Je la resserrai jusqu'à ce qu'il s'étouffe avec sa propre langue et me penchai vers lui pour l'avoir nez contre nez.

— Tu lui reparles *une seule fois* comme ça quand je suis dans la pièce, et j'arrache ce qui te reste là-dessous pour la donner au chat. Compris, *salope*?

Trey gargouilla, et je le secouai le temps que son visage vire au rouge betterave avant de le lâcher. Il enroula ses doigts autour de son cou et haleta. S'il avait pu, il m'aurait réduit en cendres d'un seul regard.

— Qu'est-ce que tu comptes faire pour mon pénis?

— Probablement rien, raillai-je. Ce n'est pas moi qui l'ai enfoncé dans une bouteille. C'est toi. Tu ne me payais même pas pour être là. Je devrais te foutre un procès au train pour traumatisme mental, mais n'importe quel juge me dirait que j'aurais dû le voir venir.

L'heure était déjà bien avancée et les gens commençaient à rentrer du boulot. Des voitures occasionnelles descendaient la rue, certaines ralentissant pour se garer près d'un restaurant et se prendre de quoi manger ou un café avant de retourner chez eux. C'était quelque chose que Claudia et moi avions appris à ignorer. Un mouvement naturel de cette partie de la journée, un peu comme les «je t'aime» du matin, hurlés par le couple d'en face lorsqu'ils partaient bosser.

Je ne remarquai donc pas le petit coupé deux portes qui avait ralenti devant mon bâtiment. Je n'avais de pensées que pour Trey et pour la manière dont j'allais déloger son derrière de moule du rocher de mon porche. Si nous en venions aux mains, avec un peu de chance, l'une des montagnes qui servaient de fils à Claudia arriverait et à nous trois, nous pourrions le tenir le temps que la police arrive. Mon premier choix de geôlier serait certainement Bobby, puisque c'était lui qui m'avait fichu dans cette fourmilière en premier lieu.

On frappa Trey en premier. Un moment, je le regardais de haut, le suivant j'avalai des éclats d'os et des cheveux. Les tirs résonnèrent et rebondirent sur les bâtiments alentour. Les balles vinrent déchiqueter les gros poteaux en bois qui maintenaient le toit du porche, et je sentis quelque chose m'érafler dans le dos.

Je restai figé, à attendre que d'autres balles me touchent. J'étais revenu à ce foutu restaurant, à me demander pourquoi Rick avait cessé de parler... horrifié lorsque son corps s'était effondré entre mes mains. À tous moments, je m'affaisserai à mon tour, submergé par les ténèbres et ma propre souffrance.

— À terre! cria Bobby.

Son hurlement me tira de mes souvenirs et je m'aplatis au sol. Claudia s'était retrouvée par terre dans un faux mouvement et elle gémit, enroulée autour de son flanc. Les mains de Bobby l'attrapèrent au niveau des aisselles et il tira d'un coup sec pour la mettre en sécurité. Il saignait à l'épaule, mais d'après ce que je pouvais en voir, ce n'était rien de très grave : juste une éraflure.

Les choses se déroulaient trop vite pour faire autre chose qu'agir à l'instinct. Gardant la tête baissée, d'un mouvement, j'attrapai Claudia par la taille et la traînai derrière le muret de pierre pour lequel j'avais opté sous le porche. Le corps de Trey était secoué de spasme sur les marches, ses membres refusant d'admettre que sa tête avait été balayée de ses épaules.

Mes oreilles bourdonnaient et il me fallut un petit moment pour réaliser que les tirs avaient cessé. Une sirène retentissait au loin et j'entendis une levée de cris dans la rue. Un hurlement particulièrement strident me tourna la tête, tandis qu'une femme se lamentait et criait qu'il fallait poursuivre cette voiture.

Les cicatrices sur mon flanc protestèrent contre la maltraitance qu'elles avaient subie et se contractèrent lorsque j'essayai de me redresser. Mon épaule chuchota à peine son mécontentement et je la remerciai en silence. Je passai une main dans mon dos, là où j'avais mal, et le découvris poisseux, mais saignant modérément, contrairement à une plaie sanglante pour laquelle j'aurais dû m'inquiéter.

Claudia était une tout autre histoire.

Il y avait un stade où la peur devenait douloureuse. Cela commençait avec une contraction au niveau des gencives, comme si les dents cherchaient à échapper à l'horreur psychique qui se faisait sentir. Après ça, l'estomac s'essayait à une tentative de fuite, se retournant complètement telle une féroce étoile de mer. La salive m'emplit la bouche et j'avalai de travers, retournant l'acide dans mes poumons et brûlant le peu d'air qui me restait.

J'étais figé sur place. Même alors que je regardais Bobby faire de son mieux pour le torse et le ventre de Claudia, j'étais comme paralysé. Son teint rosé avait tourné blême et sa main était glacée dans la mienne. Je me retrouvais comme un enfant. Bousculant son épaule, je la priais de se réveiller, lui promettant tout et rien pour la voir rouvrir les yeux.

— Reprends-toi, Cole.

La voix grave de Bobby me tira de mes pensées.

— Ne t'effondre pas maintenant. Je n'ai vraiment pas besoin de ça. Presse tes mains sur sa poitrine et appuie fort. On doit l'empêcher de se vider de son sang.

Cette femme douce et ronde avait une âme plus dure que l'acier. À l'exception de Bobby et de Mike, c'était aussi la première personne à laquelle je m'étais confié après la fusillade. Même avec Maddy, ça m'avait pris un peu de temps pour lui faire confiance, mais Claudia s'était immédiatement fait une place dans mon cœur et avait ouvert les fenêtres que j'avais fermées, comme si tout ce dont j'avais besoin était d'un bon ménage de printemps à l'intérieur. C'était loin d'être la première fois que je la touchais, mais c'était bien la seule où elle ne m'étreignait pas en retour.

C'est comme ça que le fils de Claudia, Marcel, nous retrouva, les mains jointes sur le corps immobile de sa mère, tentant à tout prix de la maintenir en vie. Il était venu la chercher, une tâche que toute sa progéniture se partageait pour profiter respectivement de la demi-heure qu'il leur fallait pour rentrer en tête à tête avec le cœur de leur famille.

Son cri fut une petite chose terrible, tourmentée et perçante, qui noya la sirène de l'ambulance au coin. Ses plaintes s'éternisèrent et nous nous battîmes avec lui pour qu'il nous laisse la garder en vie, mais il refusa de la lâcher.

Nous dûmes y aller à deux pour les séparer et, même là, ce fut une vraie bataille. Les secours furent rapides, une équipe destinée au cas prioritaire la brancha à des tubes en plastique transportant du sang et d'autres fluides avant même que je ne retrouve ma voix. Elle disparut au fond de l'ambulance dans un brancard, et Marcel tituba, s'accrochant sans un mot à Bobby pour tenir debout. Nos mains étaient couvertes de son sang et la police avait commencé à établir un périmètre devant chez moi, empêchant les curieux de remonter l'allée cimentée pour jeter un œil au corps sans vie reposant sur mes marches.

Je m'écroulais sur le sol dur, frappant des poings la terre et l'herbe. Les larmes que la peur avait contenues coulèrent et je me mordis la lèvre, sanglotant de manière saccadée, tandis que les hommes en uniforme se mettaient à regrouper tous ceux qui avaient vu la voiture prendre la fuite. Mes doigts tremblaient encore lorsque je sortis mon téléphone et je déglutis, incertain d'être capable de m'exprimer. Je composai le numéro. Une voix douce répondit dès la deuxième sonnerie, amusé et affectueuse dans mon oreille.

Frissonnant, je cherchai mes mots, puis m'inclinai devant la peur et la douleur.

— J'ai besoin de toi, sucre d'orge. Je t'en prie… viens. Claudia s'est fait tirer dessus et… j'ai terriblement besoin de toi.

La salle d'attente de l'hôpital était similaire à celle du jour où j'avais rendu visite à Shin-Cho, excepté le bruit ambiant décuplé par le nombre de personnes présentes. Au contraire de l'ambiance turbulente qui avait enveloppé Shin-Cho, le clan de Claudia avait formé un mur de résilience. Certains se tenaient en groupe, priant la tête baissée et les mains posées sur la taille des autres. Un homme que je ne connaissais pas se tenait avec eux, agrippant d'une main une bible qu'il lisait d'une voix fluide et retentissante. Dans le coin, une portée d'enfants jouait sur le tapis, surveillés par un adolescent qui n'avait pas encore terminé sa croissance.

Je fis un rapide compte et me perdis dans les chiffres tout aussi rapidement. La plupart de ses fils étaient présents, tout comme leurs épouses et ses petits-enfants. J'en reconnaissais plus d'un, mais d'autres m'échappaient complètement, y compris la petite Asiatique assise aux côtés d'un grand noir en proie au chagrin. Elle passait une main sur son crâne chauve et m'adressa un petit sourire lorsque je traversai la foule.

Je fis une avancée de trois pas avant que quelqu'un ressemblant de loin à Malcom ne s'approche et force une main contre ma poitrine. Je relevai les yeux sur un regard coléreux. L'engeance de Claudia et sa descendance avaient, pour la plupart, un bon dix centimètres de plus que moi, si ce n'était plus. Un exploit, étant donné que je faisais moi-même déjà un mètre quatre-vingt-quinze.

— Dégage d'ici.

Il mâchait ses mots, les crachant comme un éclat d'étincelles dans ma direction.

— C'est de ta faute si mémé est dans cet état.

— Assieds-toi et surveille ton langage, Gareth. C'était ton dernier avertissement, le morigéna une petite femme noire dans une robe sans manche. Tu es ridicule. Ta grand-mère voudrait qu'il soit là. Ne me donne pas de raison de te remettre les idées en place.

Il me lança un regard furibond, puis traîna la patte pour aller s'appuyer contre un mur avec d'autres membres de sa tribu. Ils se refermèrent sur lui, offrant leur soutien pour sa démonstration ou le fustigeant d'avoir été si mauvais. Avec les expressions inquiètes figées sur tous les visages, c'était très difficile de déterminer lequel des deux était le plus réaliste.

— Hé. Content de te voir, mec.

Martin, l'aîné de Claudia, arriva à mon niveau. Il m'enveloppa dans une étreinte d'ours, ce qui suffit à extirper le peu de vie qui me restait après avoir été témoin de la fusillade. Je me sentais comme un gosse à côté, et s'il lui en venait l'envie, j'étais certain qu'il pourrait me sortir les yeux des orbites rien qu'en me donnant une claque sur la tête.

— Moman va s'en sortir. Les médecins disent qu'elle a eu de la chance. Les balles n'ont rien touché de vital. Ils sont en train de les retirer au moment où l'on parle.

— Putain, Dieu merci.

Je chancelai sous le soulagement. Dès que les mots eurent quitté ma bouche, les regards perçants d'une bonne partie des adultes me poussèrent à m'excuser pour mon langage.

— Je suis désolé, Marty. Vraiment. Je m'occupe de tout, c'est promis.

— Je sais.

Il me sourit de sa hauteur.

— Tu es un bon gars. Moman dit même parfois que tu es le gosse qu'elle a eu avec le vendeur de glaces. Allez, assieds-toi. Il n'y a plus qu'à attendre que le doc revienne pour nous dire où ils comptent la mettre.

À côté de moi, Jae observait la collection massive que laissait Claudia aux prochaines générations. Il se rapprocha de moi. Je ne pouvais lui en vouloir. Les émotions étaient à fleur de peau et il n'y avait aucune garantie que nous sortions de là sans nous faire agresser par l'un d'entre eux. Il resta bras ballants avant de se percher sur le bras de la chaise qu'un des petits-enfants avait dû abandonner pour que je puisse m'asseoir.

Il y avait trop de bruit autour de nous et la chaleur était oppressante. Toutes les quelques secondes, on effleurait ma jambe ou mon bras. À chaque minute qui passait, ma peau se tendait un peu plus autour de moi, jusqu'à avoir l'impression de ne plus pouvoir respirer. Une chose terrible cherchait à creuser son chemin hors de ma poitrine et je frottai les cicatrices sur mon flanc, priant pour qu'elles cessent d'envoyer des spasmes dans le reste de mon corps.

Je ne réalisai que Jae s'était relevé que quand il me tapota l'épaule et replia le doigt pour m'inciter à le suivre. Je regardai autour de moi, peu enclin à quitter la pièce, au cas où quelqu'un arriverait avec les réponses

151

aux questions que je ne pouvais pas extérioriser. Il insista silencieusement en glissant sous mon bras et en me forçant à me remettre debout.

— Allez, murmura-t-il dans mon oreille. Viens prendre l'air. J'ai dit à Martin de m'appeler s'ils apprennent quelque chose.

Découvrir le ciel étoilé fut un choc. Je ne savais pas bien à quoi je m'étais attendu. Peut-être qu'une partie de moi avait essayé d'arrêter le temps, mais le monde se fichait bien qu'une des femmes de ma vie se vide de son sang sur une table, quelque part. Autour de nous, les gens marchaient le pas lourd jusqu'à l'entrée de l'hôpital, insensibles à nos affaires. Un couple de personnes âgées nous dépassa avec des fleurs et une envolée de ballons marqués «Félicitations» sur leur surface en mylar.

— Je devrais aller en acheter pour Claudia, des fleurs ou des ballons, marmonnai-je en baissant les yeux.

Je portais encore le haut Dr Pepper, l'ourlet tâché de sang séché. Mon jean était piqueté ici et là, et bien que je ne me rappelais pas être tombé par terre, les traces herbeuses sur mes genoux étaient irréfutables.

— Peut-être sans le «Félicitations», alors, répondit-il d'une voix tendre. À moins que se prendre une balle soit un rite de passage à la McGinnis. Je ne te vois pas fructifier en employés s'ils doivent avoir rencontré la Mort pour pouvoir travailler avec toi.

Je ne pus retenir un rire. Il était rouillé et douloureux, mais c'en était un, à tout le moins.

— Parfois, j'oublie que tu as un humour carrément noir.

— Je l'utilise avec parcimonie, dit-il en hochant la tête. Ça le rend un peu spécial, dans le genre.

— Oh, il est spécial, oui, lui accordai-je. Dis, tu as parlé à Bobby?

— Oui, il compte venir d'ici peu.

Jae traîna les pieds au sol et tourna son attention sur le cercle des fumeurs.

— Tu m'accompagnes?

Nous restâmes à la limite de l'abri, à califourchon sur un banc pour nous faire face. Il sortit une *kretek* et l'alluma, tirant une bouffée de clou de girofle dans ses poumons. Je le regardai faire et il se dandina, mal à l'aise devant mon observation. Il ne pipa pas une syllabe et continua à me jeter des regards étranges.

Il restait la créature exotique que j'avais rencontrée dans la maison de ses proches. Un jeune homme contradictoire et discret qui, l'avais-je appris, riait doucement et aimait câliner une petite tornade tout contre son torse lorsqu'il s'affairait sur son PC. Il me laissait encore aujourd'hui sans voix, néanmoins je voyais désormais l'homme sous la surface polie. Il n'usait pas ses mots pour m'exprimer ses pensées, laissant souvent les petits gestes parler pour lui, comme une tasse de café au matin m'attendant à la sortie de la douche avant le travail. Je comprenais la fougue qui l'animait de l'intérieur, ce besoin passionné d'arpenter des endroits sombres et abandonnés pour capturer des œuvres d'art que lui seul pouvait dénicher.

C'était cette même passion sur laquelle il se reposait lorsqu'il m'accueillait en lui, parfois à califourchon et laissant des ecchymoses sur mes épaules avec ses doigts tendus. Elle déferlait, invisible, en lui, et j'étais honoré d'être inclus parmi les quelques élus auquel il se révélait vraiment.

— Ne change jamais, murmurai-je, me penchant pour l'embrasser avant qu'il ne prenne une autre bouffée. Reste toi-même.

— Je dois changer, dit-il en retournant mon baiser avec une férocité qui accéléra les battements de mon cœur. Mais ce sera pour le mieux. Pour nous.

— Je pensais bien que je vous trouverais là.

Bobby rompit notre moment et Jae baissa la tête, brusquement conscient que nous nous étions embrassés en public, à la vue de tous.

Bobby posa une main sur mon épaule et la pressa. Il devait avoir trouvé des vêtements de rechange quelque part, probablement au fond de son van, parce qu'il portait un T-shirt bleu signé au torse du logo de la salle de Jojo. Il me balança un sac de course.

— Je t'ai pris de quoi te changer.

— Eh.

Je portai le haut gris avec le même logo à ma hauteur.

— On sera jumeaux, comme ça.

— C'est tout ce que j'avais.

Bobby haussa les épaules.

— Porte-le avec fierté.

Je retirai mon T-shirt marbré de sang et le jetai dans le sac. Le petit pansement qu'on m'avait appliqué là où la balle m'avait effleuré tira avec le mouvement, mais de toutes mes blessures, c'était bien la moins agaçante. J'utilisai les quelques lingettes que Bobby avait pensé bon de prendre pour nettoyer les traces restantes sur mon ventre et sourit de manière rassurante en voyant Jae sourciller à l'état de mon torse.

— Juste une éraflure dans le dos. Promis juré.

Je secouai le haut.

— Le reste, ce n'est pas le mien.

— Ne t'avais-je pas expressément ordonné de ne *pas te faire tirer dessus*? déclara-t-il, les lèvres pincées de mécontentement. Je me souviens pourtant l'avoir dit.

— Ce n'est rien, protestai-je. Ça ne compte même pas. Tu t'es pris une griffure, toi aussi. Tu te souviens?

Il poussa un grognement dubitatif. Il tira une dernière fois sur sa cigarette et exhala un nuage de fumée avant d'éteindre sa *kretek*.

— Tu as soif? Il y a du thé vert glacé au distributeur.

— Ça aiderait.

J'attrapai sa main avant qu'il ne puisse m'échapper.

— Merci, sucre d'orge. D'être venu.

— Bien sûr que je suis venu, répondit-il, l'air de penser que j'avais perdu la tête. Claudia est ta *nuna*. Où d'autre veux-tu que je me trouve?

— Et moi? Je peux avoir un café, aussi? Tu sais, la personne qui a sauvé ses fesses? hurla Bobby après lui.

Jae agita la main sans regarder derrière lui, et je ris à son soupir d'exaspération.

— C'est comme si j'étais transparent.

— Ça me va très bien comme ça, marmonnai-je, et il me frappa dans l'épaule. Eh, pas là. Une balle le mois dernier, ça te dit quelque chose? Respect, quoi.

— Oups, désolé, s'excusa-t-il sans y mettre du sien. Tu es tellement mal fichu de partout que je ne me rappelle jamais où je peux frapper. Comment prends-tu les choses?

— Vraiment mal. Je vais tuer la personne qui a fait ça.

Il ne restait plus que nous dans la zone du cancer, mais l'air était encore empreint du parfum âcre des cigarettes.

— Content que tu sois là. Vraiment, merci.

— C'est normal.

Il esquiva ma gratitude avec un sourire.

— J'ai parlé à la femme de l'accueil. Ils vont mettre Claudia dans une chambre privée. J'ai dit que je paierai.

— Bordel, je n'y avais même pas pensé. Merci. Ce sera mieux pour la famille. Ils vont vouloir rester.

— Encore une fois, c'est normal. Tu as d'autres choses à penser, répondit Bobby. Les flics veulent te reparler.

154

— Ah oui ? Et pourquoi ?

Je ne voyais pas ce que je pouvais leur apporter d'autre. Nous avions passé plus d'une heure à revisiter ma relation avec Trey et n'étions arrivés à aucun consensus sur la raison pour laquelle on voudrait ma mort.

— Ils ont retrouvé la voiture. Quelqu'un dans ta rue a noté la plaque d'immatriculation, expliqua-t-il à voix basse. C'est une location.

— D'accooooord, dis-je en faisant traîner le mot. Ça n'empêche que je n'ai rien d'autre à leur fournir.

— Ils se demandaient si tu aurais une amourette avec une petite Coréenne, dit-il en levant les yeux vers l'entrée de l'hôpital que Jae venait de traverser avec un gobelet et un sac. L'arme était toujours à l'intérieur avec de la paperasse en coréen. Il y avait des photos, Cole. De Shin-Cho sortant de chez toi. Ils commençaient à penser que tu trompais quelqu'un. Je leur ai parlé de Jae…

— Ça n'a rien à voir avec Jae, crachai-je à mon meilleur ami. Je ne vois pas pourquoi ce serait relié.

— Je ne pense pas que ça le soit, gamin, dit-il en levant les mains en signe de repli. Mais je suis sûr que ça a à voir avec ton enquête. Quelqu'un veut t'éliminer, Cole. Quelqu'un qui sait que tu es en train de faire remonter le merdier de Dae-Hoon. Il faut que nous trouvions qui était au volant de cette putain de voiture avant qu'ils ne finissent ce qu'ils ont commencé. Tu as beau m'emmerder parfois, la dernière chose que je voudrais, c'est te voir mort, princesse. La dernière chose, t'entends ?

155

XV

LA MAISON n'aurait pas dû avoir exactement la même tête. Une copie conforme. Mais à l'exception du cordon de police qui virevoltait au gré de la brise nocturne et des trous sombres dans les piliers blancs du porche, l'endroit me donnait l'air d'une soirée comme une autre.

Il y avait une série de machines bruyantes dans un hôpital non loin qui pouvait témoigner du contraire, mais cette maison-là n'en avait que faire.

J'étais exténué et émotionnellement dans les chaussettes. Claudia avait été transférée en réanimation avec un espoir d'être installée dans une chambre au petit matin. La famille m'avait chassé, promettant de m'appeler si quelque chose tournait mal, mais les docteurs nous avaient rassurés sur son état et ses fonctions vitales. Mon seul impératif était de me réveiller dans l'après-midi et éventuellement me traîner en bas pour trouver de quoi me sustenter. En fonction de l'hôpital, j'irais rendre visite à Claudia une fois qu'ils l'autoriseraient.

Il y avait un message en attente de l'inspecteur Wong lorsque j'arrivai. Je l'écoutai quelques secondes, puis m'éloignai, laissant la voix tranquille du policier bourdonner tandis que j'allais me prendre une bière au frigo. Derrière moi, Jae se prépara une tasse de thé bien chaude et s'appuya sur le comptoir pour m'observer faire des allers-retours dans la cuisine.

— Tout va bien ? demanda-t-il finalement, et je me tournai vers lui, le goulot de la bière touchant mes lèvres.

— Je suis trop fatigué pour réfléchir, je crois, admis-je en prenant une gorgée de Tsingtao. Même mes cheveux bâillent.

— Tu devrais avaler quelque chose, me reprocha-t-il. Tout ce que tu as eu, c'est du thé et cette bière.

— La bière, c'est des céréales. Comme le whisky, c'est du porridge.

Il émit un reniflement moqueur, et je m'enfilai la moitié de la bière avant de la poser dans l'évier.

Mon estomac gargouillait et mes yeux étaient pleins de sable.

— Je n'ai pas faim, sucre d'orge. Je ne plaisante pas, j'ai juste besoin de m'allonger.

156

Neko se vexa lorsque je m'affalai sur le lit et bondit vers des contrées inconnues de la maison. J'étais resté suffisamment longtemps sous le jet d'eau pour me savonner et faire partir l'odeur de désinfectant avant de ramper sous les couvertures. Les lumières étaient encore allumées et j'entendais Jae, dans la salle de bains, qui se lavait les dents.

Ce fut ma dernière pensée avant que je ne me réveille en hurlant.

Pour un cauchemar, c'était loin d'être le pire ; très bien dirigé et ayant casté à peu près toutes les personnes auxquelles j'avais un jour pu tenir. L'étrange addition de ma mère biologique était une petite nouveauté. Je ne pensais que très rarement à ma mère, Ryoko, et en rêvais encore moins dans mon propre massacre de la Saint-Valentin.

Je n'arrivais pas à faire partir les images. Qu'importait la force que j'y mettais. Serpentant entre les morts et mourants, j'examinais un corps après l'autre, notant ce qui restait des visages de mes proches. Trébuchant sur Jae-Min, je m'accroupis pour bercer sa nuque. Ses yeux sombres s'ouvrirent et il me fixa, confiant et vulnérable dans sa douleur.

À ce moment-là, je portais mon Glock à sa tempe et lui explosais le crâne.

Hurler n'était peut-être pas un mot assez puissant pour décrire ce qui me saisit lorsque je m'éveillai dans la réalité, mais je n'allais pas faire de simagrées. Je me contentai d'exprimer audiblement l'horreur et la haine qui croupissaient en moi au sortir des ténèbres.

— *Agi* ! Cole-ah.

Jae était dans tous ses états, passant une main dans mes cheveux, puis prenant mon visage en coupe.

— Je suis là. Tout va bien. Ce n'était qu'un rêve, *de* ?

Il me fallut une minute avant de pouvoir parler, mon cœur battait la chamade, tentant de sortir de ma poitrine. Jae disparut l'espace d'une seconde et revint avec du thé froid. Il me força à l'ingurgiter et s'agenouilla à mes côtés jusqu'à ce que le gros des tremblements se soit calmé et que je puisse poser les yeux sur lui sans devoir aussitôt les refermer.

— Merde.

J'avais vraiment besoin d'ajouter une langue à mon répertoire. Quelque chose de plus fort que l'anglais ou le coréen, parce qu'après inspection, je ne leur trouvais pas assez de jurons. Il me fallait quelque chose de plus vicieux et corrompu, avec les tripes à l'air.

— Tu veux en parler ? demanda-t-il doucement, comme si lever la voix me pousserait de nouveau dans l'abîme.

Je secouai la tête et touchai son visage. Il avait allumé les lumières qui encadraient la fenêtre par-dessus la tête de lit, et leur douce lueur donnait à son visage une aura dorée contrastant les ombres bleutées. Ses cils chatouillèrent mes pouces lorsqu'il cligna des yeux.

— Tu es l'une des meilleures choses qui me soient arrivées, chuchotai-je.

— Mieux qu'une pizza-bière ? taquina Jae.

— Mieux qu'un whisky-bacon, lui assurai-je sur un tendre baiser.

Son sourire se fit légèrement timide et très érotique. L'ange aux ailes noires qui m'avait séduit brillait à travers la façade inquiète du jeune homme qui m'avait tenu dans ses bras jusqu'à ce que le monde tourne à nouveau rond. Kim Jae-Min avait des projets bien au-delà de mon seul confort et je le compris à cet instant.

Ses doigts étaient chauds sur mon ventre, glissant sur ma cage thoracique et effleurant les cicatrices qu'il y trouva. Il posa les mains à d'autres endroits, sur d'autres choses, et le besoin de dormir m'échappa peu à peu. Mon membre durcit lorsque sa paume atterrit sur ma hanche et je tendis la main vers lui avec une seule pensée en tête : l'attirer tout contre moi.

Il ne me le permit pas encore. Étirant ses bras au-dessus de sa tête, il fit travailler ses épaules d'un côté puis de l'autre avec un rictus envoûtant et mystérieux au bord des lèvres. Nu comme il était, c'était un vrai objet d'art. Mince, les muscles bien définis qui roulaient sous une peau pâle et sans défaut, avec l'ombre très discrète de poils sous ses bras et entre ses jambes. Je connaissais bien le terrain, un rêve soyeux au toucher doté de points cachés de velours musqué que j'aimais lécher juste pour le sentir se tortiller sous ma langue.

— Assis. Ton dos contre la tête du lit, murmura Jae.

Je dus le regarder comme s'il avait pété un boulon, car il m'embrassa au coin de la bouche.

— Maintenant.

Les draps étaient à la bonne température, bien que rendus moites par mon moment d'affolement et ils accrochèrent légèrement ma peau lorsque je me traînai vers l'arrière. L'excitation me prit aux tripes au son d'un tiroir familier qu'on ouvrait, et malgré les maux qui affligeaient presque chaque centimètre de mon corps, je réalisai que j'avais *vraiment* besoin de lui.

Il était bon de savoir que nous étions sur la même longueur d'onde.

Jae n'était pas le genre à faire dans les préliminaires. À la limite, il se contentait de quelques baisers avides et peut-être de quelques caresses. Il jouait parfois un jeu dangereux en prenant comme acquis que je n'allais pas retourner la situation et prendre de lui ce que je voulais. C'était ce à quoi on l'avait habitué, après tout. Nos tendres ébats le déconcertaient, mais il avait appris à les aimer. Et il y avait des moments où il avait autant besoin de prendre que d'être pris. Pour lui, cela établissait une sorte de connexion entre nous que lui seul pouvait comprendre. Cela lui avait pris plusieurs semaines avant d'apprendre à aller plus lentement.

De toute évidence, ce n'était pas du goût du jour.

Il se mit à califourchon sur mes cuisses et se pencha pour joindre ses lèvres aux miennes. Je donnai mon maximum, lui tirant des gémissements encourageants avec de souples coups de langue. La lumière tamisée des spots se reflétait sur sa silhouette. Je tendis les bras pour toucher ses épaules, pressant mes paumes contre sa peau douce. Mes cales accrochèrent le velouté de sa peau ivoire, laissant derrière elles des traces rosées. Je me pressai contre sa gorge, la barbe naissante sur mon menton l'abîmant encore davantage, le marquant comme mien.

Caressant mon entrejambe, Jae ne perdit pas de temps pour réveiller l'engin malgré ses réticences. Mon membre pulsa, une goutte laiteuse pressant contre la fente. Il pressa la pulpe de son pouce sur la rainure et se souilla de mon essence avant de venir le sucer sans jamais quitter mon regard.

Il m'agrippa et déposa le préservatif sur le bout de ma verge, appuyant son doigt contre le gland. Il se pencha d'une manière qui me fit mal pour lui et embrassa le bout soyeux d'un côté puis de l'autre avant de passer sa langue en dessous. En se redressant, il fit rouler le latex jusqu'en bas, sa découpe tirant sur ma peau et accrochant un poil errant à ma base.

Le lubrifiant était froid, même à travers la protection du préservatif, et je ris doucement, sursautant quand un filet descendit ma longueur pour venir titiller mes testicules. Il l'arrêta des doigts avant qu'il ne puisse atteindre sa destination et l'étala lui-même, me roulant dans sa paume.

— Continue comme ça et je ne vais pas être un très bon jouet pour toi, intervins-je.

— Pourquoi est-ce que je te garde à portée de main, dans ce cas? taquina-t-il, et il me fit un clin d'œil avant de soulever les hanches pour se positionner devant mon entrejambe.

Il s'appuya contre moi à tel point que nos torses manquèrent tout juste de s'emboîter et passa une main derrière lui pour m'ajuster à son antre. Il ne me quitta pas des yeux, et il ne fit que légèrement les plisser quand mon manche entama son ascension dans sa chaleur. La résistance était exquise, et je dus le harponner à la taille pour ralentir le mouvement et pouvoir ressentir intimement la pénétration.

Son corps renâcla, jouant le jeu de la séduction tandis que Jae forçait son chemin toujours plus bas. Glisser en lui prit une éternité, marquée d'un plaisir presque douloureux, puis il me submergea, et je commençai à l'emplir, tandis qu'il dévalait sur moi. Enfoncé jusqu'à la base, je portai ma main à sa joue gauche et passai un doigt contre sa lèvre. Jae suivit mon toucher et se blottit contre ma paume. Un mouvement de hanche de sa part me fit presque monter les larmes aux yeux, particulièrement quand il s'arrêta au zénith de son geste.

— Tu comptes m'achever? dis-je à travers mes dents serrées.

Rien que cinq petits centimètres de sa chaleur m'avaient été volés et l'air froid sur mon membre exposé faisait un contraste étonnant avec la moiteur de son corps.

— C'est mon passe-temps favori, murmura Jae, ondulant jusqu'à ce qu'il m'ait de nouveau complètement englouti. T'avoir comme ça.

Se rasseyant, il porta les mains sur mon ventre et les fit remonter sur mes flancs, sur mes hanches. Il avait les jambes repliées, tibias calés près des miens, et pressait mes cuisses ensemble. Il resserra son emprise et je sentis la pression affecter mon entrejambe pris au piège. Je me cambrai pour tenter d'apaiser le tiraillement qui bouillonnait au niveau de l'aine, mais son poids me garda fermement contre le matelas.

Plusieurs roulements de ses hanches, et je me retrouvai haletant, la verge emportée par une vague de plaisir et les testicules bloqués dans le filet de mes propres jambes. Ses mouvements étaient délibérément lents et il se relevait sur quelques centimètres pour retomber aussitôt et me maintenir en place. Je froissai les draps, croyant mes mains capables de trouer ses cuisses sous la tension. Des gouttes de sueur suintèrent sur mon front et mes joues, un ruisselet suivant la courbe de ma mâchoire jusqu'à mon cou.

Cette fois-ci, ce fut sa langue qui l'emporta, et il lécha le tracé salé s'échappant de ma peau, l'accueillant en bouche dans un moulinet délicat.

— J'ai besoin… de toi.

Ses yeux étaient noirs de désir. Coincé sous lui, crucifié par sa chair et les draps enroulés dans mes mains, je ne pouvais imaginer de meilleure manière de perdre la vie.

— Je nous veux... à l'unisson. Sans rien pour nous séparer. Je n'ai jamais...

— On peut, sucre d'orge, chuchotai-je, me dégageant des draps pour capturer ses poignets.

Il refusa mon toucher, secouant catégoriquement la tête.

— On peut faire ça maintenant. J'ai passé un test, surtout après...

Il m'attrapa par le menton pour que je ne puisse pas détourner les yeux et dit :

— Tu ne dois pas me faire tant confiance. Pas après tout ce que j'ai fait. Ce n'est pas prudent. Je ne te... perdrai pas à cause de ça.

— Nous ferons ce qu'il faut, d'accord ?

J'inclinai la tête et embrassai son pouce, celui qui avait porté mon essence à sa bouche.

— Je le ferai pour toi. J'ai confiance.

J'avais manqué de franchir la ligne de non-retour. Il le devina dans mon ton et recula comme si je venais de le frapper, sans pourtant se déloger pour quitter la chambre. Je choisis d'en faire une victoire.

Ce qu'il me dit ensuite fut très certainement la plus belle chose que j'avais jamais entendue.

— D'accord, murmura-t-il. C'est ce que je veux de toi, *agi*. Te sentir t'ouvrir... complètement à moi. Je veux te sentir en moi. Je ne sais pas pourquoi... Je ne comprends pas ce que tu peux bien...

Je donnai un coup de hanche, m'enfonçant aussi profondément que possible. Remontant les jambes, je le poussai à se nicher contre mes épaules pour que je puisse enrouler mes bras autour de sa taille. Lorsque je passai mes mains dans son dos, je le sentis se tendre et sa colonne devenir un collier de perles dures sous mes doigts. Entre nous, son membre frottait contre nos peaux échauffées, laissant une trace d'humidité comme un baiser mouillé et sensuel.

Je laissai Jae conduire le rythme et il choisit quelque chose de punitif pour sentir l'aspect brut de ma raideur sur sa peau tendre. C'était brutal, presque violent et tellement brusque que je m'inquiétai de le blesser. Lové l'un contre l'autre, je me retins autant que possible, prolongeant notre apogée en lui imposant de ralentir lorsque je me sentis prêt à exploser et à souiller la chambre. Les mots n'avaient plus de signification pour Jae, remplacés par des sons gutturaux et tendres. Je n'avais pas besoin qu'on me les traduise.

Prends-moi. Sers-toi de moi. Fais-moi ressentir *quelque chose*, Cole. Et dans ce torrent plaintif de désir éhonté, j'entendis le doux gémissement qui échappa à ses lèvres torturées.

Aime-moi... me disait-il.

Il pouvait bien haïr la personne qu'il était, ce qu'il était, il y avait chez ma canaille d'amant une chose qui ne changerait probablement jamais... le jeune homme qui voyait le monde comme une création étrange se pensait seul capable de capturer la beauté sur écran. Il voyait la tendresse dans les mauvaises herbes qui craquelaient le ciment. La beauté dans les rides d'un homme qui avait passé sa vie dans la peau d'une femme. Même s'il était incapable de se voir heureux, il captait ce bonheur chez autrui.

Je le tins contre moi, agrippant ses épaules pour lui faire garder le rythme. Glissant avec la sueur, il continuait à me chevaucher, ancré par ses jambes et mes mains. Ses fesses se tendirent, refusant de me laisser prendre complètement le dessus. Si j'avais voulu tout arrêter, j'aurais eu à me battre contre lui. Je me laisserais bien volontiers céder devant lui, mais j'étais en recherche de friction et des halètements érotiques qu'il exprimait entre ses gémissements chaque fois que je trouvais ce point en lui.

Je n'avais pas assez de place pour l'explorer en profondeur et je grognai mon avertissement avant de le pousser vers l'arrière. Sur le dos, il attrapa mes avant-bras, et je glissai mes mains sous ses jambes pour qu'elles restent bien fléchies et pour les écarter à ma guise en l'empêchant de bouger.

Je fis de mon mieux pour percer cet espace vide qu'il avait en lui.

Accélérant, je m'enfonçai jusqu'à le sentir se replier contre moi. Trouvant le bon angle, je m'acharnai contre ce nœud qu'il dissimulait et l'attaquai à plusieurs reprises. Avec chaque poussée, je m'assurai que son corps suive l'ondulation, le contraignant de mes coups de hanches jusqu'à ce que son propre sexe soit humide d'anticipation. Ce ne fut qu'à partir de ce moment que je libérai une de ses jambes pour l'attraper d'une main. Il perla, se laissant aller à mon toucher avant même que mes doigts se referment correctement sur son gland engorgé. Quelques mouvements du poignet seraient suffisants, mais je les lui refusai, choisissant à la place d'effleurer la peau sensible de sa base.

— *Cole-ah.*

162

Les petits gémissements avaient laissé leur place à un rugissement exigeant et la morsure de ses ongles sur mes bras. Ses profondes griffures étaient douloureuses, et je ris devant la férocité de son expression.

Nous trouvâmes notre rythme, la rencontre de notre corps résonnant du battement tonitruant que nous produisions. Les muscles de mes cuisses brûlaient, mais je gardai une allure régulière, puisant dans sa chaleur et lui soutirant du plaisir. Il miaula et tenta un coup de reins pour frictionner son membre dans ma main, mais je le repoussai contre le matelas, m'appuyant contre lui pour le prendre une fois, puis deux.

— Tu en veux plus, sucre d'orge? chuchotai-je, niché contre son oreille.

J'étais proche de la fin. Trop proche, en fait, pour formuler des demandes, et s'il avait été dans son état normal, il l'aurait su. À la place, il se contenta de se redresser pour me mordre.

Déjà sur le point de me perdre en lui, ses dents mordillant ma peau fauchèrent ce qui me restait de contrôle. Je vins en même temps que lui, m'écrasant contre lui tandis qu'il se libérait sur moi, éclaboussant nos bas-ventres. Je ne pouvais plus respirer, pris au piège entre la sublime expression dont j'avais causé l'apparition sur son visage et le courant électrique qui s'échappa directement dans la poche de latex nous dérobant le contact. L'odeur de son essence me donna un coup de chaud et je la capturai en bouche, voulant la goûter sur ma langue. Quand je lui arrachai les dernières gouttes, remontant de la base de son entrejambe jusqu'en haut, il se cambra contre moi.

Nous nous effondrâmes l'un sur l'autre. Jae se dégagea mollement pour trouver la lingette dont il s'était servi pour essuyer mon visage des suées nocturnes. Je la lui pris des mains et le fis rouler sur le dos pour nettoyer la matière collante qui commençait déjà à sécher sur sa peau. Je titubai vers la salle de bains, me débarrassai du préservatif et humidifiai un coin de serviette pour faire disparaître à regret la semence de Jae.

Lorsque je sortis, je le trouvai allongé sur son flanc, faisant face à la salle de bains avec des yeux ensommeillés et repus. Il profita que je sois occupé à éteindre la lumière pour entremêler ses doigts aux miens. Je serrai sa main en me collant contre son dos. Jae tendit les jambes et les passa entre les miennes afin que nous soyons reliés de la taille aux pieds. J'enroulai un bras autour de ses hanches et me penchai pour embrasser sa nuque, chatouillant les poils humides sur son cou en soufflant.

— Pas encore, *agi*.

163

Il parlait à voix basse, d'un ton plaintif auquel je m'étais résigné.

— Il va bien falloir que je le dise, un jour, répondis-je.

Cette fois-ci j'embrassai la jonction de son bras, passant gentiment mes dents sur la peau tendre.

— Il se peut que je ne puisse pas attendre que tu sois prêt à l'entendre.

— Ça… me briserait en mille morceaux, Cole, murmura Jae. C'est trop demander. J'ai peur que…

— Moi aussi, j'ai peur, sucre d'orge.

C'était une admission facile, surtout envers l'homme pour lequel je m'étais tant battu. Nous avions chacun les blessures de guerre qui nous avaient amenés à nous rencontrer, sur notre peau comme sur nos âmes.

— Tu m'as sorti la tête de mon cauchemar, ce soir. Tu penses que je ne suis pas terrifié ?

— C'est différent pour toi.

Il se lova entre mes bras jusqu'à ce que plus aucune barrière ne nous sépare.

— Quand tu as peur, tu vas de l'avant. Qu'importe ce que ton père a pu dire, tu ne fuis jamais. Et fuir, c'est tout ce que je sais faire.

— Tu peux toujours fuir dans ma direction, tu sais, suggérai-je en posant mon menton sur son épaule.

— Je crois bien que c'est ce dont j'ai le plus peur, *agi*.

Le silence était lourd d'émotions.

— Supposons que je vienne à toi et que tu ne sois plus là ?

— Je serai là, sucre d'orge, promis-je. Tu ne peux pas vivre sans jamais avoir foi en personne. Je sais que c'est dur. Et si un jour, je te déçois, tu as ma permission pour me botter les fesses, parce que ç'aura été l'une des choses les plus stupides que j'aurais jamais faites. À la manière dont on t'a traité, ce sera sûrement la plus terrifiante expérience de ta vie, mais aie foi en moi. Laisse-moi… te chérir. Je te le demande, laisse-moi juste t'aimer.

XVI

BOBBY ME retrouva à quatre pattes, occupé à nettoyer les marches du porche. De la mousse au parfum chimiquement boisé jusqu'aux coudes, je hochai la tête en guise de salutations et l'informai du café qu'il nous restait à l'intérieur.

Avant même d'avoir eu le temps de me brosser les dents, j'avais été appelé par l'inspecteur Wong en charge de l'affaire, qui m'avait autorisé à circuler à l'avant du bâtiment. Jae avait proposé de repousser son portrait de famille pour m'aider à faire le ménage, mais je l'avais laissé y échapper avec un baiser. Wong m'avait dit qu'il pouvait toujours démarcher quelqu'un du labo pour le faire à ma place : une faveur pour un ancien camarade. Je l'avais sincèrement remercié. J'avais quitté les forces de l'ordre dans un déluge de balles, blessé par mon propre partenaire. Cela m'avait laissé avec un bon nombre de séquelles, un gros chèque et la haine collective de tous les flics de ma connaissance. Wong me faisait une surprenante fleur.

Il n'y avait plus une trace de sang sur les lattes et l'herbe était presque noyée. Tout de même, j'avais pris mon nettoyant multi-surfaces, une brosse à poils durs et avait déroulé le tuyau d'arrosage. Les dommages causés aux piliers étaient surtout esthétiques, mais je voulais quand même appeler quelqu'un pour jeter un coup d'œil à l'encadrement de fenêtre qui avait été touché. Bien qu'encore debout, la vitre branlait chaque fois que je la touchais. Je m'étais ainsi mis à frotter.

Je voulais faire disparaître la journée d'hier de mon porche. Je voulais la faire disparaître de ce plan de la réalité, si possible, mais au moins, je pouvais agir directement sur ces lattes.

La moustiquaire grinça derrière moi lorsque Bobby me rejoignit. J'avais tellement imbibé le porche du produit nettoyant que je ne parvenais même pas à sentir l'odeur du café dans sa tasse. Il s'installa dans l'une des chaises Adirondack que j'avais achetées pour que Claudia et moi puissions jouer les commères quand nous étions vraiment en manque de divertissement. Elle m'avait rouspété pour ma stupidité et était arrivée le lendemain avec de larges coussins, car d'après elle, le bois massif risquait de lui abîmer le derrière, à force.

— Hé, Lady Macbeth, maugréa Bobby en poussant mes fesses du bout de sa basket. Calme tes ardeurs. Ce qui est arrivé n'est pas de ta faute.

— Je sais.

J'aspergeai la zone du contenu du sceau et rinçai la mousse avec le tuyau d'arrosage. Une fois ce dernier de nouveau enroulé sur son support, je me lavai les mains et me servis un mug. Le temps que je revienne, Bobby avait déjà trouvé l'activité du jour : observer un groupe de jeunes hipsters qui s'était installé sur la terrasse du café d'en face.

— Ils me font penser au croisement entre un poète minable et un rockeur grunge qui oublie de se laver, moqua Bobby. C'est quoi, l'idée du look ?

— Qu'est-ce que j'en sais, moi ? Si Claudia était là, elle voudrait sûrement les attacher pour les passer sous l'eau et raser le hamster mort qui leur grandit sur le visage.

Les hippies qui servaient de gérants au café en question avaient trouvé un bon filon, au moins, en engageant un gars du nom de Joe, qui savait faire de sacrés sandwiches. Dans les jours moins remplis, j'y faisais un saut pour me prendre un pastrami bien grillé et me roulais en boule pour le déguster en paix. J'avais plus d'une fois dû supporter tout un éventail de prétention et de lassitude. Bien plus agaçant que des pseudo-intellectuels qui se rassemblaient lors des nuits de samedis pour parler de l'éternelle compétition entre Batman et Superman.

C'était une vie pleine de non-sens. Surtout sachant qu'aucun des deux ne valait Namor.

— Pas mal. Quand elle reviendra bosser, je l'y aiderai.

Il me bouscula de nouveau, cette fois avec son coude, puisque je me tenais à côté de lui.

— On a des nouvelles de la plaque pour la voiture au garde-meuble.

— Merde, j'avais complètement oublié.

C'était certes le cas. Ç'avait été sur le haut de la pile de mes priorités, mais après hier, tout avait dégringolé.

— Quelqu'un qu'on connaît ?

— Jackpot, enregistré sous une certaine « Songcuya Seong ». Et je suis presque sûr d'avoir tout juste éventré son nom.

— Qui c'est que ce… (Je marquai une pause.) Seong ? Le même Seong que Scarlet ?

— Mieux encore, sourit Bobby. C'est Scarlet. La voiture est enregistrée à son nom. Je crois bien que c'est la bagnole que ses petits bonshommes utilisent pour la conduire où elle veut. Mais rien n'est moins sûr, vu qu'il en existe toute une série.

— Pourquoi est-ce qu'elle nous ferait suivre ?

J'avais le cerveau qui pulsait du manque de sommeil, de nourriture et à cause de l'abus de café.

— Sans nous le dire ?

— C'est marrant que tu en parles, princesse, s'exclama Bobby. Parce que c'est exactement ce que j'ai dit quand je l'ai appelée ce matin. Il semblerait qu'elle ait ordonné à deux des gars de Seong de nous pister pour aider au déblayage. Tu avais déjà été blessé, et elle ne voulait pas que son précieux flocon de neige prenne encore des coups. Peut-être qu'ils ont décidé d'aller à l'encontre de ses ordres ou peut-être qu'ils nous pensaient suffisamment grands et forts pour se passer de leur aide, mais, dans tous les cas, ça explique leur présence. À se prélasser. Elle était furibonde quand je lui ai annoncé qu'ils nous avaient suivis pour se la couler douce.

— Elle va leur botter le cul.

C'était dans son tempérament. Je l'avais senti passé à une seule reprise, et ç'avait été loin d'être plaisant. Quelque chose me fit tiquer.

— Merde, tu ne crois pas que Seong va la jeter quand même ?

— Comment est-ce que tu en es arrivé à cette conclusion-*là* ?

Bobby s'était presque étouffé avec son café.

— Le gars a déménagé à Los Angeles et abandonné le reste de sa famille pour elle. Tu les as bien vus. Ils nous font un Jessica et Roger Rabbit.

— Je sais. C'est tordu, admis-je. Parfois, les gens qui bossent pour ce genre de personnes savent les choses avant tout le monde. Je me demandais simplement si elle était en train de le perdre, du genre *qu'elle aille se faire voir, on n'a pas à trimer pour elle. Le boss nous protégera.*

— Plausible.

Il m'assena un coup à l'arrière du crâne.

— Si on ne parlait pas de Scarlet et Seong. Je crois bien que Marie signerait le divorce avec Dieu avant que ces deux-là ne se séparent. Ne dis pas des conneries pareilles. Mieux encore : arrête de réfléchir. Toutes les idées qui te viennent après ce genre d'incidents sont à dormir debout. Laisse-toi le temps de guérir.

— Arrêter de me frapper, marmonnai-je en frottant l'endroit.

J'avais l'impression d'avoir cinq ans, à me faire racketter l'agent du déjeuner.

— Ou je ne te dirai pas ce que la police a conclu.

167

— On t'a enfin rappelé ?

— Oui, l'inspecteur Dexter Wong.

Je lui résumai comment Wong avait écarté Jae comme suspect.

— Il a contacté Brookes, qui était présente chez les Kwon. Ils pensent que la tentative sur Shin-Cho et la fusillade d'hier sont toutes deux liées au meurtre d'Helena. Ce sont les mêmes cartouches. Ils espèrent que la balistique les liera à la même arme.

— Ce serait idéal, dit Bobby en acquiesçant. Et ça expliquerait la forme des trous dans ce pilier. Ils y ont jeté un œil ? On dirait presque que des castors l'ont grignoté.

— Oui, j'hésite entre le faire remplacer ou utiliser du mastic à bois. Il faut encore que j'y réfléchisse.

Je m'assis à califourchon sur le repose-jambes incliné.

— Dis, quelqu'un a contacté Rocket ? À propos de Trey ? Je me suis rendu compte ce matin qu'en m'étant focalisé sur Claudia, j'en avais oublié la famille de Trey et l'appel que j'aurais dû leur passer, à eux et à Rocket.

— Mon gars, sa famille, *c'est* Rocket. Ils sont cousins germains.

Bobby nota le frissonnement qui me secoua.

— Complètement légal en Californie. Et ne t'inquiète pas, je l'ai eu après la police. Le gosse a beau être un toxico, il a encore des sentiments.

— Comment va-t-il ?

— Ça a l'air d'aller, dit-il. C'était le dernier proche de Trey qui n'avait pas encore expiré. J'ai bien l'impression qu'il va hériter du pactole, y compris du sex shop. Il n'avait pas l'air trop défait d'apprendre la nouvelle. Il m'a dit que Trey vivait dans la débauche et qu'il mourrait comme ça aussi, ou quelque chose dans le genre. Je pense qu'il croit que ce sont les flics qui l'ont abattu.

— Je dirais bien que c'est vache, mais je l'ai rencontré, raillai-je. C'est probablement la pensée la plus complexe qu'il a jamais eue.

On ne pouvait pas nous blâmer notre sursaut lorsqu'une berline noire se gara devant la maison. Nous échangeâmes un regard un peu embarrassé, mais il y avait chez nous un accord silencieux de pardon mutuel pour ce genre d'embarras. La honte perça le plafond pour Bobby lorsqu'un petit homme en costard ouvrit la porte sur une frêle petite dame assise à l'arrière.

Vêtue d'une jupe crayon et d'une blouse de qualité, Seong Ryeowon donnait l'impression d'être née avec des perles en bouche. Même sous le soleil intense de Californie, sa peau irisée était aussi lisse que de la porcelaine. Son conducteur, typé Seong, resta derrière le volant lorsqu'elle fit claquer ses talons moyens sur le béton.

Je m'étais déjà retrouvé du mauvais côté de petites grands-mères. Mais pour moi, il n'y avait pas plus dangereux dans le voisinage à ce moment-là que la femme élégante au visage fin qui remontait mon allée.

— C'est la mère de Shin-Cho. Nous l'avons aperçu à l'hôpital, tu te rappelles ? murmurai-je à Bobby.

Je me relevai, essuyai mon jean comme je le pus et la rencontrai sur les escaliers. Le problème avec les noms coréens, c'était que je n'avais aucune idée de la manière de m'adresser à une femme mariée. Je me décidai à l'instinct.

— Madame Seong.

— Monsieur McGinnis.

On ne pouvait la prendre pour quelqu'un d'autre que la sœur de Seong. Elle se tenait le menton levé, la bouche ferme et affichait une expression qui m'indiquait qu'elle s'attendait à ce que je m'incline. Elle jeta un regard à Bobby et l'ignora aussitôt sur un sourire glaçant. Son accent était bien plus prononcé que celui de son frère ou de Jae, mais elle parla avec assurance et clarté.

— Puis-je vous voir en privé ?

Je lui tins la porte du bureau et remuai les sourcils à l'attention de Bobby. Il renifla et en revint à la dégustation de son café et à son dénigrement silencieux des jeunes garçons d'en face. Je la conduisis dans une salle de réunion dont j'avais peu l'usage et lui offris un thé ou du café. Elle secoua la tête et s'installa confortablement dans l'un des larges sièges en cuir.

À l'origine, la pièce servait de salle à manger, mais, lors de mes rénovations, je l'avais transformée en salle de conférence pour les entrevues privées. Avec sa collection incomplète de fauteuils en cuir et en laiton et sa grande table rectangulaire, j'avais espéré lui donner une ambiance intimiste. Bobby m'accusait d'en avoir fait un club de gentlemen à la victorienne auquel il ne manquerait plus qu'un vieil explorateur anglais avec une énorme moustache blanche et un casque colonial ronflant dans un coin.

— Merci de me recevoir, dit-elle en redressant les épaules.

De près, je devinais Shin-Cho en elle. Son ossature plus délicate que celle de son frère lui venait certainement de Ryeowon. Je voulais lui en vouloir pour sa manière de traiter son fils aîné, mais en vérité, elle avait été là pour lui lorsqu'il s'était trouvé au plus bas. Aussi furieuse qu'elle puisse être du choix de partenaire de son frère et de ses propres divergences, elle avait été présente pour ses deux fils.

— Êtes-vous sûre de ne rien vouloir boire ? De l'eau, peut-être ?

Jae devait déteindre sur moi, car je me sentis particulièrement mal à l'aise de ne rien lui amener.

Elle m'étudia, la tête penchée, avant de reprendre la parole.

— Non, non. Ça ira. Merci.

— Que puis-je pour vous ?

J'avais laissé ma tasse dehors avec Bobby et ne rien avoir dans les mains me rendait nerveux. Je les serrai devant moi et me penchai vers l'avant dans ma chaise.

— Si c'est à propos de Park Dae-Hoon, j'ai bien peur que ces informations soient confidentielles, à moins que vous n'ayez obtenu de votre fils qu'il accepte de les partager avec vous.

À ma manière de parler, on aurait pu croire que je détenais une mine d'informations. Que je serais sur le point d'arracher le masque d'un voyou pour le proclamer vilain de l'histoire. La réalité, c'était qu'il nous restait encore à retrouver la trace de plusieurs hommes de la liste des victimes dans l'espoir qu'ils soient toujours aux États-Unis.

— Que m'importe, je ne suis pas venu ici pour Park Dae-Hoon, répondit Ryeowon.

Avec ses mains, elle exprimait une agitation nerveuse dans le rajustement de sa montre et le tripotage de sa manche.

— C'était important pour mon fils, David, que je vienne vous voir à propos d'un incident qui s'est déroulé avant notre départ de Séoul. Il pense que cette affaire pourrait avoir un rapport avec Shin-Cho.

J'avais amené mon bloc-notes et un stylo au cas où j'aurais à consigner quoi que ce soit. Je fis basculer les pages et hochai la tête.

— Très bien, que pouvez-vous m'en dire ?

Ryeowon pencha la tête et me regarda de haut.

— Que savez-vous des *chaebols* ?

— Mes… amis Coréens les ont mentionnés, répondis-je prudemment.

Il y avait une ligne claire à ne pas franchir dans le partage de ma relation avec Jae.

— Votre frère, Seong *hyung*, en fait partie, et une bonne partie des compagnies sud-coréennes leur appartiennent.

— Nous *sommes* la Corée du Sud, déclara Ryeowon. Ce que produisent nos familles, notre manière de nous comporter, tous les scandales qui nous touchent… tout est passé en revue. Les *chaebols* sont mis sur un piédestal, car nous représentons notre nation. Chaque jour représente un équilibre des conduites. Nous ne pouvons nous permettre d'agir moins que…

— Moins qu'à la perfection ? proposai-je.

— Vous comprenez. Nous sommes l'idéal sud-coréen.

Elle commença à remuer dans son siège, puis se corrigea. L'anxiété avait laissé place à une retenue impérieuse. J'émis un son qu'elle prit pour une acceptation de ses propos et elle poursuivit.

— Mon fils, Shin-Cho, a toujours eu du mal à satisfaire les exigences de sa famille. Il était autrefois très proche de son père et lorsque Dae-Hoon a décidé de… nous quitter, Shin-Cho en a été dévasté. David était encore jeune et n'était pas encore complètement tombé sous son influence. Ça a été plus facile pour lui d'apprendre à appeler un autre homme *hyung*. Mes frères ont pris cette place dans son cœur, mais, avec Shin-Cho, les choses ont pris une tout autre tournure.

— Quel genre de tournure ?

D'après ce qu'elle m'en décrivait, leur enfance avait eu une allure de camp d'entraînement.

— Il n'arrivait pas à se faire d'amis dans les autres familles des *chaebols*. Shin-Cho avait pris la mauvaise habitude d'éviter ses camarades, même à l'école. Ce n'était même pas une question d'élitisme de sa part. Ç'aurait au moins relevé la donne si ça avait été le cas, marmonna-t-elle. Il ne revenait pas directement à la maison après les cours et il traînait dans des quartiers où il n'avait pas de raison d'être. Je ne peux vous dire combien de fois nous avons dû envoyer nos agents après lui. Les choses ont empiré dès qu'il a eu son diplôme. Il lui arrivait de disparaître pendant des jours et il refusait d'aller à l'université que nous avions choisie pour lui.

— J'ai du mal à voir le rapport avec les événements récents, admis-je.

— J'y arrive, m'assura Ryeowon. Des rumeurs se sont répandues sur Shin-Cho, de terribles ragots sur ce qu'il faisait dans ces endroits. J'ai su à ce moment-là que j'aurais dû être plus stricte avec lui quand il était plus jeune. Il idolâtrait son père et je n'ai pas fait assez pour l'empêcher de suivre ses traces.

L'expression sur son visage était comparable au dégoût qu'elle avait affiché en voyant Scarlet entrer dans la salle d'attente. Je me forçai à ne pas réagir devant ses lèvres ourlées de révulsion.

— Une nuit, l'un de nos gardes du corps nous a appris qu'il l'avait suivi et l'avait trouvé avec un autre homme. On l'avait… blessé. Ses

171

transgressions l'avaient finalement rattrapé. Notre garde l'a ramené à la maison, et j'ai envoyé de l'argent à cet inconnu pour qu'il ne dise rien de ses agissements, mais il était déjà trop tard pour faire taire les rumeurs.

Elle poussa un soupir en jouant avec l'anneau à son doigt.

— Blessé?

Je n'aimais pas la direction que ça prenait. Et je commençai à l'aimer d'autant moins lorsqu'elle passa sur ces séquelles avec un petit haussement d'épaules.

— À quel point?

— Il a eu… besoin de temps pour récupérer. Nous lui avons trouvé un complexe pour se remettre, mais le mal avait déjà été fait. Nous n'avions aucun moyen de dissimuler ses agissements. Trop de bouches spéculaient déjà sur ce qui s'était prétendument passé.

Un autre soupir de reproche et mon estomac gargouilla d'un trop-plein de café et de l'acide qui me brûlait les entrailles.

— Notre famille avait déjà essuyé un scandale avec Park Dae-Hoon. Nous ne pouvions nous permettre un autre incident, donc notre frère aîné, Min-Wu, s'est arrangé pour l'inscrire dans l'armée. Nous pensions qu'il tirerait des bénéfices de l'encadrement, que ça lui ferait passer son obsession pour le chemin qu'avait emprunté son père.

Jamais je n'avais autant souhaité secouer quelqu'un que Seong Ryeowon. Ça me démangeait, un besoin irrésistible de la prendre par les épaules et de la secouer jusqu'à ce que sa tête tombe et roule sous la table basse. Au lieu de ça, j'enfonçai mon stylo dans les pages du bloc-notes et me contai en boucles que c'était ce à quoi Jae aurait à faire face si jamais sa famille venait à apprendre pour lui. Ça me fit aussitôt redescendre sur Terre.

— Mais il n'y est pas resté, je me trompe?

Je relevai les yeux.

— Il est parti avant la fin de la période prévue?

— À notre grand regret, dit Ryeowon. Nous l'avions enrôlé pour qu'il esquive le scandale. L'idée était qu'une fois revenu de l'armée, il serait allé à l'université et aurait trouvé un poste dans l'entreprise. Il allait déjà mieux, mais ça, c'était avant qu'il ne soit transféré sous le commandement de Choi Yong-Kun.

— On m'a dit qu'on l'a retrouvé dans une situation compromettante, précisai-je. Avec ce Choi Yong-Kun?

— Non, Choi Yong-Kun était son supérieur, dit-elle d'un ton sec. Son officier supérieur précédent était bien plus respectueux envers les besoins de notre famille. Je tiens Choi Yong-Kun entièrement responsable de son association avec Li Mun-Hee. *Cet* homme-là était connu pour ses écarts. Il avait déjà effectué quatre transferts avant d'être placé là. Choi Yong-Kun a négligé de protéger mon fils de Li Mun-Hee. Il est coupable du renvoi de Shint-Cho.

Je sus avant même de dire ce que j'avais sur le cœur que j'allais la mettre en rogne. Je pris tout de même quelques pincettes.

— Vous ne pensez pas que Shin-Cho savait ce qu'il faisait?

— Comment l'aurait-il pu? demanda Ryeowon, les yeux écarquillés. Il devait prendre ce temps pour se recentrer, et Choi Yong-Kun l'a délibérément abandonné alors même qu'il était responsable de lui. Yong-Kun *savait* qu'il était vulnérable. Mon fils n'est pas *gay*, monsieur McGinnis. Il a besoin de temps pour le comprendre. Notre famille a besoin de temps, aussi, pour l'accepter. Et mon frère a décidé de l'envoyer ici... avec *Min-Ho*.

Je pensais avoir atteint le fond du baril de sa haine, mais, de toute évidence, je me trompais. Le venin qu'elle employa au nom de Seong aurait pu stopper un troupeau d'éléphants.

— Je vois, mais qu'a à voir Choi Yong-Kun dans notre histoire, aujourd'hui? questionnai-je. L'a-t-il menacé? Demandé de l'argent pour son silence?

— Il a disparu, répondit-elle sèchement. Avec Li Mun-Hee. Tous les deux... envolés.

— Donc c'était un complot pour saboter la réputation de Shin-Cho?

Mes notes commençaient à ressembler à un diagramme de Venn, en pire.

— Croyez-vous qu'ils aient pu avoir organisé toute l'affaire pour s'assurer qu'il soit compromis, puis réclamer de l'argent?

Compromis. Comme s'il était l'héroïne d'une romance des années cinquante.

— Je n'en sais rien. Ça ne m'étonnerait pas de Li Mun-Hee, dit Ryeowon, méprisante. Il est revenu voir Shin-Cho, vous savez. Comme s'il avait un droit de revendication sur mon fils. Mon frère l'a chassé en lui disant de ne plus jamais remettre les pieds *chez nous*.

— Votre frère l'a-t-il informé que Shin-Cho se trouvait à L.A.?

— Je ne sais pas. Je n'écoutais pas, admit-elle. J'étais excédée. David était sur le point de se marier, et les Kwon avaient déjà des doutes sur l'arrangement à cause de Dae-Hoon. La conduite de Shin-Cho a bien manqué de faire rompre les fiançailles. Nous nous étions mis d'accord sur son absence, pour sauver les apparences, mais David a refusé d'honorer l'arrangement entre nos deux familles. C'était très déstabilisant.

— Que pensait Helena de la participation de Shin-Cho au mariage ?

À en croire son regard, on aurait dit que je lui avais proposé une petite rixe sur la table.

— Pourquoi aurait-elle un avis sur la question ? C'était la décision de David.

Je me demandai si elle voulait dire par là qu'*une femme n'a rien à redire des choix de son mari* ou si Helena n'était pas concernée, car le problème n'émanait pas de son côté de la famille. L'un comme l'autre, je marchais déjà sur des œufs avec Ryeowon. J'avais essayé d'éviter de la provoquer, mais il était évident que nous ne nous accordions pas sur l'éventuelle guérison miraculeuse de l'homosexualité de Shin-Cho. Je n'allais pas me mettre à alimenter les flammes en amenant les droits des femmes sur la table.

— Comment avez-vous su pour la disparition de Choi et de Li ?

Je peinais à imaginer un suicide groupé, surtout pas si ça avait un rapport avec Shin-Cho. D'abord, c'était Choi qui les avait dénoncés. À moins que ce soit pour leur extorquer de l'argent, il n'avait rien à y gagner. À vrai dire, c'était même plutôt le contraire, considérant les retombées d'avoir agacé une famille aussi puissante.

— La police est venue toquer à notre porte. L'un de leurs agents avait eu vent de… la relation entre Shin-Cho et Mun-Hee. Un voisin aurait entendu une violente dispute dans l'appartement de Mun-Hee et appelé les autorités. Quand personne n'a répondu à la porte, la police l'a forcée et a découvert du sang sur le sol, raconta Ryeowon. Le frère de Choi Yong-Kun a expliqué qu'il était allé confronter Mun-Hee. Lorsque les agents sont arrivés chez Yong-Kun, il n'était déjà plus là. Il n'avait rien laissé derrière lui.

— En avez-vous parlé à la police américaine ? demandai-je, et je m'appuyai contre le dossier en exhalant. A-t-on vérifié qu'il n'a pas quitté le pays ? Avait-il un passeport ?

— Je ne peux pas vous dire. Il y a plus d'une façon de sortir sans être traqué. Ça n'aurait pas été de l'ordre de l'impossible pour lui, avoua-t-elle lentement. Je ne pense pas que Yong-Kun ferait tout ce chemin pour faire payer Shin-Cho. C'est lui qui lui a fait défaut, pas le contraire.

Je ne savais pas par quel bout prendre le conflit qui me tiraillait de l'intérieur. Il n'y avait pas de ferveur religieuse ou de méchanceté dans ses

174

yeux. Seong Ryeowon croyait véritablement que l'homosexualité de son fils pouvait être soignée et qu'elle avait fait un faux pas en lui laissant une belle image de son mari. Je voulais tant la détester. Ou bien avoir pitié.

Mais je ne savais pas comment.

— Très bien, laissez-moi le temps de voir si je peux trouver quelqu'un qui saura pister Yong-Kun, dis-je. Mais vous devriez vraiment parler à la police. C'est l'inspecteur Wong qui s'occupe de l'enquête. Il devrait pouvoir vous aider.

— Wong ? dit-elle d'un ton songeur. Un chinois ?

— C'est ça.

Jae m'avait dit que beaucoup de Coréens avaient une sainte horreur des Japonais, pour une raison qui m'échappait. Je n'étais pas bien certain de leur avis sur leur voisine la Chine.

— Cela pose-t-il un problème ?

— Non, non, c'est très bien.

Elle fit un geste vague de la main pour esquiver le sujet, puis se releva. Ryeowon marqua une pause au niveau de la porte.

— Puis-je vous demander quelque chose, monsieur McGinnis ?

— Bien sûr, répondis-je en reprenant mes notes et mon stylo.

— Vous êtes gay, pas vrai ? Comme Min-Ho ?

Pas de *hyung* pour son frère aîné. J'acquiesçai.

— Je le suis.

— Votre mère est-elle au courant ?

Son inquiétude était palpable, que ce soit de la sympathie à mon égard ou pour la femme qu'elle s'imaginait passée par le même éventail d'émotions qu'elle.

— Non, dis-je doucement. Elle est morte en couche.

— Ah.

Son sourire s'agrandit, illuminant son visage. Cela la rajeunit, adoucissant les cernes noirs sous ses yeux, qu'elle dissimulait avec une épaisse couche de maquillage.

— Tant mieux, alors. Elle ne saura jamais ce que vous êtes. Je suis contente pour elle, c'est bien mieux comme ça. Une bonne journée à vous, monsieur McGinnis, et encore merci.

XVII

— BORDEL, DANS le genre, elle est glaciale, jura tout bas Bobby dans le dos de Seong Ryeowon qui était en train de partir.

Nous quittâmes le porche au profit du bureau quand un essaim de moucherons décida que nos bouches feraient des grottes parfaites pour leurs affaires. Jae fit son apparition quelques minutes plus tard avec plusieurs barquettes de rôti de bœuf, frites et carottes épicées. Bobby lui en chipa une des mains dès qu'il eut passé la porte et l'embrassa sur la joue en guise de remerciements. Il prit un air insulté lorsque Jae eut un mouvement de recul horrifié.

— Ouais, il n'aime que les hommes, Bobby, raillai-je.

Mon supposé meilleur ami m'envoya un doigt.

— Mmmmm. Mexicain.

Bobby m'ignora pour mieux déballer sa boîte et inhaler le parfum enivrant de la viande grillée, du fromage et des frites.

— C'est sympa de se taper un Coréen. Il ramène la bouffe.

— C'est le cas de Cole, pas le tien, marmonna Jae. Mais je suppose que te nourrir ne me dérange pas tant que ça. C'est un peu comme s'il avait un chien pour lequel je ramenais des hamburgers.

— Et Cole est très content de son copain Coréen. Sois gentil avec Bobby. Il a avalé des moucherons et passé l'après-midi à regarder des hippies rentrer en communion avec leurs thés à l'eau de source.

Je tirai sur l'ourlet de son T-shirt, et il se pencha pour m'embrasser avant de reculer pour s'occuper du plat.

Perché sur le bord de mon bureau, il me tendit une boîte pleine à craquer, ouvrit la sienne et noya aussitôt ses frites avec de la sauce sriracha. Mon ventre se noua de sympathie. Le sien devait être en train de ricaner, se moquant de mes intestins délicats. Il me passa la bouteille, et je dus lui servir la même expression qu'il avait jetée à Bobby, parce qu'il se mit à rire si fort qu'il lui fallut engloutir tout un verre d'eau. Je lui tapotai le dos et m'affairai à leur raconter le déroulé de mon entretien avec Ryeowon.

— Ouah, siffla Bobby, incrédule, lorsque j'en arrivai à la partie sur ma mère. C'est… complètement tordu.

— Pour nous, dis-je. Mais pour elle... pour sa famille... je pense qu'elle en fait plus que la plupart des gens. Elle doit avoir joué de son influence à plus d'une reprise pour que Shin-Cho reste sous la protection des Seong.

— Mais il ne va jamais se marier, faire des enfants et oublier qu'il est gay.

Bobby enfonça une frite dans sa bouche.

— Elle devrait l'accepter et tourner la page.

— Pourquoi pas?

Jae pencha la tête vers Bobby.

— *Hyung* l'a fait. D'autres le font. C'est son fils aîné. Elle veut qu'il puisse avoir... Elle veut qu'il poursuive la lignée.

— C'est un Park, fis-je remarquer. N'ont-ils pas leur mot à dire, là-dessus?

— Non, les liens familiaux avec Shin-Cho et David ont été rompus après Dae-Hoon.

Triturant ses carottes, il finit par trouver un piment rouge et mordit dedans. Je me rappelai mentalement de ne pas l'embrasser avant qu'il se soit rincé la bouche.

— Le scandale était la goutte de trop. Heureusement, tout s'est déroulé ici, donc ils ont pu...

— Étouffer l'affaire? intervint Bobby.

— Exactement, confirma Jae.

Il en parlait d'une manière essentiellement pragmatique. Nous avions fait le chemin ensemble, mais c'était une idée nouvelle pour Bobby, et il n'allait probablement pas aimer ce qu'il découvrirait.

— Les Seong sont plus influents que les Park. C'est logique que Ryeowon ait choisi de ranger ses fils de leur côté. Ça leur a permis de profiter d'une meilleure protection, surtout après que Shin-Cho s'est fait prendre sur le fait avec un autre homme. Les *chaebols* prennent soin des leurs.

— J'ai du mal à croire que je sois là à t'écouter justifier ces conneries.

Écœuré, il repoussa sa barquette de frites sur le bureau de Claudia.

— T'es gay, ne me dis pas que ça ne te met pas sur les nerfs!

— Pourquoi donc? Être gay est différent quand tu es Coréen, répondit calmement Jae. Ça *l'est*. Préférerais-je pouvoir aimer un homme et garder ma famille? Bien sûr, mais ce n'est pas possible. Pas avant que mes sœurs aient quitté le toit familial et que je sache ma mère prise en charge. Lorsque

177

je lui dirai, je n'aurai plus personne. Shin-Cho fait partie des chanceux. Sa mère oblige sa famille à subvenir à ses besoins. Elle l'aime encore. Elle se bat pour lui. Elle risque la réputation de sa propre famille chaque fois qu'elle lui tend la main.

— Des foutaises, cracha Bobby.

— Parce que ce n'est pas ce que tu as vécu ? Parce que tout quitter est facile à tes yeux ?

La voix de Jae s'adoucit presque dans un murmure, mais la tension dans son ton monta en flèche.

— Certaines familles passent sur les agissements de leurs fils s'ils se marient et ont des enfants, comme l'a fait *hyung*. D'autres rompent les liens, font comme s'ils n'existaient plus. La Corée n'est pas si grande que ça. La réputation et le statut de ta famille déterminent absolument tout dans ta vie : ton travail, ton université… tout. Même ici, nous sommes pris au piège entre notre identité et ce que nous voulons réellement. N'ose pas me dire que ce sont des foutaises avant d'avoir vécu comme nous le faisons.

— Hé, vous deux, intervins-je.

Je me retenais de bondir pour danser autour des tables, non pas parce que je ne savais pas danser, bien qu'il y ait un consensus sur mon incapacité dans ce domaine, mais parce que Jae m'avait donné un «quand» plutôt qu'un «si» il allait en parler à ses proches. Je voulais savourer le moment et leur petite dispute m'en empêchait.

— Du calme, Bobby, tu sais bien ce que ça fait d'avoir à cacher qui tu es vraiment. Les choses sont différentes pour tout le monde. Tu le sais.

— Ouais, grogna-t-il avant de se remettre à engloutir ses frites. Et c'est pour ça que je me dégoûte à voir des gens être forcés de se cacher. Nous avons trimé pour que les choses soient plus ouvertes ici. Dans mon cas, ça a été tellement dur de prendre mon courage à deux mains.

— Exactement, *ici*, nota Jae. Le monde ne s'arrête pas *ici*. J'aimerais que ce soit le cas, crois-moi, le changement y est tellement mieux accepté, contrairement à la Corée du Sud.

— D'accord, capitula Bobby. Ne t'attends simplement pas à ce que je le prenne avec le sourire.

— Ce n'est pas le cas, répondit doucement Jae. Je n'ai pas dit que ça me plaisait davantage. Les choses sont comme elles sont, c'est tout.

L'heure qui suivit au bureau fut rythmée par le bruit des fourchettes et le tapotement de mes doigts sur le clavier. Bobby fut plusieurs fois pris d'une envolée de jurons lorsqu'il tombait dans une impasse. Petit à petit, notre liste de victimes mises aux arrêts rétrécit. Après toute une après-midi, nous avions appris que l'une d'entre elles était repartie en Corée, tandis que deux autres avaient mis fin à leurs jours. Des deux qui étaient restées en Amérique, une seule vivait encore à Los Angeles. L'autre avait élu résidence à New York avec sa femme et sa fille.

— Je vais voir si je peux prendre contact avec ce Brandon Yeu. Peut-être acceptera-t-il de nous parler de cette nuit-là.

J'imprimai ses informations depuis la base de données à laquelle j'étais inscrit.

— Fais ça demain, gamin, suggéra Bobby. C'est bientôt l'heure des visites à l'hôpital. Tu vas t'en vouloir si tu oublies d'y aller.

— Merde. (Je vérifiai ma montre.) Je dois passer chercher des fleurs, avant.

— N'oublie pas les ballons, s'amusa Jae. Ça ne serait vraiment pas sérieux sans les ballons.

NOUS ACHETÂMES finalement des ballons.

Me débattant avec l'apocalypse de mylar que j'avais conjuré à l'hôpital, je suivis Jae, qui portait lui-même l'énorme bouquet de roses et d'œillets sur lequel nous nous étions finalement mis d'accord. Il avait penché pour une gerbe de lys blancs que j'avais rejetés, car c'était des fleurs funéraires. Je m'étais alors tourné vers un bel arrangement de chrysanthème, mais ces derniers avaient apparemment une consonance mortuaire pour les Coréens.

Il était bon de savoir que nous nous accordions dans nos choix morbides.

La chambre d'hôpital donnait l'impression qu'un jardin botanique avait rendu le contenu de son estomac après une nuit de beuverie. Il y avait au moins deux grosses couronnes de fleurs respectivement barrées d'une bannière orthographiée en *hangeul*, mais qui disparaissaient derrière le nombre de personnes présentes dans la pièce. Martin m'aperçut au travers du troupeau et prit le contrôle de la situation.

— OK, tout le monde dehors.

Il n'avait pas haussé le ton, pourtant, il devait y avoir une sorte de capteur à vibrations implanté chez tous les membres du clan de Claudia, car, en quelques secondes à peine, la pièce s'éclaircit après plusieurs baisers déposés sur la joue de la dame en question. Le battant se referma derrière moi, et je me retrouvai seul avec la femme qui aurait dû suivre sa raison plutôt que de venir travailler pour moi.

— Vous pensiez peut-être me les attacher aux bras pour que je m'envole comme avec la maison?[3] questionna-t-elle d'une voix râpeuse depuis son lit. Venez ici, mon garçon.

Je relâchai les ballons. Qu'importe qu'ils aillent s'entremêler au plafond ou qu'ils éclatent en touchant l'un des néons fluorescents. En quelques pas, je me retrouvai dans ses bras, à me faire étouffer comme un chef.

Elle sentait l'antiseptique et le parfum poudreux qu'on retrouvait sur ceux qui sortaient du bloc opératoire, mais il y avait aussi une once de lavande et de vanille provenant de son savon, et le battement régulier de son cœur pompant la vie dans son corps moelleux et arrondi. Le col de la robe violette en velours que je lui avais offerte pour Noël me chatouilla le nez lorsque je pressai mon visage contre son épaule, et on entendit un bruit de froissement lorsque je rajustai ma posture. Embarrassé, je la libérai pour tirer la pile de dessins au crayon coincée sous ma hanche et tentai de les lisser sur ma jambe.

— Pardon, marmonnai-je en les déposant sur la table à côté du lit.

Le visage mouillé, je m'essuyai les joues en espérant que Claudia ne m'ait pas vu perdre mes moyens.

— N'ayez pas honte de pleurer, Cole.

Elle tapota ma main, emmêlant le cordon qui lui sortait du bras dans le même geste. Je le démêlai et m'apprêtai à aller chercher une chaise, mais elle m'attrapa le T-shirt.

— Pas besoin. Vous pouvez rester sur le bord du lit pour me parler.

J'obtempérai, comme je le faisais généralement. Je pris le temps de l'observer. Ses joues avaient retrouvé une couleur rose et sa peau était revenue au riche café habituel. La grisaille hantant mes rêves s'était évaporée. Il y avait un petit agglomérat de paillettes sur sa joue gauche et plusieurs barquettes en plastique épinglées bizarrement dans ses cheveux. Elle devait avoir été victime d'un relooking spécial petite fille. Ça lui allait bien. La sentir si vivante était une bénédiction et je ne lui en voulus même pas lorsqu'elle m'assena une tape sur la tête.

---

3 NdT : référence au long-métrage *Là-haut* des studios Pixar.

— Ne commencez pas à vous excuser, me morigéna-t-elle. J'ai reçu une abdominoplastie gratuite et plus de bonbons que je ne peux en avaler. Ne me faites pas entendre que c'est de votre faute si je suis ici.

— Je n'ai encore rien dit!

Je frottai la zone de manière excessive.

— Je suis désolé que...

Elle me frappa plus fort cette fois-ci et je grognai légèrement de douleur. D'un mouvement, elle m'empêcha d'appuyer sur le bouton d'appel des infirmières et réarrangea sa robe pour être mieux dans ses vêtements, puis se mit à me lorgner.

— Ont-ils déjà attrapé le responsable? J'ai appris pour le garçon. C'était un idiot, mais il ne méritait pas ça.

— Non, il ne le méritait pas, répétai-je. Et non, ils ne l'ont pas encore retrouvé. La police a débusqué la voiture, mais c'est à peu près tout. Je ne vais pas rester longtemps. Les médecins veulent que tu te reposes.

— Je me reposerai quand je serai six pieds sous terre, annonça-t-elle. Comment allez-vous? Avez-vous été blessé?

— Juste un peu au niveau du dos. Rien qu'une éraflure.

Relevant mon haut, je lui montrai mon bandage.

— J'ai connu pire.

— Comment se fait-il que vous attiriez toujours les balles? s'agaça Claudia. On dirait que vous le cherchez, à force.

— Cette fois, je suis innocent.

Je lui racontai la théorie de Wong à propos des connexions éventuelles entre les fusillades, puis lui résumai mon entrevue avec Seong Ryeowon. Lorsque j'eus terminé, elle prit un air songeur.

— J'aimerais vraiment que toutes les mères soient comme toi. Marcus a beaucoup de chances de t'avoir.

Claudia m'étudia un long moment, puis attrapa ma main. Mêlant ses doigts aux miens, elle poussa un soupir et resserra sa prise.

— C'est ce que vous pensez? Que ça a été facile quand il me l'a dit?

— Je ne dirais pas... facile, bredouillai-je. Mais certainement bien plus qu'avec Barbara et mon père.

— Je l'ai mis à la porte, dit-elle d'une voix douce. Mon garçon... le fils que j'ai nourri au sein et bercé lorsqu'il était malade... et je l'ai jeté, comme on jetterait une vieille ordure.

Le choc me prit aux tripes. De tous ses fils, Marcus semblait être celui avec lequel elle s'amusait *le plus*.

— Tu ne me l'avais jamais dit. Je ne savais pas.

— Ce n'était qu'un gamin, à peine quatorze ans, murmura-t-elle. Il est venu à moi en confiance et je l'ai chassé. Qu'est-ce que ça dit de moi ? Qu'est-ce que ça dit de mon caractère, si je suis capable de faire ça à mon propre fils ?

— Pourquoi ? demandai-je, confus. Pourquoi aurais-tu fait ça ?

— Parce qu'on m'a appris que c'était un péché et que rien de ce qu'il ferait ne pouvait sauver son âme, répondit Claudia. J'ai quitté la maison pour aller chercher mon pasteur, pleine de colère et de tristesse. J'avais besoin de me raccrocher à quelque chose. Qu'on me dise que j'avais fait le bon choix et que tout irait bien.

— L'avez-vous trouvé ?

Je n'avais jamais été très croyant, mais Claudia et le reste de sa famille se rendaient à l'église tous les dimanches. D'après ce que j'en savais, c'était une belle sortie pour eux. Je préférais passer mon temps libre à dormir et à m'amuser au lit, mais chacun se connectait avec Dieu d'une manière différente.

— Non, je n'ai jamais atteint l'église, admit-elle. J'ai fait demi-tour et me suis retrouvée au jardin de Huntington. Ma voiture est tombée en panne. Juste devant. Je suis sortie, et il y avait une offre de visite gratuite pour le jardin japonais ce jour-là, donc j'y suis allée. J'ai trouvé un coin tranquille, me suis assise et ai pleuré toutes les larmes de mon corps.

— Je suis désolé…

— Non. Ne soyez pas désolé pour moi. Comprenez, j'ai puni mon fils, Cole, continua-t-elle. Il m'est arrivé de leur donner la fessée pour avoir mal agi, mais c'était bien la première fois que je levais la main de colère. De haine. Pour mon propre fils. Et Dieu seul sait combien de temps je suis restée assise dans cet endroit étrange au lieu de me rendre à l'église, tant j'étais sens dessus dessous. Il avait eu confiance en moi, en mon amour pour lui, et je lui avais tourné le dos.

Elle secoua la tête.

— J'avais perdu la foi. Pas en Dieu ou en lui, mais en moi-même. J'avais laissé d'autres m'imposer leurs idées du bien et du mal. Toutes ces années, j'avais écouté prêcher qu'une personne comme Marcus était mauvaise, inhumaine.

— Ça ne ressemble pas à Marcus, ris-je.

— Non, pas mon Marcus. J'ai *élevé* ce garçon. Je savais qui il était. Je l'avais vu donner aux moins privilégiés. Il était capable d'apaiser les disputes entre ses frères, parce qu'ils savaient tous qu'il serait juste. Et je l'avais rejeté parce qu'il savait qui il était ? Parce qu'il comprenait son cœur ? Parce qu'il avait décidé d'être honnête avec moi comme il l'était avec lui-même ? Il m'a approché en sachant que je l'aimerais et que je le prendrais dans mes bras quand le reste du monde chercherait à le réduire au silence et je l'ai crucifié pour son amour, dit-elle en pressant de nouveau ma main. C'est là, à ce moment précis, que j'ai compris que Dieu me jugeait. On m'avait donné d'avoir un fils, imparfait c'est vrai, mais un bon garçon, avec un grand cœur, et j'avais merdé.

— Claudia ! moquai-je. Ton vocabulaire ! Mais les choses vont mieux ? Aujourd'hui, je veux dire.

— Aujourd'hui, oui. Maintenant que l'adolescence est passée. Je m'en suis sortie avec lui, je pense, rit-elle. D'eux tous, Martin et lui sont ceux qui m'en ont fait le moins voir de toutes les couleurs. Et savez-vous ce que j'ai vraiment conclu de ce fils qui m'a été donné ? Si ce n'est de m'apprendre une peu d'humilité ?

— Aucune idée, dis-je en secouant la tête. Je ne sais pas.

— Je pense que Dieu savait qu'un jour, dans l'ennui de la retraite, je chercherais une activité, dit-elle doucement. Il savait qu'un homme brisé ayant été autant maltraité par ses proches aurait besoin de quelqu'un comme moi dans sa vie. Il me fallait simplement apprendre à l'aimer. Et si je n'avais pas pu trouver au fond de moi le cœur pour aimer mon propre fils, comment aurais-je pu apprendre à aimer celui qui allait le devenir ?

Elle m'étreignit de nouveau, plus étroitement qu'auparavant, et je luttai en vain pour ne pas craquer. Enveloppé dans ses bras puissants, je laissai la douleur emmagasinée faire surface jusqu'à plus soif. C'était épouvantable. Ma gorge se noua et j'agrippai ses épaules comme si j'étais sur le point de me noyer. Claudia me laissa sangloter sur elle en silence, frottant mon dos jusqu'à ce que je me décide à ne pas mourir asphyxié et à me dégager pour inspirer un grand coup.

Elle prit mon visage en coupe d'une main assurée et me força à lui faire face.

— Il n'y a rien chez toi qui ne peut être réglé par un bon repas et un peu d'amour. Il te suffit de finir ton assiette et d'ouvrir ton cœur. Ils ont essayé de te faire paraître moindre que tu n'es, Cole McGinnis, et crois-moi, tu es quelqu'un de bien. Tu mérites une belle vie. Souviens-t'en.

— OK, murmurai-je en embrassant sa paume et, dans un rire, je demandai : As-tu jamais atterri à ton église en fin de compte ?

— Non.

Elle éclata de rire.

— J'ai appelé un ami pour qu'il me ramène de l'essence, puis j'ai cherché une paroisse qui ne me dise pas qu'il soit normal de haïr quelqu'un. Ce n'est pas parce que Dieu m'a remis une fois à ma place que j'ai développé une ligne directe avec lui.

— Pas faux, lui concédai-je. Bien sûr, si Dieu se met à te parler de manière régulière, n'oublie pas de me tenir informé. Nous te trouverons une de ces robes avec les manches qui s'attache à l'arrière.

Elle était visiblement épuisée. Je devais l'avoir usée, car elle s'était mise à s'affaisser dans le lit. Je rassemblai les ballons, les démêlai autant que possible et les attachai à une des chaises. Nous attendîmes quelques secondes, prêts à la voir s'envoler, mais elle était solide et resta bien plantée au sol. Jae toqua à la porte et ils discutèrent quelques minutes, juste le temps qu'il fallut à Claudia pour que ses paupières papillonnent. Jae l'embrassa sur la joue, et nous quittâmes la chambre, tenant la porte à deux femmes qui allaient dans l'autre sens.

Le couloir était remarquablement vide des membres de la horde, à l'exception de quelques fils qui s'attardaient près des distributeurs automatiques. Martin nous attendait un peu plus loin et nous proposa de le rejoindre. Il m'étreignit brièvement et me frappa dans le dos. Ce fut comme être électrocuté par la foudre.

— Je suis content que vous soyez passé. Moman vous réclamait. Je lui avais dit que vous passeriez aujourd'hui.

Il accepta le Coca que l'un de ses frères lui tendit et me poussa à prendre une canette parmi le stock qu'ils s'étaient créé.

— Rien n'aurait pu m'empêcher de venir, dis-je.

Jae refusa la boisson, mais se servit dans la mienne quelques minutes après son ouverture, la sirotant doucement avant de me la rendre.

— Jae-Min pense qu'il y a un sujet que nous devrions aborder avec toi, déclara Martin. À propos de ces couronnes de fleurs. Celles avec les bannières en coréen.

Je jetai un regard vers Jae.

— Qu'est-ce qu'elles ont? Elles ne viennent pas de Scarlet?

— L'une d'entre elles, répondit Jae. Mais pas l'autre. Un homme est venu la déposer en demandant à parler au chef de famille.

— Je lui ai dit qu'elle était dans la chambre, poursuivit Martin. Mais qu'il pouvait s'entretenir avec moi, s'il voulait. Il était Coréen et parlait un peu comme la mère Hyunae, avec un anglais un peu bancal.

— Hyunae ? demandai-je.

— La copine de Marcel, précisèrent Jae et Martin d'une même voix.

— Elle est Coréenne, intervint Jae. Martin, répète à Cole ses mots exacts.

— Il m'a dit qu'il était désolé pour moman, répéta Martin. Je pensais que c'était une connaissance, mais lorsque j'ai posé la question, moman m'a dit qu'elle ne connaissait qu'une Scarlet et son petit-ami. Nous avions déjà reçu un bouquet de leur part, et la famille de Hyunae a envoyé une corbeille de fruits.

— T'a-t-il donné son nom ? demandai-je. Merde, peut-être une carte avec les fleurs ?

— Pas de nom, répondit Martin. Mais Jae-Min a récupéré la carte du fleuriste.

— Je l'ai détachée de la couronne. Elle dit : *Désolé pour toute cette souffrance. Je prie pour qu'on me pardonne.*

Jae poussa un cri quand je le pris dans une étreinte d'ours.

— *Aish*, lâche-moi.

— Je t'aime, tu sais.

Il se crispa entre mes bras, mais je refusai de le libérer et le serrai encore plus fort à la place. Je déposai un baiser sur son oreille et murmurai :

— Je t'avais dit que ça finirait par sortir. Laisse-moi au moins me réjouir que tu l'aies récupérée, OK ?

— OK, accepta-t-il à contrecœur, et je le laissai m'échapper. Juste pour ça, alors.

— Merci, Martin.

Je lui serrai la main et il me frappa de nouveau dans le dos. Je sentis un courant électrique dévaler ma colonne vertébrale depuis mon épaule. Mon corps pouvait bien aller se faire voir et l'accepter comme un homme. Mes cotes refusèrent d'écouter et la peau se tendit, démontrant une étrange solidarité avec mon épaule.

— Je vais passer voir Wong et me mettre à jour de ses découvertes.

— D'accord. Mais si c'était bien l'homme qui lui a tiré dessus, alors je suis désolé de l'avoir laissé partir.

Il sourit d'un air mauvais.

— La prochaine fois que je le verrai, nous aurons deux mots à nous dire.

— Fais-moi savoir s'il revient, dis-je. C'est d'accord?

— Bien sûr, accepta facilement Martin. Je ne peux pas promettre qu'il soit encore en état quand tu arriveras, néanmoins. Mais je te tiens informé.

— Parfait, acceptai-je. Tout ce dont il a besoin, c'est d'une langue pour parler. Pour le reste… fais ce que tu as à faire.

— Un moignon n'a jamais empêché personne de parler. Je ferai de mon mieux, Cole. Tu as ma parole.

XVIII

APRÈS QUE Jae eut moqueusement rejeté mon aide pour la préparation du dîner, je me mis à fouiller dans mes notes pour retrouver le numéro de Brandon Yeu. À sa façon de me traiter, on aurait pu croire qu'avant son arrivée, je ne survivais qu'aux steaks et aux pizzas surgelées. Si je n'avais pas eu dans mon congélateur coffre une demi-vache, des sachets de pepperonis extras et des feuilletés au fromage, je pourrais même presque admettre qu'il avait raison.

Je pris une grande inspiration avant de composer le numéro. J'allais volontairement m'inviter dans la vie d'un inconnu et rouvrir une plaie qui devait depuis longtemps s'être refermée. Et j'allais le faire avec une vieille fourchette bien rouillée pour apprendre ce qu'il était advenu d'un mort.

— Allô ?

L'homme semblait jeune. Je n'étais pas certain de ce à quoi je m'étais attendu, mais cette voix mélodieuse ne rentrait pas dans la liste.

— Brandon Yeu ? tentai-je.

— Non, une minute.

Je l'entendis de manière étouffée poser une question à quelqu'un.

— Puis-je savoir qui est à l'appareil ?

— Cole McGinnis. Je suis détective privé, répondis-je. J'aurais besoin de lui poser quelques questions sur un homme qu'il a autrefois connu.

Un moment de silence, juste un, mais il suffit à me nouer le ventre. Quand quelqu'un d'autre reprit le téléphone, mes intestins suivirent l'exemple de mon ventre et se mirent à remonter dans ma gorge.

— Allô. Yeu à l'appareil.

Je me présentai, puis lui expliquai la raison de mon appel. Un silence sourd résonna de l'autre côté du fil, puis un soupir tremblant.

— Cela fait bien longtemps que je n'avais plus entendu ce nom-là.

— Je peux imaginer, répondis-je. Je n'ai pas l'intention de vous créer des problèmes. Je cherche simplement à comprendre ce qui est arrivé à Park Dae-Hoon pour donner à ses fils un peu de tranquillité d'esprit. Si ça peut vous aider, ils ont décidé de retourner tout l'argent qu'il a extorqué, avec les intérêts. J'aimerais pouvoir m'assurer que cela soit fait, au moins.

— Je… ne sais pas trop, bredouilla-t-il, et derrière lui, j'entendis qu'on lui demandait s'il allait bien.

Yeu murmura quelque chose, puis revint vers moi.

— De quoi avez-vous besoin ?

— Surtout de savoir si vous avez vu quelque chose, cette nuit-là. Cela pourrait être n'importe quoi. J'essaie de visualiser ce qui s'est déroulé au Bi Mil. Et j'espère trouver une piste qui m'indiquera où Dae-Hoon s'est rendu, après l'événement.

— Laissez-moi y réfléchir, dit Yeu. Ma vie est complètement différente, aujourd'hui. Je ne me… cache plus, et vous me demandez de repenser à une partie de ma vie que je préférerais oublier.

— Je comprends, dis-je. J'ai mis du temps avant de prendre contact avec vous. Je ne voulais pas m'immiscer, mais…

— C'est votre travail, rit-il.

— Ce n'est même pas une question d'argent, insistai-je. L'un de ses fils m'a approché, parce qu'il croyait que je pourrais comprendre ce par quoi son père est passé, à être homosexuel… ce par quoi lui-même passe aujourd'hui. C'est personnel, comme affaire. Si vous voulez, nous pouvons nous entretenir ailleurs qu'à mon bureau. Dans un restaurant, peut-être ? Ce sera ma tournée.

Je lui laissai le temps d'y réfléchir et, d'après le soupir qui me parvint, j'en conclus qu'il hésitait encore. Jae-Min apparut dans le salon avec quelques bières et un petit bol d'arare. Neko le suivait à la trace, s'attendant évidemment à ce que le bol contienne un repas digne de son palais. Il le déposa, puis la fit descendre du coffre. S'affalant dans le canapé à côté de moi, il fit rouler ses épaules pour les détendre, et je me perdis dans le mouvement de ses mamelons sous son T-shirt.

— C'est d'accord, accepta finalement Yeu. Rencontrons-nous.

Il nomma un endroit dans Koreatown dans lequel j'avais déjà mangé et me proposa un déjeuner tardif. Je notai l'heure sur mon agenda, puis feuilletai mes notes pour retrouver la colonne des opérations sur le compte de Dae-Hoon. Je vérifiai la somme qu'il avait envoyée et calculai les intérêts pour atteindre le montant correct. Il siffla tout bas.

— Dieu du ciel, autant ? s'exclama-t-il, ahuri. C'est de la folie. Et ils veulent me le donner ?

— J'aurais besoin que vous signiez un reçu, expliquai-je. Mais c'est bien ça. Ils voudraient tout vous rendre.

Lorsqu'il raccrocha, je jetai mon téléphone sur la caisse, ce qui me valut d'agacer Neko, qui envoya un coup de griffe depuis le sol. Avec sa petite patte noire sur le rebord, elle parvint à frapper le téléphone jusqu'à ce qu'il se soumette complètement à sa dominance. La queue touffue battant le coffre, elle sauta et quitta la pièce dans une mélodie de gazouillis.

— Ce chat est complètement barjo, dis-je en suivant des yeux sa sortie. Où est-ce que tu l'as dénichée ? Silent Hill ?

— Elle appartenait à un ami, murmura Jae en relevant les yeux de sa tablette. Il l'a trouvée dans une poubelle dehors. Quelqu'un l'y avait jetée avant de refermer le couvercle. Elle n'avait que quelques mois, je crois. Il avait déjà deux chats, et ils ne se faisaient pas à la présence d'un chaton sur leur territoire. Il me l'a donnée une fois sevrée.

— C'est quoi, cette attitude ? On nous fait un Dr Moreau, là ? [4]

Je pris un biscuit et me mis à dérouler l'algue l'enveloppant. Jae me jeta un regard cocasse lorsqu'il me vit grignoter le petit carré noir que je venais d'éplucher.

— Quoi ?

— Tu es censé tout manger d'une même bouchée, fit-il remarquer.

— Je suis aussi censé aimer les femmes, marmonnai-je. Tu vois bien à quel point je suis mauvais pour suivre les règles. Combien de temps avant de se mettre à table ?

Avec la nourriture coréenne, il n'y avait que deux options. Soit cela prenait une éternité, soit c'était instantané. Mon appétit étant ouvert sur plusieurs fronts, je me demandai lequel des deux je pourrais satisfaire le premier.

— Une heure environ.

Il reprit ses tapotements sur son écran, puis me jeta un regard séducteur.

— Pourquoi ?

— Pose ça, dis-je en pointant la tablette, et je te montre.

Il prit son temps, me narguant délibérément en éteignant la tablette avant de la ranger dans son étui. Lorsqu'il se pencha pour la mettre sur l'autre fauteuil, je l'attrapai par les hanches et l'attirai sur mes genoux. Il atterrit en grognant et s'appuya contre le coffre en me foudroyant des yeux.

— Tu aurais pu casser quelque chose, gronda-t-il. Tu aurais pu me blesser.

---

4 NdT : référence à *L'Île du docteur Moreau* par H. G. Wells.

— Je t'aurais embrassé pour faire passer la douleur, promis-je. Tout bien réfléchi, laisse-moi essayer ça tout de suite.

C'était cliché, bien sûr, mais Jae avait toujours un goût d'épices dans la bouche. Un léger parfum de clous de girofle ou la puissante claque des piments qu'il aimait mâcher. Il y avait toujours une sorte de piquant à nos baisers.

Évidemment, il y avait toujours un risque de morsure lorsque je l'embrassai, mais j'étais prêt à tenter le coup.

Je le fis basculer pour qu'il s'allonge sur le divan. Ce dernier était suffisamment grand, en long et en large, pour que je puisse le couvrir de mon corps et avoir encore une marge de manœuvre pour me mouvoir autour de lui. Jae remua en riant lorsque je me mis à mordiller un téton au travers du T-shirt. Puis, après quelques instants, je parvins finalement à glisser mes doigts sous le tissu pour atteindre les petits boutons qui pointaient sur son torse. Je les pinçai doucement en jouant avec et repoussai son haut jusqu'au col, l'exposant complètement. Jae leva la main, mais je secouai la tête.

— Laisse-moi profiter un peu, chuchotai-je dans le creux de sa gorge. Je ne passe pas suffisamment de temps à le faire.

— Tu n'as qu'une heure, me rappela-t-il sur un rire.

— Sucre d'orge, je peux te faire crier en moins de temps que ça, dis-je tout contre son torse. Combien de temps penses-tu tenir avant de jouir dans ma bouche ?

— Tu supposes que je compte tenir, dit Jae, les mains dans mes mèches.

Il tira et tira jusqu'à ce que je relève la tête vers lui.

— Et si je te veux en moi, à la place ?

— Peut-être, chuchotai-je en retour. Peut-être que je peux goûter quelques perles sur ma langue au moment où je te fais perdre…

Je ne sus jamais ce qu'il pensait de mon idée, car ses mains tombèrent sur mon jean avant même que je ne puisse terminer cette pensée. Il trouva rapidement mon membre, le pressant suffisamment fort pour que je le sente jusqu'à la base, et je hoquetai, levant instinctivement les hanches. Son emprise était ferme, inévitable, et je redescendis, posant ma bouche sur la sienne jusqu'à avoir aspiré tout l'air de ses poumons.

Je tirai sur son pantalon et son boxer, les faisant glisser sur ses jambes et remontai vers lui dans une longue caresse pour savourer le tressautement des muscles sculptés de ses cuisses. Je plantai mes dents dans le morceau de chair sous mes doigts et souris quand il poussa un cri de surprise.

— À moi, murmurai-je d'une voix rauque. Y a rien de plus idiot à dire. Trop vieillot, mais tant pis. Tu es à moi.

Le coffre était utile pour plusieurs raisons. Tout d'abord, c'était un excellent plateau pour les assiettes. Deuxièmement, il était doté de sympathiques tiroirs dans lequel je pouvais stocker des crayons et des préservatifs. Après notre première semaine, je l'avais tellement rempli que j'en avais suffisamment pour faire des ballons en forme d'animaux pour toutes les drag queens dans un rayon de huit kilomètres.

Et avec l'ouverture du cabaret au coin de la rue où on pouvait trouver chez les femmes plus de poils au torse que sur Neko, je dirais que ça en faisait un paquet.

— Aide-moi à enlever ça, sucre d'orge, demandai-je en passant mes dents contre sa gorge.

— Non, répondit-il, le sourire espiègle. Mais je vais te préparer.

Il avait déjà déboutonné mon jean lorsqu'il m'avait agrippé plus tôt, donc il lui fut aisé de tirer sur la braguette. J'étais déjà trop dur pour être touché et je poussai un sifflement quand il glissa ses doigts contre ma raideur. Il m'arracha mon sous-vêtement et me caressa, apaisant le picotement là où la braguette m'avait éraflé dans son geste.

— Laisse-moi enlever tout ça avant que tu ne causes d'autres dégâts, marmonnai-je, mais sa main poursuivit son mouvement. Tu ne m'aides pas, là.

— Je pense que je t'aide beaucoup, au contraire, répondit Jae avant d'attraper mon lobe entre ses dents.

Mordillant le bout de chair qu'il avait capturé, il poursuivit ses caresses. Je débattis avec l'idée de me débarrasser du reste de mes vêtements au profit du besoin dévorant que j'avais de vouloir m'insérer dans son corps chaud.

Le désir avait toujours l'ascendant sur la raison. Surtout dans mon cas, chaque fois que sa bouche entrait en contact avec mon corps.

— Tu veux vraiment m'achever, grognai-je. Tourne-toi. Je vais te baiser si fort, tu ne vas rien comprendre.

Je retirai aussitôt mon haut, le fourrai sous ses hanches et enserrai le membre de Jae tandis que je me démenai avec le sachet du préservatif. Je l'arrachai avec les dents et fis glisser le latex sur mon membre, puis pressai l'emballage pour faire sortir le lubrifiant. La surface de son dos appelait les baisers, et je m'attelai à la tâche, suçant et grignotant le long de sa colonne vertébrale et l'arrondi de ses côtes, au point de le faire se tortiller sous ma

191

bouche. Il releva les hanches et se mut, ses fesses s'écartant légèrement lorsqu'il se pencha vers l'avant et baissa la tête.

Jae fit rouler ses épaules, faisant saillir ses omoplates telles des ailes. Je mordis à l'hameçon et mordillai juste au milieu en glissant mes doigts lubrifiés vers son antre. Elle se referma espièglement devant ma tentative d'intrusion en embrassant le bout de mes doigts, et je me mis à jouer avec lui. Au lieu de forcer le chemin, j'effectuai des cercles, poussant doucement son corps à m'accepter.

— Cole-ah, hoqueta Jae lorsque je fis finalement pénétrer une phalange, franchissant son territoire un instant avant de me retirer pour l'effleurer de nouveau.

Il poussa un juron lorsque je me répétai ; son dos et ses jambes se tendirent à l'en faire trembler. Il se cambra, s'ouvrant d'autant plus à moi, et gémit, sa joue reposant contre le bras du canapé.

— Je t'en prie.

— Tu dis, sucre d'orge ?

J'embrassai son dos. Puis je repris mon toucher pour le préparer à me recevoir.

Il miaula une douce plainte qui lui vint du fond de sa gorge et il roula les hanches, s'enfonçant sur mes doigts. Riant, je me retirai, puis plongeai encore, juste assez pour pouvoir l'écarter suffisamment. Jae poussa un sifflement et son aine frémit, ondulant de désir.

J'avais déjà imprégné le bout du préservatif. Mon entrejambe pulsait et cogna contre ses cuisses lorsque je m'agenouillai pour mieux presser en lui. Laissant mon pouce enfoui dans son conduit, je le pénétrai en prenant mon temps pour qu'il s'habitue à être écartelé au point où sa peau m'empoigna le gland de l'intérieur. Il se tendit et tenta un mouvement, mais ma main contre sa croupe l'en empêcha. Je recourbai le pouce, l'étirant légèrement, puis poursuivis sur ma lancée tout en massant son antre au fur et à mesure.

Jae émit des petits sons étouffés et s'agrippa si fort à l'extrémité du canapé qu'il en rida le tissu. Ses jointures étaient blanches, la peau dénuée de sang sur l'os. Je reculai et un gémissement lui échappa, ses épaules s'arrondissant de désapprobation. Le titillant de mon sexe un moment, j'effectuai un mouvement de roulement vers l'avant et m'insérai profondément en lui.

Retirant ma main, je laissai ses ondulations me porter. Les muscles de son fessier se contractèrent, raffermissant les monts arrondis que j'aimais

192

tant malaxer. À genoux, je fis glisser mes doigts sur sa peau crémeuse, savourant de gorger mes paumes de l'arrondi de ses fesses. Je les écartai juste assez pour me voir entrer en lui et m'enfouir pour le tirailler de l'intérieur.

Jae prit appui sur le bras du divan et eut un mouvement de recul pour se remettre à quatre pattes. Ma poitrine rencontra son dos dans un claquement et je passai aussitôt mes bras autour de sa taille fine. Glissant ma joue contre le carré de ses épaules, j'ouvris la bouche pour lécher le voile salé qui s'était formé sur sa peau pâle. Il cria mon nom et délogea un appui pour se prendre en main.

Nous évoluâmes d'un même mouvement, incapable de nous séparer même pour un instant. J'embrassai ses épaules, chuchotai des choses incompréhensibles. Il y répondit avec passion, se repoussant sur moi, puis se faisant glisser jusqu'à ce que seul le bout de mon membre l'effleure. Je le laissai me chevaucher, restant immobile tandis qu'il s'empalait sur moi. Les mains sur ses hanches, je le guidai sur ma longueur, le faisant ralentir dès qu'il perdait le rythme.

Il poussa un grognement impatient et avide, et je le mordis entre les omoplates en guise de punition, puis le pris d'un mouvement vif.

Le canapé émit un craquement sous notre poids, les ressorts aussi malmenés que lui dans mon élan, mais je ne m'inquiétais pas qu'il tienne le coup. Un peu comme Jae-Min, il était plus solide qu'il n'y paraissait.

— Maintenant, *agi*, siffla Jae entre ses dents serrée. Plus fort. Encore.

J'accélérai, écartant mes doigts contre le creux de ses reins pour lui éviter de trop bouger. Je voulais qu'il reste fixe. Je le voulais aussi présent que possible pour chaque poussée… jusqu'à ce qu'il se sente fondre sous les chocs nerveux qui couraient dans le reste de son corps. Je touchai son point sensible, le persécutai, passant mes mains sur le voile luisant que j'avais arraché à sa peau. Nos jambes et nos aines se rencontraient avec brutalité, notre peau claquant violemment l'une contre l'autre. La sienne avait commencé à se teindre en rouge là où je l'agrippais. Je resserrai mon emprise sur lui, pétrissant la rondeur musclée jusqu'à ce qu'il se mette à crier.

Il avait les cheveux plaqués aux joues lorsque je rompis mes va-et-vient pour reprendre un rythme lascif. Jae protesta, miaulant et haletant, mais je restai ferme. Je lui ferai atteindre le point de non-retour, mais je voulais qu'il le sente. Je passai ma main sous son ventre et attrapai tendrement sa longueur mince et dure. Me balançant dans sa chaleur, je le touchai en prenant garde à ne pas poser mes doigts sur son gland sensible jusqu'à ce que je sois moi-même prêt à jouir.

Son passage se referma autour de moi et ses testicules remontèrent contre les miennes. Le sentir pulser contre ma peau électrifia mon corps déjà en tension. Il jouit dans ma main, emplissant la coupe que je tenais autour de lui et la fis déborder, un torrent de semence à satiété. Son parfum épicé me tourna la tête et je me perdis dans son corps, me pressant fort contre lui tandis qu'il m'enserrait dans un étau.

Mon apogée me frappa si soudainement que j'en tombai. Les poumons contractés, vidés hormis de la chaleur de sa peau, et ma bouche goûta son arôme, une douceur salée qu'il ne partageait qu'avec moi. Je pus à peine porter mes doigts à mes lèvres quand la première vague se secoua, et mon corps trembla vigoureusement lorsque j'avalai, me déversant en lui jusqu'au point où j'en vins à douter de ne pas m'écraser, inconscient, contre son dos.

Ses spasmes se calmèrent, mais sa respiration eut un manqué, reprenant de plus belle lorsque je me laissai basculer sur mes genoux pour lui donner un peu d'espace. Je l'aidai à se redresser et le tirai contre moi jusqu'à ce qu'il se retrouve assis en biais sur mes jambes. Il était léthargique, les yeux fixes et à moitié fermés, rien de mieux pour l'étreindre tout contre moi. Je l'essuyai avec un pan de son T-shirt et écartai suffisamment ses jambes pour pouvoir retirer le préservatif, l'enrouler et le jeter sur le côté.

Incapable de faire autre chose que de relever ses genoux pour mieux respirer, Jae s'appuya contre mon épaule. Il nous fallut un moment avant de reprendre pied. Nous ne pouvions plus croiser nos regards sans nous mettre à glousser. Je dégageai quelques mèches rebelles de ses yeux et embrassai sa tempe en recoiffant ses cheveux noirs humides. Son souffle était chaud contre mon cou et il me surprit d'une léchouille contre ma clavicule.

— Tu as bon goût, murmura-t-il.

Il s'amusait avec ma main sur sa cuisse, dessinant sur la paume. Détendu et bien au chaud, il soupira.

— Je me sens en sécurité avec toi.

— Je ferais n'importe quoi pour que tu le sois en permanence, sucre d'orge, dis-je. Tu le sais bien.

— Maintenant, chuchota-t-il. Je le sais maintenant. C'est agréable. Comme si je pouvais me laisser tomber et… savoir que tu seras là. Et même si tu ne me rattrapes pas, tu pourras m'aider à me relever.

— Ça t'embête que j'essaie de te rattraper quand même ?

Je levai un sourcil.

— Je suis tombé de très haut, par le passé. Ça fait sacrément mal.

— Non, ça ne m'embête pas, soupira-t-il de nouveau. Mais il y aura des moments, Cole-ah, où je tomberai et où tu ne pourras pas être là. Il y a des choses que je dois faire moi-même, mais si tu m'aider à me redresser, ce sera plus que suffisant. Je me fiche de tomber. Tout ce dont j'ai peur… c'est d'ouvrir les yeux et de me retrouver seul.

Je désengageai ma main de la sienne pour venir prendre son menton entre mes doigts et le forcer à me regarder.

— Je serai toujours là pour t'aider à te relever, Kim Jae-Min. Que tu veuilles que je te rattrape ou non, je serai là, un baiser à portée de lèvres pour guérir tes blessures. C'est bien compris ?

— Compris.

Jae hocha la tête, grave et silencieux.

Il y avait encore tellement de mots à mi-chemin entre nous. Ils attendaient, figés, lourds dans le silence, telles des larmes qu'il suffirait d'embrasser pour les faire disparaître. Il murmura quelque chose que je n'entendis pas.

Sourcillant, je déposai un baiser sur sa bouche pulpeuse.

— Tu dis ?

— *Kamsamida.*

Il se détourna et baissa la tête pour que je ne puisse plus voir son expression.

— *Saranghae.*

Je grognai et l'attirai contre moi pour l'envelopper à la taille.

— Il va vraiment falloir que j'apprenne le coréen.

— Pas encore, *agi*, taquina-t-il. Pas avant que je ne sois prêt à ce que tu comprennes mes mots.

— Tu me rends dingue.

Je le secouai gentiment pour le faire rire. Mon téléphone se mit à me fredonner un air sur les « bad boys » et je fronçai les sourcils dans sa direction.

— Tu as changé ma sonnerie ?

— Je trouvais que ça t'irait bien, admit-il, attrapant le téléphone pour me le donner.

— On était en train de vivre quelque chose, là, grommelai-je lorsqu'il se dégagea.

Il attrapa son jean et l'enfila, puis traîna des pieds jusqu'à la cuisine. Je lorgnai ses fesses un moment avant de glisser mon téléphone à mon oreille pour répondre.

— Allô ?

— Cole-sshi ?

L'homme à l'autre bout du fil devait être saoul ou faire une attaque. D'après le murmure des conversations et le cliquetis de verres me parvenant, je pariais sur le premier.

— C'est David Park.

— Bonjour, répondis-je en fusillant l'horloge des yeux.

Il était bien trop tôt pour passer un coup de fil éméché.

— Que se passe-t-il ? Où êtes-vous ?

— Quelque part.

Il marmonna quelque chose d'autre en coréen et me perdit aussitôt.

— Une petite seconde.

Je me levai et me rendis dans la cuisine. Je tendis le téléphone à Jae.

— C'est David. Il est ivre et je ne comprends rien de ce qu'il me raconte.

Jae l'écouta un petit moment, puis pinça le téléphone contre son épaule pour aller éteindre le four. Il hocha la tête et répondit par quelques *marmonnements*, souscrivant à tout ce que David pouvait bien lui vendre. Après une minute, il déclara quelque chose d'un ton ferme et raccrocha pour se frotter les tempes.

— Quoi ? questionnai-je en reprenant le téléphone. Que se passe-t-il ? Pourquoi est-il allé boire ? Il n'est même pas huit heures. Je pensais que vous étiez censés être des buveurs invétérés.

— Quand tu dis « vous », tu parles des Coréens de manière générale ? Nous avons nos limites, aussi, se moqua-t-il, et il m'assena une tape sur le bras. Nous devrions aller le chercher. Il est au Wilshire.

— Ne me dis pas qu'il y est allé en voiture.

Mon estomac émit un gargouillement que j'ignorai.

— Comment le saurais-je ? dit Jae en attrapant ses clés. Mais je lui ai dit de nous attendre. Dépêche-toi avant qu'il ne change d'avis.

Au moment où je refermai la porte derrière moi, je réalisai que j'étais encore pieds nus. Le ciment était rugueux sous la pulpe de mes pieds, et j'attrapai les clés de Jae pour récupérer les Vans dans le hall d'entrée. Une fois mises, je réquisitionnai son Explorer.

— Tu me guides, je conduis et tu me le ramènes dans la voiture.

— OK, accepta Jae en se glissant dans le siège passager.

— T'a-t-il dit pourquoi il s'est mis dans cet état? demandai-je en sortant le monospace.

— Oui. Les funérailles d'Helena ont lieu demain. Kwon lui a dit qu'il n'était pas le bienvenu.

Jae haussa les épaules devant mon regard incrédule.

— C'est compliqué. La famille blâme les Seong.

— D'accord, je peux le comprendre, dis-je en arrivant à un panneau «Stop». Pourquoi est-ce qu'il m'a appelé pour que je vienne le chercher au lieu d'un membre de sa famille?

— Quelqu'un s'est infiltré dans la chambre de Shin-Cho à l'hôpital et a essayé de le tuer, répondit calmement Jae, comme si c'était aussi facile à dire que de trouver une pièce dans la rue.

En y réfléchissant bien, il est vrai que cela commençait à devenir une habitude chez nous. Une chose que je devais rectifier aussi rapidement que possible.

— Ils l'ont pourchassé, mais l'homme a réussi à s'enfuir.

— A-t-on vu qui c'était? demandai-je. Oh, laisse-moi deviner : un Asiatique avec des cheveux noirs.

— Ça n'a pas d'importance, répliqua Jae en passant une main sur ma cuisse. Ils ont retrouvé un homme Coréen dans une voiture de location trois rues plus loin. Mort d'une balle dans la tête. David dit qu'ils suspectent Choi Yong-Kun.

— Donc c'est terminé?

Je soupirai presque de soulagement.

— Enfin.

— Peut-être, mais je n'y crois pas trop, contra Jae d'un ton grave. À moins que Choi Yong-Kun ait été capable de se tirer lui-même une balle à l'arrière du crâne.

XIX

ON AURAIT dit que tous les flics de l'agglomération s'étaient déplacés pour un café et des donuts gratuits et étaient tombés par erreur sur un club de strip-tease. Il n'y avait plus qu'à ramener quelques adolescents, des tétines clignotantes et un petit DJ, et on en ferait bientôt une véritable rave.

Seong Ryeowon, pour sa part, n'avait pas l'air d'humeur à faire la fête.

Nous avions retrouvé David au bar. L'immense Coréen à la porte avait pour fermes instructions de ne pas le laisser partir sans qu'il ait réglé ce qu'il leur devait. Le libérer de sa note me coûta. Je demandai un reçu une fois ma carte passée. Après quelques secondes à me foudroyer du regard, l'homme avait disparu et était revenu avec une feuille sur laquelle, à côté de quelques caractères coréens, une somme qui aurait pu me payer ma facture d'électricité pendant plusieurs mois était inscrite.

Il m'avait fallu presque vingt minutes pour faire sortir David depuis le quatrième étage du club et le guider jusqu'à la voiture. Je l'avais poussé sur la banquette arrière et Jae l'avait attaché avec les deux ceintures pour s'assurer qu'il ne se mettrait pas à glisser, puis nous avions pris la route en direction de la maison que Seong Ryeowon louait.

La même maison où nous trouvâmes une fête donnée par toutes les femmes et tous les hommes du département de police de Los Angeles.

Scarlet nous aperçut la première et se dépêcha de rejoindre notre place de parking. Les agents nous bloquant l'accès au cul-de-sac, j'avais dû trouver une place quelques centaines de mètres plus loin, et le temps que j'ouvre la porte arrière, Scarlet nous avait déjà retrouvés.

Avec ses Converses, son T-shirt blanc et son jean, elle devait avoir revêtu la tenue la plus masculine que je lui connaissais. Elle ne portait pas de maquillage et ses longs cheveux noirs étaient accrochés au niveau de sa nuque. Elle paraissait jeune ; un androgyne qui faisait tourner les têtes, autant par admiration que par confusion.

Le genre de personnes qui se prenait une raclée si elle tombait dans le mauvais quartier.

— Salut, *musang*.

Elle embrassa Jae sur la joue et passa un bras autour de ma taille.

— Contente de vous voir... C'est David que je vois? Oh, Seigneur, c'est lui! Nous pensions qu'il avait disparu. Est-ce qu'il va bien? Que lui est-il arrivé?

— Oui, mais non. Il n'a pas disparu. Il s'est juste pris une cuite.

Je lui avais retiré les deux ceintures et je dus l'attraper par les cuisses pour le tirer jusqu'à moi.

— Reculez. Je pense bien qu'il a eu son compte. Il est devenu tout mou.

David faisait de son mieux pour prouver qu'il avait en lui plus de boisson que d'os. J'avais presque réussi à le sortir de la voiture de Jae lorsqu'il vomit dans mon dos. Le liquide chaud qui me coula sur la colonne alla s'enfouir dans le creux entre mes reins et mon jean. Je le remarquai, alors : sur le flanc du véhicule, les sièges et les tapis de sol arrière. Les relents étaient aussi pénétrants que le brouillard londonien.

Deux choses arrivèrent au même moment. Je me mis à vociférer tous les putains de jurons que j'avais entendus dans ma vie. La deuxième, et potentiellement la plus dangereuse, fut qu'en résultat de mes cris, j'avais attiré l'attention des agents armés qui barricadaient la maison.

La moitié de la horde se sépara et fonça sur la voiture de Jae, arme au poing, et nous aboyant de nous mettre à terre. Jae s'éloigna de la voiture et Scarlet leva les mains, alarmée par le nombre de pistolets pointés dans sa direction. David choisit d'ignorer mes cris, les flics, les armes et se permit de rendre sur mon jean avant que je ne puisse évacuer la zone de projection.

— Oh, putain de bordel de merde.

On m'attrapa et me tira d'un coup sec vers l'arrière. Il ne fallut qu'une seconde pour que l'agent qui me tenait hume ce qui me recouvrait et déglutisse avant de fuir tout aussi vite. J'avais l'estomac plus solide que lui, mais son mouvement me fit perdre l'équilibre, et je trébuchai vers l'arrière. Je manquai de me retrouver sur la route et une fois me fus-je écarté de la voiture, je secouai mon pantalon en respirant par la bouche pour éviter les effluves.

David avait surtout éjecté de l'alcool, mais pas que. À en juger par la quantité, je dirais que le bar méritait bien ce qu'il lui avait fait payer. Si on m'approchait avec une allumette, je risquais de partir en fumée.

Je levai les mains, mais les policiers avaient déjà cessé de s'intéresser à moi. Scarlet prit les devants et me contourna largement pour aller parler à l'un des agents plus âgés que les autres. Celui qui m'avait attrapé nous laissa, Jae et moi, baisser les mains et grinça une excuse ou peut-être un ordre d'aller prendre un bon bain. La première me plaisait assez, mais je n'aurais pas non plus refusé ce bain.

— Il faut encore voir si on arrive à l'emmener à l'intérieur, marmonnai-je en me lançant dans une deuxième tentative d'alpagage.

Épinglé à mon épaule, David se mit à agiter les bras et à s'adresser à tout le monde en coréen. Jae ne jeta qu'un seul regard dans la voiture et poussa un profond soupir, refermant la porte sur les dégâts.

— Donne-moi les clés.

Jae tendit la main.

— J'ai un sac de sport dans le coffre. Il y a quelques sweats à ta taille. Peut-être même un T-shirt.

— Je t'embrasserais bien, mais…

Je haussai tant bien que mal les épaules avec plus de soixante-dix kilos de David sur moi.

— La clé est dans ma poche. Tu peux l'attraper ?

Il me jeta un regard sceptique et je lui retournai mon grand regard le plus innocent.

— Je ne peux pas l'atteindre.

Je ballottai légèrement David.

— Il va falloir que tu plonges.

— Pouah, grinça Jae et il tourna la tête pour éviter qu'on se rencontre.

— Oh, donc ce n'est pas que tu ne veux pas me palper, c'est juste que tu ne veux pas de l'odeur ?

Il fourra ses doigts dans ma poche avant et trouva le porte-clés. Il se secoua après s'être éloigné de moi. Je me serais bien offensé, mais à ce stade, j'aurais voulu m'éloigner de moi-même.

— Cole, suis-moi.

Scarlet me poussa à avancer.

— Allons le mettre à l'intérieur.

Une portion du jardin était barrée d'un cordon et je dus faire le grand tour pour atteindre la porte d'entrée. Il y avait quelque chose d'obscur sur la terrasse, mais je ne pris pas le temps de l'observer. J'aurais dû laisser David à l'un des multiples costards noirs qui surveillaient le périmètre de la maison, mais j'avais déjà trempé jusqu'aux os dans le soju et le whisky : aucun intérêt à partager ma misère avec mon prochain. Le système de cheminée ne devait pas être à jour, car un fin brouillard de fumée nous entourait et, plus près de la maison, une odeur étrange traînait dans l'air.

Une senteur chimique, âcre et avec un goût de brûlé qui me restait dans la gorge. Je n'étais pas sûr du pire dans mon cas : l'air ambiant ou David.

La voix douce d'une femme m'accueillit à la porte et sur une profonde inclination, elle m'invita à entrer. Je pris une seconde pour me dégager de mes Vans en gardant David sur le dos. Il gémit et émit un son de relent, menaçant de m'arroser de nouveau.

— Dieu m'en soit témoin, si tu me vomis dessus encore une fois, rugis-je, je te laisse tomber par terre. Ici et maintenant.

Je le relâchai sur le lit auquel le personnel m'avait conduit et demandai à l'officieuse petite dame si je pouvais me nettoyer et me changer quelque part. Dix minutes plus tard, j'émergeai du jet brûlant, parfumé au savon citronné avec un léger fumet d'alcool. Jae m'attendait dans la chambre d'amis qu'on m'avait attribuée, perché sur une chaise large à l'air confortable. J'avais enfilé le jogging et le haut que Jae m'avait trouvés. Le pantalon était un peu court et le coton fin du T-shirt m'enserrait ridiculement le torse et le dos. Je me sentais comme une prostituée se baladant à la recherche de divertissement. Mes vêtements avaient complètement disparu.

— Où sont mes affaires ?

Je jetai un regard aux alentours et il dégaina une paire de chaussons moelleux.

— C'est pour quoi, exactement ?

— Mets-les. C'est poli d'offrir à ses invités des chaussures pour marcher à l'intérieur. Et tes affaires sont à la machine.

Jae me renifla avec hésitation.

— Tu sens encore un peu… l'alcool… mais ça ira.

— Je sais, je sens comme un Harvey Wallbanger.

— Ça sonne… cochon.

Jae me jeta un regard.

— Tu viens de l'inventer ? Qu'est-ce que c'est ?

— C'est une boisson. Avales-en suffisamment et tu te mettras à te cogner dans tous les murs, répondis-je en glissant mes pieds dans les chaussons.

Ils étaient trop petits pour mes pieds, mais se soumirent admirablement à ma volonté. Mes talons dépassaient.

— Si je trébuche, ne reste pas dans le chemin. Sauve-toi.

— Tu n'as pas bientôt fini ?

Il secoua la tête et se dirigea vers la porte.

— L'un des inspecteurs veut nous voir à propos de David.

L'inspecteur en question n'était autre que Wong, avec qui j'avais déjà discuté. C'était un homme d'origine chinoise au visage plaisant, qui paraissait pouvoir rompre un arbre à la seule force de ses poings. Ma théorie fut confirmée lorsque nous nous serrâmes la main et que je me retrouvai à penser qu'il avait été prudent avec mon petit corps délicat. Comme pour mon frère, son barbier avait réglé sa lame sur la coupe Hérisson no 4. Contrairement à Mike, il était très intéressé par mes aventures passées à reconduire David jusqu'à son nid.

— Asseyez-vous, je vous prie, dit Wong en montrant l'une des multiples chaises d'un salon en longueur d'apparence très formel. J'ai l'impression d'être sur le point de casser quelque chose ou même quelqu'un chaque fois que je fais un pas, ici.

Du café avait été placé sur une table en bois ornementé, entourée de deux canapés. Une jarre en argent fumante dégageait une fragrance qui promettait des fèves torréfiées bien infusées, accompagnée par de charmants petits gâteaux luisants sur une assiette.

Je piquai à l'aide d'une fourchette dans une préparation mousseuse.

— Si j'en mange un, je ne vais pas m'envoler dans la cheminée et me retrouver nez à nez avec Bill le lézard, dis? [5]

— Excusez Cole. Il n'a pas encore mangé. Ça le rend grincheux.

Jae lança à Wong un regard qui aurait rendu un basset fier et s'assit.

Il se remplit une tasse de café et leva légèrement la jarre vers Wong.

— Du café?

— S'il vous plaît, sourit-il. Merci.

Je n'aimai pas son sourire.

En toute honnêteté, j'avais eu une session plus que plaisante avec mon amant, puis m'étais retrouvé à devoir venir à la rescousse d'un prince Seong égaré pour qu'il finisse par me déverser son cocktail de boissons jusqu'au caleçon, et maintenant, ce gars portant un anneau au doigt se mettait à sourire à mon petit-ami. Et c'est vrai que j'avais manqué le dîner. Ça avait tendance à me mettre de mauvaise humeur. Je fus apaisé lorsque Jae me fit passer la tasse pré-remplie, puis en prépara deux autres pour Wong et lui.

J'étais facilement apaisé, et le rictus malicieux qu'il m'adressa ne me fit pas de mal non plus.

---

5 NdT : référence à *Alice au pays des merveilles* par Lewis Caroll.

— À quoi a servi toute cette pagaille policière ? David n'avait même pas disparu plus de vingt-quatre heures.

Je m'emparai d'un gâteau.

Il était vert et saupoudré d'une poudre de noix. Je laissai à Wong le temps de siroter une première gorgée de son café avant d'en briser un morceau et de le placer sur ma langue. Ce n'était pas trop sucré et un peu crémeux.

Qu'on ne me demande pas quel goût ça avait, toutefois. Je passai le reste à Jae et pris quelque chose de plus brun. La plupart du temps, cette couleur indiquait la présence de chocolat. Ou de café. Je pensais les chances de reconnaître la saveur meilleures, cette fois.

— Mme Seong m'a informé que vous étiez au courant pour la relation de son fils avec un officier Sud-Coréen du nom de Choi.

Wong feuilleta son bloc-notes.

— Choi Yong-Kun, confirmai-je. David en avait parlé à Jae-Min... Mais avec tous les ouï-dire qui traînent, il vaut probablement mieux qu'il vous raconte l'histoire lui-même.

— Commencez par où vous vous trouviez à quinze heures et continuez jusqu'à votre arrivée ici à huit heures, suggéra Wong.

— Hm, nous étions au bureau à resserrer la liste de nos contacts, dis-je, puis je retraçai notre chemin du fleuriste à l'hôpital, puis de retour à la maison.

Jae sourcilla quand je mentionnai m'être prélassé pendant qu'il préparait le dîner, mais je restai dans les grandes lignes pour Wong.

— C'est à ce moment que Park vous a appelé ? demanda-t-il. Vous, monsieur McGinnis ?

— Oui, confirmai-je. Il avait l'air ivre et je ne parle pas coréen, alors j'ai passé le téléphone à Jae.

Jae résuma le contenu de sa conversation téléphonique avec David en passant par son interdiction d'assister à l'enterrement de sa fiancée jusqu'à la découverte du corps de Choi. Il affichait un air perplexe.

— Il semble penser que tout est fini maintenant, et c'est ce que je ne comprends pas. D'après ce que David-sshi m'en a dit, Choi Yong-Kun aurait pourtant été assassiné.

— C'est exact, attesta Wong. Une patrouille a été alertée de la présence du corps et a aussitôt établi un périmètre dans la zone où a été retrouvé le véhicule. Je n'ai pas de témoin de la présence de David Park dans le quartier, mais il y a quatre heures de ça, sa famille nous a contactés, inquiète pour sa sécurité après une altercation avec M. Sang-Min Kwon, le père de sa fiancée.

— Oui, je le connais, maugréai-je. Un beau saligaud.

— Malheureusement, ce n'est de nos jours plus suffisant pour tuer quelqu'un, se froissa Wong, et je m'étranglai sur le morceau dans ma bouche.

— Et Kwon, alors?

Jae s'avança dans son siège en inclinant la tête vers Wong.

— Que lui est-il arrivé?

— Il y a deux heures, Sang-Min Kwon a été retrouvé sur un bûcher dans le jardin de cette résidence. Au moment de la découverte, il était encore englouti par les flammes, certainement alimenté par un accélérant. C'est pour cette raison que j'ai besoin de savoir où vous vous trouviez il y a deux heures et si vous pouvez confirmer la localisation de David Park au moment des faits. À moins que vous ne préfériez faire un tour au commissariat?

— BORDEL DE merde, marmonnai-je dans ma barbe, et Jae poussa un soupir, baissant les bras devant mes manières de rustre.

Lorsque je jetai un regard dans sa direction, il avait les lèvres pincées.

— Quoi?

— J'ai oublié de nourrir le chat, grogna-t-il. Et c'est tellement stupide de s'inquiéter de ça, avec tout ce qui se passe.

— Ce n'est pas stupide, répliquai-je. Ce chat est le mal incarné. Si elle pouvait, elle se ferait livrer un thaï dans l'heure et paierait avec ma carte. Kwon est mort et Choi aussi. Qui sommes-nous censés blâmer pour toutes ces conneries maintenant?

— Je ne sais pas, répondit Scarlet à voix basse. J'aimerais seulement que ça s'arrête.

On nous avait transférés de la prétentieuse petite pièce formelle à un salon plus confortable dans lequel nous pouvions enfin respirer. Scarlet nous avait rejoints et les pâtisseries avaient été remplacées par des sandwiches en triangle. Ils convenaient bien à une personne comme Scarlet, mais entre les longs doigts de Jae, ils donnaient l'impression d'être taillés pour un gosse de trois ans.

J'en dévorai quatre et m'efforçai de ne pas avoir l'air de vouloir engloutir le reste comme une vache folle.

Scarlet en attrapa deux autres et les plaça dans mon assiette. Elle me tapota le genou de manière réconfortante.

— Mange. Tu commences à perdre des couleurs.

Je pris le temps de mâcher pour essayer de faire durer les bouchées plus longtemps. Jae sacrifia deux de ses triangles pour moi et je la jouai viril, les refusant d'un geste de la tête. Il se pencha pour m'embrasser et me les enfonça dans la bouche.

— Où est passée ton inquiétude qu'on nous aperçoive ? marmonnai-je entre les morceaux de cheddar.

— Il n'y a personne ici, répondit Jae et lui et Scarlet échangèrent un regard. Et dans l'immédiat, je suis trop épuisé pour m'en préoccuper.

Je me glissai contre lui sur le canapé et passai une main derrière lui pour frotter la zone pile entre ses épaules.

— Hé, ils vont bientôt nous laisser partir. On va rentrer. Je vais nous commander de la vraie bouffe et on pourra se détendre.

— Quelqu'un a été jusqu'à le brûler, Cole, s'énerva-t-il. Probablement la même personne qui t'a tiré dessus lui a mis le feu. Que suis-je censé faire avec ça ?

— Je vais vous laisser discuter.

Scarlet était passé maître dans l'art des sorties discrètes. Rassemblant la vaisselle sale, elle fut hors de la pièce avant même que nous ne puissions cligner des yeux. Elle referma la porte et nous ne fûmes plus qu'en tête-à-tête.

— Génial, maintenant j'ai réussi à faire fuir *nuna*. Nom d'un chien, jura-t-il en s'affaissant sur le divan.

Il attrapa l'un des petits coussins et le jeta de toutes ses forces contre le mur, rugissant quelque chose en coréen qu'il n'eut pas besoin de me traduire.

— Tu ne l'as pas fait fuir, dis-je. Elle t'adore.

La pièce donnait sur un jardin d'apparence maussade avec ses haies, ses statues de marbre et ses roses sauvages. Aucun spot n'éclairait l'extérieur et la douce lueur de la lampe sur la table à côté de nous donnait à peine suffisamment de lumière pour nous voir l'un l'autre. Je me rapprochai prudemment, au cas où je rencontrerais d'autres coussins volants. Lorsque je tendis la main vers la sienne, il sursauta et m'empêcha de le toucher. Je finis tout de même par refermer mes doigts sur les siens.

— Je ne vais nulle part, dis-je doucement. Je ne vais pas laisser qui que ce soit me mettre au bûcher ou me tuer.

— Ah oui, c'est du bon boulot que tu nous as fait jusque-là, railla-t-il. Tu t'es pris plus de balles que toutes les personnes que je connais. *Aish*! Tu ne pourrais pas en esquiver au moins *une* pour une fois? Combien de personnes vont encore mourir autour de nous? Qui est le prochain? Scarlet? Bobby? Mike?

— Hé, ce n'est pas juste, rétorquai-je. Nous ne sommes pas responsables de ce qui s'est passé, et je n'ai jamais *demandé* à être fusillé.

— Cole, tu n'arrives même pas à éviter du vomi, soupira-t-il.

— Si j'avais su qu'il allait vomir, sucre d'orge, je l'aurais jeté hors de la voiture avant même qu'on arrive à destination. Nous allons devoir reprendre la route *dans* cette voiture. Tu penses vraiment que je veux patauger dans cette odeur jusqu'à la maison?

— Dis-moi quand ça s'arrête?

Il n'avait plus l'air sur les nerfs, plutôt résigné devant les absurdités qui nous collaient à la peau.

— Je ne sais pas, avouai-je. Bientôt? Peut-être? Je n'en sais rien, Jae.

— Est-ce toujours comme ça avec toi?

Il fit un geste de la main. J'aurais pu prétendre ne pas comprendre, mais j'avais bien trop conscience qu'il parlait du chaos qui semblait me suivre où que j'aille.

— Toujours aussi délirant?

— Toujours. La vie est vraiment foireuse parfois.

Je pris les devants et le manœuvrai contre le bras du canapé, nous rappelant l'heure que nous avions savourée avant que David nous gâche notre soirée. Il se mut légèrement, et je souris, bien conscient qu'il pouvait encore me sentir en lui. Je me penchai et effleurai ses lèvres d'un baiser.

— Mais c'est aussi ça qui la rend intéressante, tu ne crois pas?

Il me retourna mon baiser avec ferveur, suçant et tirant sur ma lèvre inférieure. Mordillant une dernière fois, il répondit :

— Parfois.

Je plongeai mes doigts dans ses cheveux doux et l'attirai à moi jusqu'à ce que nos fronts se rencontrent.

— Je m'occupe de tout, Jae. Nous allons nous en sortir et tout ira pour le mieux. Il faut juste… passer sur les dingueries du moment, mais elles ne dureront pas.

— Que se passera-t-il lorsqu'elles s'arrêteront et qu'il ne te restera plus que moi pour t'occuper?

Sa langue passa sur ma lèvre et je la pourchassai avec ma bouche, en attrapant le bout avant qu'elle ne disparaisse de nouveau.

— Si tu es tout ce qu'il me reste, murmurai-je, alors je mourrai en homme heureux.

— Assure-toi juste de mourir heureux et vieux, grommela-t-il avant de me mordre le nez. Ou c'est moi qui vais te finir avec un coussin.

— Oh, j'ai peur, taquinai-je.

— Tu devrais avoir peur, sourit Jae. Je vais te remplir la bouche de pâte de kimchi et la scotcher, et *ensuite* seulement, je t'étoufferai avec un coussin.

— Tu y as longuement réfléchi à ce que je vois.

— Non, c'est l'inspiration du moment, répondit-il nonchalamment. Imagine un peu ce que je pourrais inventer en y songeant un peu.

— Terrifiant, attestai-je.

Je glissai ma main sur sa nuque, la berçant tendrement.

— Donne tout, sucre d'orge.

Nous nous embrassâmes.

Un baiser doux et lent. Dans l'obscurité provoquée par la seule source lumineuse, le monde s'effondrant autour de nous, c'était la promesse d'un ciel étoilé une fois les nuages dissipés.

Je voulais des vies entières de baisers comme celui-ci.

— J'attendrai au tournant, tu sais, chuchotai-je lorsque nous nous séparâmes pour respirer.

Ma bouche frôlait à peine la sienne, nos lèvres se rencontrant et se quittant à chaque mot.

— Pour tout ça. Pour toi.

— Et si je suis trop long ?

Il ferma les yeux et tourna la tête, appuyant sa tempe contre mon front.

— Et si...

— J'ai bien l'intention de mourir heureux et à un âge avancé, souviens-t'en.

Je caressai sa nuque et il soupira.

— Je ne peux pas promettre d'être heureux d'avoir à t'attendre, car j'aimerais t'avoir immédiatement, mais je suis prêt à le faire, *jagiya*.

Ses yeux s'ouvrirent brusquement et il me jeta un regard partiellement choqué.

— Qui t'a appris ce mot-là ?

— Hm.

Je pinçai les lèvres et nous redressai d'un même mouvement.

— Il semblerait que je connaisse un peu plus de coréen que tu ne le croyais.

XX

SOUS DES trombes d'eau, Los Angeles était un endroit misérable.

Les gens ne savaient plus conduire, quelqu'un de Metro avait décidé de n'envoyer que les bus qui étaient sûrs de tomber en panne au milieu de la chaussée, et mieux encore, la ville devait avoir acheté ses feux lors d'une brocante, car dès qu'il y avait la moindre humidité dans l'air, ils tournaient au violet.

Même les guirlandes de Noël n'étaient pas équipées avec du violet, mais ils faisaient pourtant de leur mieux pour le faire clignoter.

Lorsque j'avais accepté de rencontrer Yeu à Koreatown, nous avions déjà perçu la rumeur d'une tempête en approche. Si j'avais su comment ce serait, je lui aurais proposé de nous rendre à San Francisco pour se faire un dim sum au Hang Ah. Ça m'aurait pris moins de temps en voiture qu'il ne m'en fallut pour passer à travers Wilshire.

Je n'avais pas trouvé de place pour me garer et avais dû abandonner les rues pour rentrer dans un parking à quatre étages sur le trottoir opposé. Les lampadaires de la Sixième et de Kenmore étaient fichus, et je dus faire un rapide jeu de *Frogger* à travers la foule et l'averse pour atteindre le petit restaurant. J'y avais déjà mangé avec Jae plusieurs fois. Ils faisaient des pancakes au kimchi dont je me méfiais autrefois, mais qui me donnaient aujourd'hui l'eau à la bouche.

Jae s'occupait toujours de retirer tous les yeux de ma nourriture avant même que je ne les détecte.

J'étais assez raisonnable pour comprendre mes limites. Lorsqu'ils n'étaient pas attachés à un être humain et qu'ils m'observaient depuis mon assiette, ils franchissaient cette limite. Je n'appréciais pas davantage les langues, mais sur une crevette, c'était plus difficile à voir. Lorsqu'un restaurant me servait un poisson entier en accompagnement, Jae lui coupait la tête et je prétendais contempler la décoration.

Elle n'avait rien pour elle. Le poisson, lui, était délicieux.

Je réalisai en arrivant, dans ce restaurant planqué dans un coin d'un centre commercial, que je n'avais aucune idée de ce à quoi Brandon Yeu pouvait bien ressembler. L'endroit était à moitié vide à cause de notre réservation entre l'heure du déjeuner et la foule de dîneurs. La tempête devait en retenir plus d'un, à l'exception peut-être des affamés. Lorsque j'entrai, un homme svelte et distingué se leva à l'une des tables du fond et me fit signe de le rejoindre.

Il ne me donnait pas l'air d'un gars louche qu'on imaginerait au milieu du raid d'un spa gay, mais pour être honnête, ce n'était pas vraiment le type qu'on retrouvait à l'intérieur de ce genre d'établissements. Séduisant et bien formé, Yeu était un peu plus petit que moi et avait des bras fins et musclés. Il avait un hâle naturel et des ridules au niveau de ses yeux marron. Il était venu au rendez-vous habillé d'un pantalon et d'une chemise, les manches retroussées pour exposer la montre en cuir épais qu'il avait au poignet. L'anneau qu'il portait à l'annulaire était légèrement abîmé. Ce ne devait pas être un achat récent, mais le bijou brilla tout de même lorsqu'il tendit la main vers moi.

— McGinnis ? Je suis Brandon Yeu.

Il me serra la main une fois que je l'eus imité. Il dut avoir lu la légère confusion dans mon regard.

— J'ai fait quelques petites recherches sur vous. Il y a une photo sur votre site web.

— Enchanté. Appelez-moi Cole, s'il vous plaît.

J'avais presque oublié l'existence de ce site. Mike l'avait mis en ligne lorsqu'il avait relancé son affaire. Du peu que j'en savais, il aurait tout aussi bien pu joindre des clichés de moi à trois ans, chevauchant cul nul le poney à poil long que j'avais reçu à Noël, un chapeau de cow-boy sur la tête et un étui à la ceinture.

— Je dois bien admettre avoir été surpris de recevoir votre appel, s'expliqua-t-il tandis qu'une vieille dame déposait deux verres de tisane d'orge devant nous.

Je commandai du *bulgogi* en priant pour que ce soit celui sans les os et Yeu demanda qu'on lui serve quelque chose avec beaucoup de D et de K. Ça sonnait comme le plat de ramens et de gâteaux de riz cylindriques que Jae aimait tant, mais il me faudrait patienter pour m'en assurer.

Ouvrant le portfolio que j'avais apporté, je sortis le chèque que David avait fait préparer par la banque à mon intention quelques heures plus tôt. Je lui tendis l'enveloppe.

— Les Park voudraient s'excuser pour tout ce qu'on vous a fait subir. Shin-Cho et David seraient bien venus en personnes, mais plusieurs événements tragiques dans leur famille les ont retenus. Ils sont navrés.

«Evénements» paraissaient bien trop faibles pour décrire la mort d'Helena, les blessures de Shin-Cho et la terreur qui semblait avoir pris en chasse les deux frères, mais c'était le mieux que j'avais trouvé. Yeu n'avait pas besoin des détails, et d'après le soulagement qu'il exprimait, je compris qu'il voulait de notre rendez-vous un échange rapide et concis. Les excuses formelles présentées par une famille pouvaient durer des heures et ne faisaient qu'alimenter un malaise général.

Il ouvrit l'enveloppe et en sortit le chèque pour l'observer quelques secondes. Il le tapa contre la table et m'envoya un sourire gêné.

— Pour tout vous dire, j'aurais voulu le déchirer en mille morceaux et leur jeter au visage.

Je haussai les épaules.

— Ils étaient très jeunes quand tout ça est arrivé. Ils essaient juste de rendre un peu justice, expliquai-je.

— Je sais. C'était un instant d'ego et d'outrage auquel mon époux a coupé court en me rappelant que notre fils allait bientôt entrer à l'université.

Il replaça le chèque dans l'enveloppe et me sourit. Son incisive ébréchée donnait du charme à son sourire.

— Ce sera sa première année, mais nous nous en inquiétons déjà maintenant.

— Votre époux est Coréen? Je dois admettre que la plupart des Coréens que je croise sont gay.

Je sirotai ma tisane froide.

— C'est peut-être aussi le cercle dans lequel je suis. Mon copain est Coréen.

— Probablement parce que c'est plus facile de l'être ici qu'en Corée, répondit Yeu. Là-bas, le mot n'est même jamais mentionné, sinon vous attirez le mauvais œil. Mais non, mon mari est Chinois. Même problème, toutefois. Sa famille l'a rayé de leur registre. Mon père avait la même attitude, jusqu'à ce que mon fils naisse. Mes belles-sœurs n'ont eu que des filles. Depuis, je suis son préféré.

Il fit un geste propre aux parents et afficha rapidement une photo sur son téléphone. Un adorable enfant avec son nez et son sourire m'observait depuis l'écran, le bras enroulé autour du féroce patriarche dont les yeux brillaient de fierté.

— Dean est un garçon intelligent. Je veux ce qu'il y a de mieux pour lui.

Yeu rangea son téléphone.

— Mon père a offert de payer pour l'université, mais… je trouve important de pouvoir moi-même subvenir à ses besoins.

— Oui, je comprends.

— Ça ne l'empêche pas de vouloir lui acheter une voiture, mais j'ai réussi à le calmer le temps que Dean obtienne son permis, rit-il.

Le repas fit son apparition et je remerciai la serveuse avant de plonger vers l'assiette. Elle revint quelques secondes plus tard avec des petits pots en fonte remplis d'œufs mousseux à la vapeur pour m'ouvrir encore plus l'appétit et repartit après m'avoir tapoté sur l'épaule.

Yeu éclata de rire.

— J'en conclus que ce n'est pas votre première fois ici.

— Non, Jae est un habitué, répondis-je. Vous devriez le voir, *il* se fait chouchouter. Probablement parce qu'il est plus mignon que moi.

Nous mangeâmes en silence. Le *bulgogi* était parfait et je ne m'étais pas trompé sur le plat en K et en D. Yeu attrapa ses nouilles avec des baguettes et les avala sans asperger la table de sauce piment. N'ayant pas ce talent, je me débattis avec mon riz pour finir par m'incliner et prendre la cuillère.

— Je ne vois pas bien ce que je peux vous raconter sur cette nuit.

Yeu aborda finalement le sujet pour lequel je m'étais déplacé.

— Oui, je l'ai aperçu, mais j'étais tellement énervé contre lui que je ne me suis pas arrêté pour parler. Lorsque la police a passé les portes, je venais juste d'arriver.

— Dae-Hoon était à l'étage, avec de la compagnie. Cette personne a quitté l'endroit par la porte de derrière, mais elle ne l'a pas vu sortir par là. Étiez-vous près de la porte principale ?

— Oui, je ne cherchais pas à me débattre. Ils m'ont mis les menottes et m'ont dit d'aller m'asseoir contre le mur à l'extérieur. Ils étaient en train de faire venir l'une de ces camionnettes pour nous emmener au commissariat, se rappela Yeu. Les agents de police poussaient des gens dans les escaliers. Dae-Hoon était l'un d'entre eux, mais il n'était qu'une personne au milieu de la foule.

— Vous souvenez-vous de quelque chose à propos de la personne qui l'orientait ? Quoi que ce soit ?

— C'était juste un policier. Il portait un uniforme, il me semble.

Yeu détourna les yeux, fronçant les sourcils en essayant de creuser dans ses souvenirs de la nuit en question.

— Il était caucasien… grand, mais c'était le cas de la plupart des agents présents. Dae-Hoon n'a pas été poussé contre le mur comme le reste d'entre nous. Ils l'ont emmené à l'extérieur et l'ont poussé dans une berline noire. Ça aurait tout aussi bien pu être un véhicule banalisé. Je ne sais pas trop. Je n'y ai pas pensé sur le coup. J'avais plein de choses en tête.

— Rien d'autre ?

Mes notes étaient minces. Il me fallait dénicher le flic qui avait escorté Dae-Hoon hors du bâtiment. Il était ma seule piste pour comprendre la chaîne d'événements qui avait mené à la disparition de Dae-Hoon.

— Rien qui me vienne. On l'a mis dans la voiture et celle-ci a disparu.

Yeu haussa les épaules.

— On m'a conduit dans l'une de ces énormes camionnettes. Je me suis retrouvé au commissariat, mis aux arrêts, et j'en suis ressorti le lendemain pour aller admettre à mon père que j'étais gay. J'avais passé une nuit en cellule à cause de ça. J'en avais assez d'être malmené. C'est la dernière fois que j'ai vu Dae-Hoon.

Nous nous attardâmes quelque peu, mangeant en discutant de football en nous moquant de l'incapacité de la ville à se trouver une équipe, et encore plus à la garder. Je refusai un troisième service d'œufs, mais terminai mes croquettes de poisson. Yeu dévora le reste de l'accompagnement, puis déclara qu'il était temps pour lui de rentrer.

Jae étant occupé jusqu'à dix heures du soir à un shooting pour une fête de fiançailles, j'aurais la maison pour moi tout seul. La pensée était loin d'être plaisante. Je traversai la rue, gravis les escaliers jusqu'au troisième niveau du parking où j'avais garé mon Rover. Je composai le numéro de Bobby pour savoir s'il voulait regarder un match quand, alors que je venais de quitter la cage d'escalier, les lumières s'éteignirent.

Les murs de la structure étaient hauts et laissaient à peine passer la lumière extérieure. Les rafales de vent dehors avalaient presque toute la luminosité, laissant un voile gris glaçant sur la zone. La foudre tonnait à l'ouest, une brève apparition de l'éclair, suivie d'un grondement déchirant. Un autre coup de tonnerre, cette fois suffisamment proche pour que je manque presque d'entendre si on me parlait à l'autre bout du fil. Je clignai des yeux, tentant de les ajuster à l'absence de lumière, lorsqu'un autre flash m'éblouit, les laissant douloureux sous l'éclat blanc bleuté.

— Putain de merde, pestai-je en entendant le message de Bobby sur sa boîte vocale.

Mes yeux devinrent humides et baisser les paupières paraissait empirer la chose. Le Rover était une énorme masse grise à l'autre extrémité du parking, et je me dirigeai vers lui, esquivant les flaques qui avaient commencé à se former à cause de la pluie qui entrait en biais.

— Ouais, ignore ça, Bobby. Les lumières ont pété à Ktown. Hé, si tu veux qu'on se regarde un match ce soir, je peux…

La première balle partit sur le côté, touchant une voiture garée à quelques pas de ma position. Surpris, je me jetai tant bien que mal au sol et mon téléphone m'échappa des mains, atterrissant quelque part dans le néant entre un véhicule et le mur d'enceinte. Je devinai un léger flash venant de la droite, mais à part ça, je pouvais à peine voir devant moi. Je baissai la tête et tentai de trouver un abri. Ce niveau n'avait pas été trop chargé quand je m'étais garé, et de ce que je pouvais en déduire des tâches floues qui voguaient devant moi, il y avait encore moins de voitures à présent.

Je me mis à courir et me pris la hanche dans la voiture impactée. Mon pied fut éclaboussé par un filet qui se déversait à l'avant du petit modèle et l'odeur métallique du liquide de refroidissement me nargua. J'essuyai les gouttes qui me collaient encore aux cils et laissai mes yeux s'adapter à la lumière tamisée en allant me coller au capot de la petite voiture qui s'était rangée en épi arrière. Je ne voyais plus mon téléphone, mais il y avait peu de chances qu'il ait survécu au choc avec le béton. Ce genre de machines semblaient se casser au moindre regard noir, à la moindre réprimande. Je ne pensais pas que s'éclater sur du ciment figé lui ait fait beaucoup de bien.

— Très bonne idée d'être venu, McGinnis, marmonnai-je. Et pourquoi est-ce que je ne porte pas un putain de flingue ?

C'était rhétorique. L'arme en question se prélassait dans une boîte fermée au-dessus de mon armoire, rêvant probablement de pigeons électriques ou je ne sais trop quoi encore. Je levai juste un peu la tête et dus me retirer immédiatement quand une autre balle fusa près de mon crâne pour aller se loger dans la barrière de béton derrière moi.

Bien sûr, j'avais garé le Rover à l'autre bout du parking, et même si je parvenais à l'atteindre, ce n'était qu'une enceinte de métal et de verre. J'aimais ce nouveau modèle. Je venais à peine d'ajouter les sièges de mon choix et les rétroviseurs étaient parfaitement ajustés pour que je puisse voir à travers la lunette arrière et le long des flancs. Je n'avais aucune envie d'en faire une cible. S'il lui arrivait quelque chose, ma compagnie d'assurance allait me forcer à acheter un char, la prochaine fois.

Je me décidai à essayer de raisonner le tireur.

Criant par-dessus la carrosserie, je restai alerte au cas où il y aurait du mouvement.

— Écoute, je suppose que tu es le même salaud qui a déjà essayé de me descendre dernièrement. Envie de me dire pourquoi ?

N'ayant été pourchassé par la mort qu'à deux reprises dans ma vie, je ne comptais qu'à moitié sur mes chances d'obtenir une vraie raison. La cousine de Jae avait été plus que ravie de me déballer toute son histoire, tandis que Ben avait creusé sa propre tombe et s'y était allongé en emportant toutes ses rancunes à notre égard.

— Où est Shin-Cho ?

La voix qui résonna contre les murs était masculine et définitivement coréenne. Son anglais était un mélange strié de voyelles et de sifflements incohérents. Choi étant mort, je me lançai sur la seule personne que je pouvais imaginer vouloir trouver Shin-Cho.

— Li Mun-Hee ?

Ça me valut une autre balle.

Elle explosa quelques fenêtres, passant directement de la vitre du conducteur dans la vitre arrière. Une pluie d'éclats s'abattit sur moi et je me servis du fracas pour couvrir le son de mes pas en direction de la Honda à quelques places de là. Aussitôt, une autre volée rugit et un morceau de béton se détacha du mur pour mieux venir s'écraser entre les voitures. Près du capot, je remerciai le conducteur de s'être garé dans ce sens et de m'avoir laissé de l'espace pour manœuvrer.

— Écoute, Mun-Hee, répétai-je en criant pour passer au-dessus du bruit de la foudre. Tu as beau être en rogne contre Shin-Cho, les autres n'ont rien à voir avec ça !

— Pourquoi serais-je énervé contre Shin-Cho ? Je l'aime. Il est à moi.

J'entendis des cliquetis et jetai un regard sous la voiture. Li était proche de la façade avant qui menait vers la rue, là où les murs étaient plus bas. Je vis ses bottes avancer et dépasser l'issue de secours. Même si je me dirigeai vers la rampe, il serait toujours entre moi et la sortie. Il ne me restait plus que l'étage supérieur, mais cela signifierait m'exposer complètement.

— Tu lui as tiré une balle, rappelai-je à Li. Au bar, tu te souviens ?

— Elle était pour cet homme ! Celui qui lui parlait !

Sa frustration ne faisait que grossir et il marqua un arrêt. J'en déduis qu'il jetait un œil derrière tous les véhicules, quand soudain il trottina et s'arrêta dans l'ombre d'une voiture de sport à la capote abaissée.

— Je ne voulais pas le toucher.

— Et Helena ? Qu'est-ce qu'elle est censée avoir fait ?

Je ne pouvais pas deviner combien de balles il lui restait ou combien d'entre elles il avait déjà tiré. Les scènes incroyables où le gentil comptait les coups avant de sauter sur le méchant étaient de vraies foutaises. Je ne pouvais pas plus savoir s'il avait un chargeur plein que s'il utilisait un Colt, et je n'allais pas risquer ma tête pour le découvrir.

— Je visais Kwon, hurla Li. Ce petit…

Je ne compris pas le mot qu'il utilisa. Ça n'avait pas d'importance. Il était évident que Kwon n'était pas sur la liste de ses favoris.

— C'est lui qui m'a volé Shin-Cho. À l'attendre jusqu'à ce qu'il arrive en Amérique et qu'il puisse l'avoir à nouveau pour lui. Il fallait qu'il meure.

Je pouvais toujours essayer d'argumenter qu'il y avait peu de personnes qui *devaient* mourir, mais je doutais que Mun-Hee soit prêt à m'écouter défendre mon point de vue sur le sujet. Il me donna raison en tirant sur une autre fenêtre, surprenant un oiseau qui devait s'être trouvé un abri pour la pluie à l'intérieur.

— Super, maintenant il tire sur tout ce qui bouge, grommelai-je avant de vérifier où se trouvaient ses bottes.

Si j'avais été plus rusé, j'aurais ramené mon arme et aurais tiré sous les voitures dans ses pieds. Mais si j'avais été plus rusé, j'aurais eu sur moi une puissante lampe de poche pour pouvoir mieux y voir.

Mun-Hee n'avait pas bougé, certainement trop occupé à chercher le son de ma voix avant de bondir. Un éclair tomba et je hurlai mes prochains mots cette fois, espérant le distraire en alimentant le dialogue.

— Et pour Choi ? Qu'est-ce que c'était ? Il essayait de te garder à distance de Shin-Cho ?

Mon timing était bon. La foudre avait masqué les sons que j'avais produits en courant, et au même moment, Mun-Hee avait vidé d'autres douilles dans le véhicule derrière lequel je m'étais auparavant caché. Des alarmes se mirent à retentir, bruyantes et sifflant une épouvantable symphonie, lorsqu'une autre vague d'éclairs et de lumière, plus proche et sonore, frappa. Le bruit fut assourdissant et je tentai ma chance en regardant dans quelle direction il était parti.

J'avais cligné des yeux, et comme un ange de pierre, il se retrouva à quelques mètres seulement, figé et examinant prudemment les alentours à la recherche de sa proie.

L'arme qu'il avait en main était une petite chose sombre et mesquine. Je ne pouvais pas déterminer de quel genre de pistolet il s'agissait, mais ça ne me serait d'aucune aide, de toute manière. Même s'il ne paraissait pas être le meilleur tireur, il pouvait toujours avoir un coup de chance. Je n'avais pas besoin de connaître le type d'arme qui allait me descendre. Mort, c'est mort. On n'allait pas m'interroger sur la question au Paradis.

— Choi a essayé de m'arrêter, rugit Mun-Hee entre ses dents.

Il n'était plus qu'à une voiture de moi et il traînait les pieds sur le sol, pas certain de savoir si j'avais eu le temps de passer de l'autre côté ou si je bondissais toujours de place en place.

— Il m'a suivi jusqu'ici. Il pensait que je ne l'avais pas remarqué. Il voulait s'accaparer Shin-Cho aussi. Je pouvais le voir.

— Shin-Cho n'est pas séduisant à ce point là, maugréai-je.

Li avait de toute évidence perdu la raison. Du peu que j'en savais, Choi aurait pu être *le* coureur de jupons de Séoul, et le stalker de Shin-Cho aurait juste pu être témoin de ses manières aguicheuses, mais j'en doutais. J'ajustai ma position accroupie et me mordis la lèvre lorsque mon coude rencontra la roue de la voiture près de laquelle je m'étais faufilé. L'engourdissement progressif de mes nerfs me força à serrer les dents et j'ignorai au mieux la sensation plaintive qui touchait mon nerf cubital.

La roue trembla légèrement au moment où je la frappai et un morceau de boue se décrocha de l'enjoliveur, atterrissant près de mon pied. Appuyant une main contre le pneu, je pressai de nouveau contre sa face externe et fus récompensé par un tremblement révélateur. Je cherchai rapidement Li des yeux sous le capot pour m'assurer qu'il était toujours là où je l'avais laissé. Il n'avait pas bougé d'un pouce.

J'avais enfin un plan. Et il m'attendait, insouciant et endormi près d'une des colonnes porteuses : un vieux Lincoln Continental. C'était un monstre d'un autre âge, fatigué et abîmé par des années de lutte dans le trafic de Los Angeles et sous le soleil brûlant de Californie. Ses flancs étaient cabossés, défigurés par un combat quotidien. Une longue marque rouge barrait son vert jaune délavé, un tour de force imputé à un adversaire moindre.

C'était un bel animal et je les remerciai, lui et Dieu, pour son sacrifice.

Étant doté d'un frère aîné qui n'avait aucun don pour les sports de balle, j'avais passé toute mon enfance à jouer à des jeux étrangers avec Mike pour qu'il se trouve un talent quelque part. Il avait fini par grandir suffisamment pour apprendre le maniement d'une arme et nos terribles week-ends d'activités faussement sportives avaient heureusement pris fin lorsque notre père avait pris pitié et l'avait enfin emmené au stand de tir. Toujours est-il que je dus bien le remercier pour mes compétences quelque peu rouillées au jeu de disc golf, lorsque j'arrachai l'enjoliveur de la Continental, me redressai et visai l'arrière du crâne de Li.

Les enjoliveurs n'étaient pas des objets bénins, surtout quand ils étaient faits du métal de Détroit. Les encoches du système de rétention avaient tendance à s'effilocher avec le temps, se divisant en douzaines de petites dents corrodées, et plus spécifiquement, d'une bague externe qui pouvait couper sans problème à travers un morceau de viande bien molle.

Le disque du vieux monstre s'envola, cinglant l'air comme s'il s'agissait d'un moule à tarte originaire de Bridgeport. La découpe tranchante de l'arête produisit un sifflement qui avertit Li, et celui-ci fit volte-face, ses yeux s'écarquillant en apercevant le frisbee métallique. La mâchoire tombante, il fit un pas de recul, mais l'enjoliveur poursuivit son joyeux sifflotement. Partant légèrement de biais, il s'abattit violemment et la tête de Li partit vers l'arrière. Du sang s'échappa d'une plaie ouverte dans son cou, imbibant sa chemise d'une mer rouge.

Je me jetai vers lui et lui rentrai dans l'épaule. La douleur éclata dans mon bras et la peau de mon torse se noua lorsqu'il se courba en deux et qu'il emporta mon corps replié dans son élan. Me tortillant, j'attrapai son poignet pour lui prendre l'arme, mais il fit un tourniquet des bras, cherchant maladroitement son équilibre.

Mes quelques années de boxe avec Bobby m'avaient beaucoup appris de l'immobilisme et de l'impulsion. Toutefois, mon enfance avec Mike m'avait enseigné qu'une fois mon adversaire à terre, il était temps de lui ficher une bonne raclée… qu'importe que ce soit juste ou non. Voyant que Li avait une emprise mortelle sur son arme, j'optai pour l'option guerrière du grand frère.

Je ramenai mes poings ensemble, les levai au-dessus de ma tête et les abattis sur son visage. Plusieurs fois.

Il perdit d'abord une dent. Le flingue vint ensuite, rapidement suivi de son état de conscience.

Me redressant, je donnai un coup de pied dans l'arme pour l'éloigner et secouai les mains. Du sang perlait au niveau des coupures sur mes jointures et ma paume piquait là où l'air rentrait en contact avec la peau abrasée par ma lancée d'enjoliveur. J'avais un peu mal aux genoux et je réalisai tardivement que j'avais bousculé le garde-boue quand j'avais bondi sur Li.

— Désolé, l'ancêtre, mais il fallait vraiment que je lui en mette une. Pas le choix.

Je saluai le véhicule, puis tombai à quatre pattes pour reprendre mon souffle.

— Je te paierai le lave-auto. Tu en as bien besoin.

Le claquement de bottes dans la cage d'escalier m'avertit juste avant qu'un petit peloton d'hommes en uniforme bleu débarque dans le parking. Pistolet au poing, le plus proche me cria de jeter mon arme au sol. Soupirant, je leur montrai mes mains ensanglantées, mais vides et fis un signe en direction de l'homme haletant couché comme un tribut devant le Lincoln.

— Où est-ce que vous *étiez*? demandai-je, exténué.

L'un des agents eut un sursaut nerveux et je sourcillai en pointant son arme levée du menton.

— Dieu m'en soit témoin, si vous tirez, il y a intérêt à ce que vous m'acheviez, parce que si vous vous loupez, mon copain va faire le travail à votre place.

XXI

— JE REVIENS de la chasse avec des présents, mon amour, annonçai-je en passant la porte d'entrée, deux gros sachets de *bún thịt nướng* en main. Ce n'est pas une peau de mammouth, mais je pense qu'on va quand même s'en sortir.

Jae ne releva même pas les yeux quand j'arrivai dans le salon et l'embrassai sur la joue. Il parut néanmoins plus intéressé par le baiser que par la nourriture. J'avais au moins ça pour moi.

Il était midi, au lendemain de la belle journée que Li avait choisi pour me faire rencontrer mon Créateur, et j'avais passé plusieurs heures au bureau à faire mes comptes et à pister encore et toujours plus d'hommes auxquels rendre leur argent. J'allais bientôt devoir confier cette liste au détective tout droit arrivé de Séoul que Seong avait engagé pour établir un contact discret avec ses compatriotes.

Je déposai la nourriture sur le coffre que nous avions établi comme une zone protégée de tout coït et poussai Neko pour pouvoir m'asseoir à côté de Jae. Il s'était approprié la pièce pour travailler, et je me délectai de le voir s'établir dès lors qu'il n'avait pas de session de shooting. Je trouvai agréable de le savoir à l'arrière de la maison, tandis que je travaillais dans mon bureau à l'avant.

Cette routine était bien trop domestique et j'aurais horreur de la partager avec n'importe qui, surtout pas Bobby et encore moins Mike.

L'ordinateur de Jae était ouvert sur le coffre, rattaché à un boîtier par des cordons noirs qui serpentaient sur le sol. La télévision sur laquelle j'avais voulu regarder un match hier soir affichait une chaîne d'infos sur laquelle une belle jeune femme placide parlait très sérieusement de l'ouverture d'un restaurant. Un bandeau rouge et jaune défilait en bas de l'écran, des caractères coréens donnant une alerte importante. Bien sûr, de ce que j'avais vu de la télévision coréenne, une réduction pour des choux était parfois considérée comme la plus vitale information de la journée. Ils avaient également hérité des publicités les plus bizarres qu'il m'avait jamais été donné de voir.

— Qu'est-ce que tu regardes ?

Ça m'échappa avant même que je ne réfléchisse à mes mots.

— Pardon, question idiote. Je recommence : comment était ta journée?

— Pas trop mal, murmura-t-il en posant sa tablette.

Je passai une main autour de sa taille, il se rapprocha et, d'un geste des hanches, vint se placer sur mes cuisses. Les bras autour de mon cou, il scella ses mains à l'arrière de ma tête et soupira. Il pressa un baiser sur mon front. Il n'avait pas l'air dans son assiette. Non pas qu'il ait l'air malade, mais il n'allait pas bien, c'était évident.

— Qu'y a-t-il?

Je dirais bien que je lui volai un baiser, mais on ne peut pas chiper quelque chose qui nous est offert.

— Hé, j'ai esquivé!

— Pour une fois, grommela-t-il. Et ce n'est rien, vraiment. J'ai parlé avec ma mère. Je lui ai envoyé ce que j'avais des célébrations chez Kwon. D'ailleurs, ils m'ont quand même payé, alors que je leur avais dit que ce n'était pas nécessaire. *Hyung* a insisté.

— C'est gentil de leur part, dis-je. Surtout avec tout ce par quoi ils passent en ce moment.

— C'est sûr. La mère de David m'a aussi envoyé un panier de fruits et un chèque. Elle voulait participer au nettoyage de la voiture.

Jea haussa les épaules.

— Je me sens coupable d'avoir accepté. J'avais déjà nettoyé les tapis à la vapeur. Ça n'était pas si grave.

— Garde-le, insistai-je. Il m'a vomi dessus. J'avais du soju prédigéré jusque dans la raie. Il faut bien que tu sois compensé pour la souillure de mon fessier.

Son sourire fut si brillant qu'il aurait pu faire disparaître les nuages menaçants au-dehors et son doux rire me parut être comme du chocolat fondu sur ma langue lorsque je l'embrassai.

— T'es pas bien dans ta tête.

Jae m'étreignit, se collant fermement contre ma poitrine. Je l'encerclai entièrement de mes bras et le serrai, savourant sa présence.

La femme à la télé termina son rapport sur le restaurant et l'écran dévoila une rangée d'immenses couronnes de chrysanthèmes alignées le long d'un bâtiment en verre. Le visage de Kwon apparut, suivi d'une photo d'Helena qui portait le même sourire que dans mon dernier souvenir d'elle.

— Qu'est-ce qui se passe ?

Je relâchai ma prise sur Jae pour qu'il puisse quitter mes genoux et se tourner vers la télévision.

— C'est pour Kwon ?

— Oui, il est du *chaebol*, souviens-toi. C'est la compagnie-mère familiale, derrière. Ils exhibent les couronnes envoyées par les autres familles et entreprises. Il était leur aîné. On peut dire que sa mort a eu un impact.

J'étais désolé qu'il soit parti comme ça. Même un enfoiré de sa trempe n'aurait pas dû se faire faucher le reste d'une vie de cette manière. À côté, le décès d'Helena était gratuit. Cette famille portait à présent deux plaies béantes là où ils existaient auparavant. Tout ça parce que Li Mun-Hee était obsédé par un homme qu'il ne pouvait pas avoir.

— Que dit-elle ?

Je me penchai en gardant une main sur sa taille pour qu'il ne glisse pas.

— Je pensais que tu parlais coréen, maintenant ?

Il eut un rictus.

— Seulement les mots dont j'ai besoin, répondis-je nonchalamment. En fait, seulement ceux que je peux prononcer. Pour le reste, je t'ai toi.

— Hm.

Sceptique ne pourrait pas esquisser le début d'une description de l'expression qu'il afficha.

— Réponds à la question. Que dit-elle ?

Je lui pinçai le flanc au travers du T-shirt sur un point chatouilleux.

— Qui est-ce qui pose ces fleurs ?

— Ah, c'est Park Dae-Su, répondit Jae. L'oncle de Shin-Cho et David. Les Park veulent faire bonne impression.

La caméra zooma sur Dae-Su lorsqu'il lissa la bannière sur la couronne suspendue, et il prononça quelques mots pour le cameraman, exprimant de toute évidence ses condoléances pour la famille Kwon. Hors champ, on lui posa une question, et il tourna légèrement la tête pour répondre d'une voix calme qui me rappelait David.

— Putain.

La réaction était excessive pour l'extrait d'un enterrement, mais la ressemblance entre David et son oncle était vraiment remarquable. À voir le plus vieux Park, je pouvais déjà savoir à quoi ressemblerait David dans une vingtaine d'années.

— J'ai une question.

222

— OK.

Jae se dégagea de son emprise et migra vers un des plats de nouilles froides que j'avais ramenés à la maison.

— Porc ou crevettes ?

— Aucune idée. J'ai pointé le menu et grogné. Elle parlait couramment le McGinnis.

— Donc c'est probablement l'un de ces roulés de pizza sur des nouilles de riz à réchauffer au micro-ondes, c'est ça ?

— Vivre avec moi, c'est une aventure de tous les jours, proclamai-je fièrement. On ne sait jamais à quoi s'attendre.

— Porc, annonça Jae.

Il cueillit un rouleau de printemps frit dans l'un des plus petits sachets et m'en offrit le bout ouvert pour que je puisse mordre.

— Quelle était ta question ?

— Lorsque les Coréens nomment leurs gosses, ils suivent… une sorte de formule, pas vraie ?

— Une formule ?

Il haussa les sourcils.

— Comme ton frère et toi, je veux dire, expliquai-je. Vos deux noms commencent par « Jae ». Pour les Park, c'est « Shin ».

— C'est ça, la plupart des familles utilisent un nom générationnel, donc tout le monde dans ton… groupe…

Jae fit une grimace au mot choisi.

— Ils auront tous la même syllabe. Ce n'est pas obligatoire, mais presque tout le monde suit la règle, surtout si la famille peut être retracée dans l'Histoire.

— Et pour Dae-Su… (Je pointai l'écran, mais l'émission ne s'intéressait déjà plus aux Kwon.) Ses frères se nomment tous « Dae » quelque chose ? Comme Dae-Hoon ?

Jae me perça le ventre avec son doigt, faussement agacé, et reprit sa fouille du contenu du sachet.

— *Aish*, Dae-Su est son frère, tu sais ?

— Oui, c'est ce que je me disais.

Je lui assenai un long baiser et me relevai, manquant d'écraser le chat qui quémandait à mes pieds.

— Laisse-moi des nouilles. Je reviens.

— N'oublie pas qu'on dîne avec Tasha et Mike ce soir, s'exclama-t-il après moi.

— Je n'oublierai pas ! criai-je en attrapant mes clés. J'ai même acheté un gâteau.

UNE DÉCAPOTABLE deux places grise m'attendait dans le garage, le toit remonté en préparation d'un temps pluvieux. La machine à laver et le sèche-linge vrombissaient près de la porte close de derrière et un panier en plastique rempli de serviettes froissées et de draps attendait son tour dans le lave-linge.

Une fois garé sur le trottoir, j'évitai autant que possible le léger rideau de gouttes de pluie. Je me secouai comme je le pus et sonnai à la porte. Après un moment, un homme Coréen d'âge moyen ouvrit le battant, et je fus frappé par sa familiarité. Non pas seulement parce que je l'avais vu sur des photos aux côtés de son époux, William. Le truc avec la génétique, c'était qu'il arrivait que deux frères se superposent l'un à l'autre, même à travers la rediffusion d'une émission coréenne.

Souriant, je lui dis d'un ton réservé :

— Bonjour, Dae-Hoon.

J'avais pris un risque en priant pour qu'il soit chez lui après avoir vérifié son emploi du temps sur le site de l'université, car il arrivait que les étudiants s'appesantissent plus longtemps que prévu. J'imaginai bien ma professeure d'Histoire ancienne avoir encore des cauchemars à mon propos. Dieu savait que j'en avais encore à *son* propos.

Sa réaction fut chargée et je pus le lire comme un livre ouvert. Il n'y avait plus rien à nier. Rien à réfuter. Il opta finalement pour un air résigné et ouvrit la moustiquaire pour m'inviter à entrer. Je me présentai, puis le suivis jusqu'à la pièce principale dans laquelle je m'étais assis lors de ma première visite. M'installant sur le canapé, je patientai jusqu'à ce qu'il décide où s'asseoir, mais il resta un moment debout, le regard axé sur la baie vitrée qui donnait vers le jardin. Après un instant, il sembla revenir au présent et s'assit lentement sur une chaise.

— Leur avez-vous déjà dit ?

Il avait une voix douce et encourageante que je voyais très bien être celle d'un professeur.

— Savent-ils… où je me trouve ?

— Non, le rassurai-je. J'y ai pensé sur le chemin, mais je ne pense pas être à même de le leur dire. C'est à vous de faire le premier pas.

— Comment se portent-ils ?

Dae-Hoon se pencha en avant.

— Est-ce qu'ils vont bien ?

Je lui racontai le déroulé des événements survenus dans la vie de ses fils ces derniers jours, en ajoutant le renvoi de Shin-Cho de l'armée. Il s'affaissa dans sa chaise lorsque je lui expliquai la dégringolade de son fils aîné et son bannissement subséquent vers les terres arides de Los Angeles. Lorsque je lui fis part de l'erreur qu'avait commis la banque, il poussa un sifflement irrité.

— Ils souhaitent rendre l'argent, l'informai-je. Vos fils n'en veulent ni l'un ni l'autre.

— Ça a toujours été pour eux, dit Dae-Hoon. Je ne m'attendais pas à ce que toute l'affaire m'échappe comme ça. Je ne vous mens pas. C'était juste supposé être de quoi les aider à payer leurs études s'ils en avaient besoin, puis quelqu'un a fait passer le mot et soudain d'autres hommes m'ont donné de l'argent pour que je ne révèle rien.

— Vous auriez toujours pu refuser, fis-je remarquer. Le mot n'est pas bien compliqué.

— Que comptez-vous faire, maintenant ?

Il arrondit les épaules quand je haussai les miennes.

— N'allez-vous pas tout leur dire ?

— Je pense qu'ils préféreraient avoir leur père que de l'argent.

Je sortis mon bloc-notes et griffonnai le numéro de David. J'arrachai la page et la lui confiai.

— Ils voudront au moins savoir que vous êtes en vie. Shin-Cho aurait bien besoin de soutien, avec ses attirances et le reste, et David est en plein deuil. Appelez-les, Dae-Hoon. Ce sont vos enfants. Maintenant, si vous voulez bien m'excuser, je dois aller conduire mon copain à un dîner chez mon frère.

Il me raccompagna à la porte, serrant la feuille entre ses doigts. Hochant la tête d'un air absent, Dae-Hoon referma la moustiquaire derrière moi. Déglutissant, il m'appela.

— McGinnis ?

— Oui ?

Je me retournai en sortant mon jeu de clé de ma poche avant.

— Je ne sais pas quoi leur dire, murmura-t-il. Ça fait si longtemps.

— Commencez par un *bonjour*, suggérai-je. Puis il faudra s'attaquer à un *Je suis désolé*. Après ça, les choses ne peuvent que s'arranger.

J'ÉTAIS ALLÉ chercher le gâteau avant de passer prendre Jae à la maison. Il l'avait sécurisé sur ses genoux et joua avec le ruban qui assurait la bonne fermeture de la boîte rose jusqu'à ce que je le réprimande. Faisant une moue, il me jeta un regard et renifla, son froncement s'accentuant.

— Ça ne sent que le carton, se plaignit-il tout bas.

— Ça, c'est parce que je te connais, dis-je. Il y a une boîte en plastique à l'intérieur pour tenir le gâteau. Je voulais éviter que tu ne manges la cerise confite sur le dessus avant que nous arrivions.

Mad nous ouvrit la porte et m'enveloppa dans une étreinte avant de libérer le gâteau des mains de Jae. Il se pencha pour retirer ses chaussures, et elle l'attendait au tournant, riant quand il se tortilla dans ses bras et me foudroya du regard. Je lui fis un salut de la boîte que Mad avait transférée dans mes bras, puis me dirigeai vers la cuisine.

— Où est passé Mike ? lui demandai-je.

— Il est sorti acheté de la glace à Tasha, dit-elle en roulant les yeux. Apparemment, il n'y a qu'une seule marque de menthe chocolat qui compte et personne n'a pensé à m'en informer.

Les tatamis étaient toujours là et la pièce renvoyait une odeur de viande et de sirop à l'orange. Une variété de légumes à différents stades de découpe étaient alignés sur le plan de travail et un sac de maïs attendait qu'on en épluche les épis. Je déposai le gâteau sur le comptoir et arrachai le scotch. Extrayant la boîte à l'intérieur, je me tournai vers Jae pour qu'il puisse l'admirer.

— C'est un gâteau au chocolat.

Il l'examina et me jeta un regard interrogateur.

— Non, pas juste au chocolat, corrigeai-je avec suffisance. Tu as devant toi un *dobash* cake. Tu vois la moitié de cerise au-dessus ? Elle est à moi.

— C'est un gâteau au chocolat, répéta Jae.

— Un *dobash* cake.

L'embrassant à la commissure des lèvres, je le fis évacuer la zone du plan de travail.

— Nous avons habité six mois à Hawaï quand j'étais tout jeune. Je ne me rappelle presque rien… surtout du sable et des coups de soleil, mais je me souviens *très bien* de ce gâteau. Ce n'est pas que du chocolat. C'est un délice de chocolat crémeux. Complètement différent.

— Ne commençons pas avec ce gâteau.

Maddy interrompit mon argumentation sur ce trésor d'un geste de son couteau.

— Et si tu veux du Zombie à la cerise, Jae, il y en a dans un bocal au frigo. Ne laisse pas Cole te provoquer avec.

— Crois-moi, La-Démone, souris-je. Quand je le «provoque», ce n'est pas avec des cerises.

Je fus sauvé d'une réplique cinglante par le téléphone fixe qui se mit à sonner. Elle frappa ma main qui s'était trop approchée des carottes et tendit la main vers le combiné. Dans son dos, je fis un raid et en offris à Jae. Il retroussa le nez et se tourna vers un piment frais, à la place. Il mordit dedans et, tout sourire, vint m'embrasser, laissant un picotement brûlant sur mes lèvres.

— Non, il n'est pas à la maison. Puis-je prendre un message?

Mad m'indiqua de lui passer un stylo dans le pot sur le comptoir. Elle se figea sur place, écoutant avec attention ce qu'on lui racontait.

— Une seconde, attendez. S'il vous plaît... donnez-moi une seconde.

— Qu'est-ce qu'il y a?

Ma gorge se noua. Je m'approchai d'elle et posai ma main sur son flanc.

— Que se passe-t-il? C'est Mike?

— C'est un homme de Tokyo qui appelle à propos de ta mère, dit-elle d'une voix hésitante.

Mad était tout pâle quand elle me tendit le combiné.

— Il faut... que tu le prennes. Il... Cole... il prétend être ton frère.

RHYS FORD est une autrice primée avec une collection de longues séries de romans LGBT+ de genres « policier », « urban fantasy », « paranormal », ainsi que quelques thrillers. Elle a été deux fois finaliste du prix Lambda et a reçu plusieurs médailles d'Or et d'Argent de la part du *Florida Authors and Publishers President's Book Awards*. Elle est publiée chez Dreamspinner Press, DSP Publications et Rogue Firebird Press.

Elle vit en compagnie d'Harley, un chat bicolore au visage orné d'une fleur, Badger, un ancien chat de gouttière avec un sale caractère et Gojira, un tabico excentrique. Rhys est également asservie à l'entretien d'une Pontiac Firebird de 1979 du nom de Tengu et se délecte du meurtre de personnages fictionnels.

Vous pouvez retrouver Rhys en suivant les liens ci-après :
Blog : www.rhysford.com
Facebook : www.facebook.com/rhys.ford.author
Twitter : @Rhys_Ford

Par Rhys Ford

415 INK
Rebelle
La sauveteur
Fauteur de troubles

MEURTRE ET COMPLICATIONS
Meurtre et complications
Amants et voleurs
Flics et Comics
Meutre et complications : Intégrale

MYSTÈRES SIGNÉ COLE MCGINNIS
Au risque d'un baiser
Au risque d'un scandale

SINNERS
Sinner's Gin
Whiskey and Wry
The Devil's Brew
Tequila Mockingbird
Slow Ride
Absinthe of Malice
'Nother Sip of Gin

Publié par Dreamspinner Press
www.dreamspinner-fr.com

RHYS FORD

AU RISQUE D'UN BAISER

Un mystère signé Cole McGinnis

Alors que Cole Kenjiro McGinnis, ancien flic et détective privé, se remet doucement de la fusillade qui lui a arraché son amant, une enquête soi-disant de routine lui est assignée. Enquêter sur le prétendu suicide du fils d'un grand homme d'affaires Coréen se révèle rapidement loin d'être trivial, surtout lorsque cela le pousse sur la route de Kim Jae-Min, le cousin si séduisant du défunt.

Le cousin de Jae-Min avait un vilain petit secret, de ceux que Cole connaît sur le bout des doigts et que Jae-Min refoule encore devant sa famille. L'enquête conduit Cole d'un quartier privé raffiné au Dirty Kiss, un misérable club où l'homme riche satisfait discrètement des besoins dont sa famille conservatrice préfère ne pas entendre parler.

L'affaire dépose Cole McGinnis tout droit entre les bras de Jae-Min. Les jours passant, la mort de son cousin ressemble de moins en moins à un suicide et les feux des projecteurs se tournent peu à peu vers Jae-Min. La violence a déjà arraché à Cole un amant. Et pour lui, il est hors de question que cela se reproduise.

Scanner le code QR ci-dessous pour commander

RHYS FORD

MEURTRE ET COMPLICATIONS

Meurtre et complications, tome 1

Seuls les cadavres ne parlent pas.

Cambrioleur réformé, Rook Stevens a jadis volé d'innombrables objets de valeur inestimable, mais jamais il n'avait encore été accusé de meurtre – jusqu'à aujourd'hui. Déjà surpris de découvrir une de ses anciennes complices à Potter's Field, sa boutique dédiée aux collectionneurs et fans du cinéma, Rook l'est encore plus de constater qu'elle a été assassinée.

L'inspecteur Dante Montoya pensait ne jamais revoir Rook Stevens – surtout après une douteuse affaire de falsification de preuve commise par son ancien partenaire pour piéger le voleur. Aussi, quand il intercepte un suspect couvert de sang fuyant la scène d'un crime, est-il choqué de reconnaître celui qu'il avait tant voulu mettre en prison quelques années plus tôt. Et comme autrefois, Rook Stevens lui enflamme le sang.

Rook, malgré son attirance inexplicable pour l'inspecteur cubano-mexicain qui vient de l'arrêter, est déterminé à se disculper. Malheureusement, les cadavres ne cessent de s'accumuler autour de lui. Quand sa vie est menacée, Rook est obligé d'accepter l'aide d'un flic qu'il n'aurait jamais cru capable de croire à son innocence : Dante, le seul homme qu'il ait dans la peau.

Scanner le code QR ci-dessous pour commander

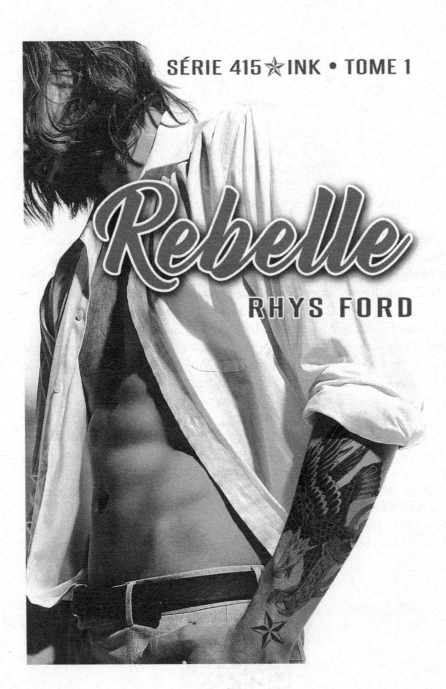

SÉRIE 415 ☆ INK • TOME 1

Rebelle

RHYS FORD

Série 415 Ink, tome 1

La chose la plus difficile à faire pour un rebelle n'est pas de se battre pour une cause, mais de se battre pour lui-même.

La vie prend un malin plaisir à poignarder Gus Scott dans le dos lorsqu'il s'y attend le moins. Après avoir passé des années à fuir son passé, son présent et le sombre avenir que lui avait prédit les assistantes sociales, le karma lui fournit la seule chose à laquelle il ne pourra – ne voudra – jamais tourner le dos : un fils né d'une nuit passée avec une femme quelques années auparavant après une rupture dévastatrice.

Retourner à San Francisco et au 415 Ink, le salon de tatouage familial, lui a fourni un abri idéal pour combattre ses démons personnels et se reconstruire… jusqu'à ce que le pompier qui l'avait brisé revienne dans sa vie.

Pour Rey Montenegro, le tatoueur Gus Scott était une récompense insaisissable, un prix étincelant qu'il n'avait pas eu la force de retenir. Mettre un terme à sa relation avec le tatoueur versatile avait été douloureux, mais Gus n'avait pas voulu de la vie de famille dont lui rêvait, le laissant avec une âme meurtrie.

Lorsque la vie et le monde de Gus commencent à s'effondrer, Rey l'aide à rassembler les morceaux, et Gus se demande si l'histoire d'amour éternel à laquelle aspire Rey peut vraiment exister.

Scanner le code QR ci-dessous pour commander

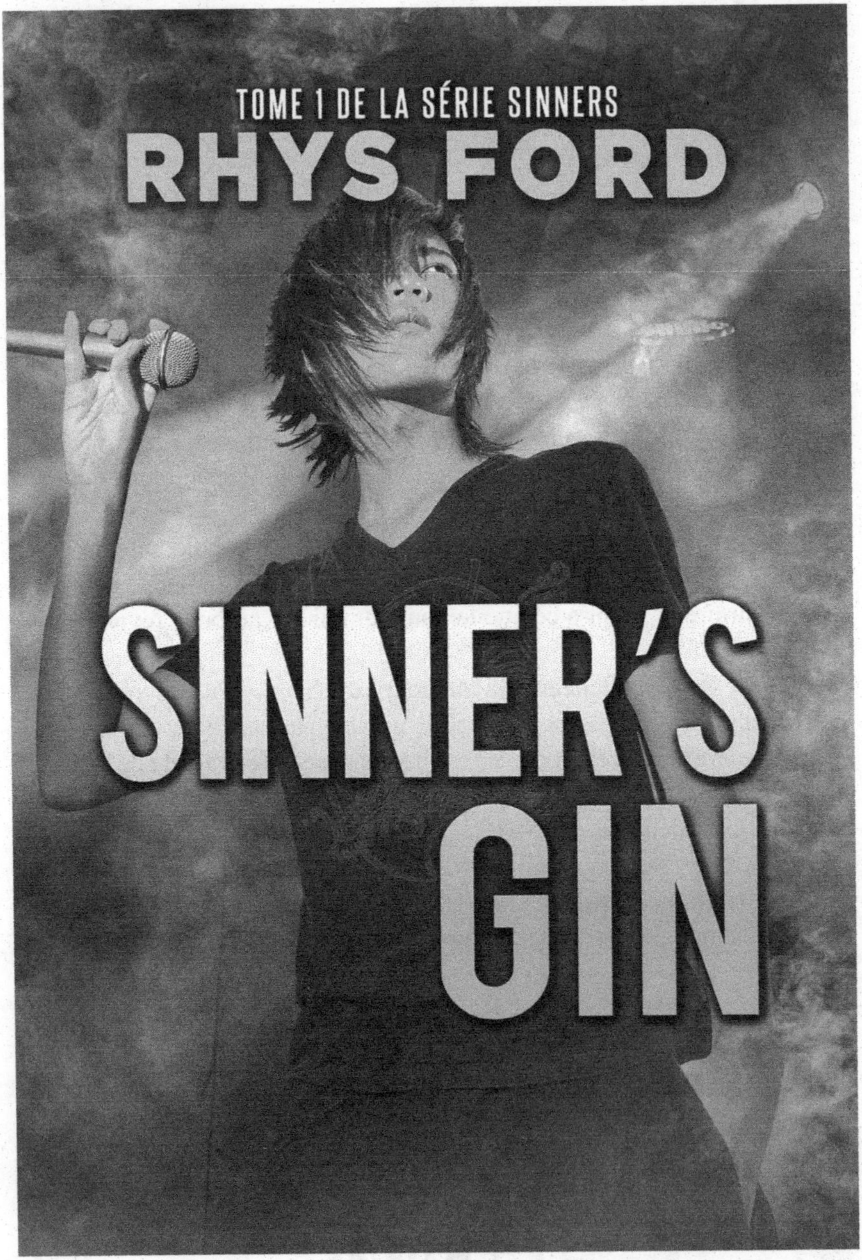
TOME 1 DE LA SÉRIE SINNERS
RHYS FORD
SINNER'S
GIN

Série Sinners, tome 1

Il y a un homme mort dans la Pontiac GTO Vintage de Miki St John et ce dernier n'a aucune idée de la manière dont il a pu arriver là.

Après avoir survécu au tragique accident qui a tué son meilleur ami et les autres membres de leur groupe Sinner's Gin, tout ce que Miki veut, c'est se cacher du monde dans l'entrepôt rénové qu'il a acheté avant leur dernière tournée. Mais quand l'homme qui l'a agressé sexuellement dans son enfance est tué, et que son corps est retrouvé dans sa voiture, il redoute que la mort n'en ait pas encore fini avec lui.

Kane Morgan, un inspecteur de la police départementale de San Francisco qui loue un atelier à la coopérative d'art à côté, suspecte tout d'abord Miki d'être impliqué dans l'assassinat, mais il se rend vite compte que ce dernier est autant une victime que l'homme écorché vif à l'intérieur de la GTO. Alors que le nombre de corps imputable à l'assassin augmente, l'attirance entre Miki et Kane s'enflamme. Aucun d'eux ne sait si une relation entre eux a la moindre chance de réussir, mais en dépit des traumatismes émotionnels de Miki, Kane est déterminé à lui apprendre à aimer et à être aimé… à condition, bien sûr, que Kane puisse attraper le tueur avant que Miki ne devienne sa prochaine victime.

Scanner le code QR ci-dessous pour commander

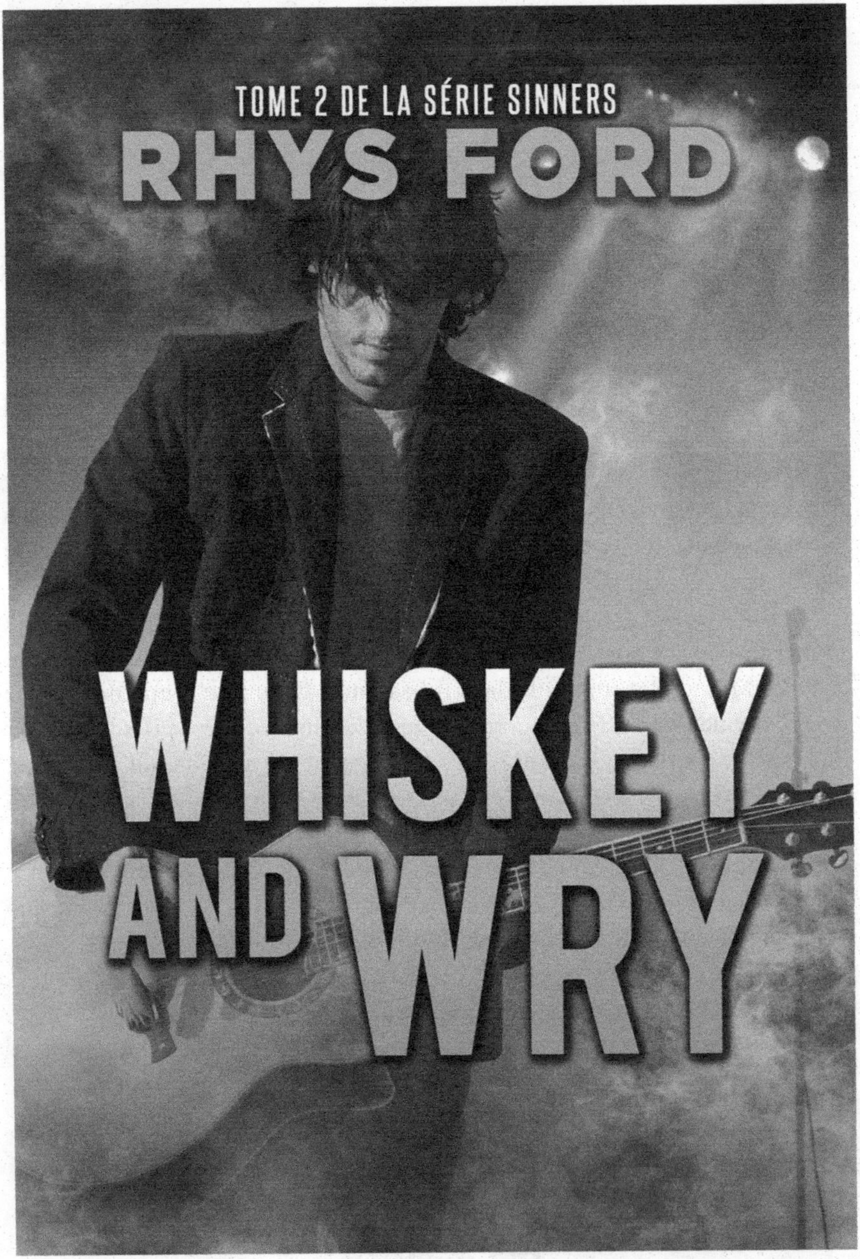
TOME 2 DE LA SÉRIE SINNERS
RHYS FORD
WHISKEY
AND WRY

Série Sinners, tome 2

Il était mort. Et c'était le plus odieux des meurtres. Si effacer l'existence d'un homme pouvait être considéré comme un meurtre.

Lorsque Damien Mitchell reprend connaissance, il n'a plus de vie, plus de nom. Les médecins de l'asile du Montana lui affirment qu'il est délirant et que ses souvenirs ne sont que des mensonges : il est vraiment Stephen Thompson et il a basculé dans la folie, obsédé par une rock star morte dans un violent accident. Sa chance de pouvoir s'échapper pour retrouver sa vie survient quand sa prison brûle, mais un homme armé l'attend, déterminé à ce que, ni Stephen Thompson, ni Damien Mitchell n'y survivent.

Avec un assassin sur les talons, Damien s'enfuit jusqu'à la Ville sur la baie, où il fait profil bas, seule façon pour lui de survivre pendant qu'il cherche son meilleur ami, Miki St John, dans les rues de San Francisco. Retournant à ce qui lui permettait de se nourrir avant qu'il ne devienne connu, Damien chante devant le Finnegan, un pub irlandais sur la jetée, pour avoir de quoi manger, et il tombe bientôt sur le propriétaire, Sionn Murphy. Damien n'a pas besoin d'une complication tel que Sionn et, pour aggraver les choses, le tireur – qui ne se soucie pas de faire face à Sionn, ou à n'importe qui d'autre, si cela lui permet de tuer Damien – resurgit pour finir ce qu'il a commencé.

Scanner le code QR ci-dessous pour commander